私は言祝《ことほぎ》の神子らしい 1

※ただ

第一章

唐突だけど、宣言したい。私、奏宮巴《かなみやともえ》の好きな言葉は『平穏』だ。

安穏とか平和とか安らかとか穏やかとか、そんなような言葉が全般的に好き。私自身はことさらおっとりのんびりした人間でもないけど、とにかく揉め事の類《たぐい》は嫌い。

理由は単純明快、面倒だから。人の和がどうのこうの言う前に、とにかく面倒なのが大嫌いなだけ。

私をよく知る友達は、私のことを平和主義者ではなく、事なかれ主義者と言う。

面倒が起こらないために全力で努力する私は間違いなく平和主義者なのに、認めてもらえなかった。

やたら厚い面《つら》の皮と強靭《きょうじん》なメンタルで、倫理的にセーフかつ自分に害が及ばなければ何が起きても全スルー。だから、紛《まご》うことなき事なかれ主義者なのだと、女子会でそう決定されてしまった。

そんな、事なかれ主義者の私でも――そろそろ限界がやってきている。

「神子様、この矮小《わいしょう》なデシデリオ・メンデス・ダボにどうか、お慈悲《じひ》を」

仰々《ぎょうぎょう》しい椅子に座った私の前に跪《ひざまず》くのは、見知らぬおっさん。

そのむしられたかと思うくらい寂しげな頭頂部を賑《にぎ》やかにするよう、慈悲《じひ》でも与えればいいんだろうか。

そんなことを考えている私の耳元に、生温かい息が吹きかかる。何度やられても鳥肌が立つ気持ち悪さだけど、慣れはした。

「神子様、デシデリオ・メンデス・ダボは西方での商売の成功を祈っております。何卒《なにとぞ》、デシデリオ・メンデス・ダボの悲願に祝福を」

ねっとりとした声が耳に直接吹き込まれる。

わかったから、その息も、人の名前を覚えさせようと連呼するのも、やけに近いこの距離も本当にやめてほしい。気持ち悪いし、落ち着かないし、妙に甘ったるい煙草《たばこ》の臭いがきつい。

ちらりと隣に視線をやると、くすんだ桃色の瞳が蛇みたくゆるく細まった。

棒のように細長く不健康そうな体の上に鎮座する、まるで重度の寝不足アル中かと思う程の顔。この蛇男、暗闇で遭遇したら悲鳴を上げて顔面を殴ってしまうくらいの悪人臭がする。

こんなのが私の〝庇護者《ひご》〟だと言うんだから、本当にどうにかしている。

「――デシデリオ・メンデス・ダボ。そなたの西方での商売の成功を祈る」

厳《おごそ》かに聞こえるよう、吐息混じりに求められたままの言葉を吐く。

そうしてから、軽く掲《かか》げた右手をくるりと返すと――

「おお、なんと……」

おっさんの頭頂部を更に際立たせるようにして、銀色の粒子がきらきらしい光となって舞う。

吹き抜けからの光しか差し込まないこの密室で繰り広げられているのは、とても幻想的かつ神秘的な光景だ。光に包まれているのがおっさんでなければ、だけど。

右手から血の気が引いていくように、ゆっくりと体の力が抜ける。

〝これ〟をやるといつもそうだ。体力的なものより、精神的なものが大きい疲労。耐えられない程ではないけど、ぐったりしたくなるような部類のものだ。

ただ、それを顔に出すことはしない。訴えたからと言ってどうにもならないし、そんなアピールをすること自体が面倒だ。

「美しい……清らかでたおやかなお姿でありながら、これ程の神力を容易《たやす》く行使されるのですか。さすが、伝説の言祝《ことほぎ》……」

感動に震えるおっさんの声を無視して、私は目を閉じる。

これで、私の仕事は終わりだ。また少しの間は平穏でいられる。

「ダボ殿。神子様はお疲れのご様子。後は場所を移そうではないか」

心得たように、いや、本当は通じ合いたくもないけど、蛇男がおっさんに退室を促《うなが》す。

興奮しているおっさんを宥《なだ》めるようなねっとりとした声は、相変わらず気持ちが悪い。

「ええ、ええ！　神子様の御業《みわざ》、しかとこの身に。ああ閣下、あの件に関してはお任せください。このご恩、デシデリオ・メンデス・ダボは決して忘れませぬぞ」

「はは、ダボ殿がそう言ってくれるなら、我が家はより一層安泰だ――神子様、すぐに侍女を遣わせますので、しばしお待ちを」

ひどく上機嫌な声を上げる蛇男。

苛立《いらだ》ちを抑えながら、私はいつものように問いかける。

「私が、帰ることはできないのか」

意識して作られた、やや尊大な口調。ほぼ吐息になってしまった呟きも、静かな部屋なら簡単に拾える。

ややあってから密やかな笑い声がした。それが失笑に聞こえるのは、私の妄想なんかじゃない。

「ご安心を。天から遣わされた神子様は、生涯私の手でお守りいたします」

ひどく柔らかく紡がれたその台詞《せりふ》は、まるで穏やかな死刑宣告のよう。

それ以上言葉もなく、扉が閉まる音を最後に静寂が訪れる。数瞬の後、私はようやく目を開けた。

吹き抜けからどうにか届く、昼下がりの光。それでも薄暗い室内は、どこもかしこも白い。

床も壁も石で作られた無機質な空間には家具なんてほとんどなく、見える範囲にあるのはこの椅子だけだ。つるりとした木で組まれ装飾が施《ほどこ》されたこれは、背もたれが無駄に高く造りもやたら大きい。

寒々しい程に生活感が排除された部屋だ。薄絹をふんだんに使って仕切られた奥には、もう少しマシな生活空間があるけれど。

「…………っはぁ……」

思いっきり息をついて、椅子からお尻が滑り落ちるくらい脱力する。

「……いつまで、こんなことすればいいんだろう」

私は平穏が好きだ。自分が何かに巻き込まれるのが嫌いだ。

なのに、どうしてこんなことになっているんだろう。

私がこの部屋に、この国に――この世界にやって来てから、私の大好きな平穏は遠ざかってしまった。

× × ×

簡潔に言えば、私は〝落ちた〟んだろう。

平穏を大事にしながら流されるように学生生活を送り、適当な短大を出て、そのままバイトをしていた雑貨屋の副店長になった私。

二十五歳になってても結婚なんてピンとこなくて、自然消滅した元彼を最後におひとりさま歴三年を迎えたばかりだ。安月給かつ人間関係の微妙な職場で毎日を過ごしていた、そんなある日のことだった。

いつも通り仕事を終え、ひとり暮らしのアパートに帰り玄関を開けたら、落ちた。

何かのお笑い番組かドッキリのように、床がなくなって、何の抵抗もなく下へ下へと――

いくら落ちても終点がない闇の中。もう自分が止まっているのか、動いているのかもわからないくらい視界が黒一色だ。そんな時間感覚すら狂う空間で、社会に出てまだ数年の小娘が冷静になれるはずもなかった。

数年、いや十数年ぶりにガチ泣きした。絶叫した。むしろよくおかしくならなかったと自分を褒めたいと思う程、恐ろしかった。

そして、気を失った私が目を覚ましたのはこの部屋だった。

無駄に大きく、豪奢《ごうしゃ》な天蓋《てんがい》付きベッドの寝心地を確かめる余裕はなかった。

平穏を愛するが故《ゆえ》に多少のことでは動じない私でも、完全に許容範囲を超えていたのだ。さすがに自分の身に起こっている超常現象まではスルーできない。

何をしたらいいのかも、声を上げていいのかもわからない。そんなところに悠々と現れたのが、あの蛇男だ。

『あなた様は天上世界から降りてこられたのですね。私には一目でわかりました。今まで会ったどの聖職者より、遥かに神々《こうごう》しいそのお姿。あなた様はまさしく言祝《ことほぎ》の神子様！』

大仰《おおぎょう》な身振りで説明する男は、この上なく胡散《うさん》臭かった。

『この世界には伝説があります。数百年に一度、天の裂け目からこの世界——クラウィゼルスに祝福を降らせる尊《とうと》い存在が顕現《けんげん》すると。その存在は〝神の雫《しずく》〟という絶大な力を祝福に変え、名を呼んだ者にそれを与える。人々を言祝《ことほ》ぐ存在、だから言祝《ことほぎ》の神子と呼ばれるのです』

悪人面《づら》に精一杯の笑みを浮かべ、熱に浮かされたように声を張るその姿に、鳥肌が立った。

『人違い？　いいえ、あなた様は神子様でございます。神々《こうごう》しいお姿だけではなく、言《こと》祝《ほぎ》の神子の証《あかし》である聖石《せいせき》と聖痕《せいこん》を御身《おんみ》に宿しているのですから。ああ、あなた様がこのカレスティア王国に降臨し、私がいち早く馳せ参じることができてよかった。もしよからぬことを企《たくら》む輩《やから》に見つかっていたらと思うと……ぞっといたします』

ぞっとするのは私の方だ、と言える精神状態ではなかったのは、おそらく幸運だったんだろう。

『神子様、これからはこの私が御身《おんみ》をお守りいたします。何も心配召されることはございません。今後の生活も、言祝《ことほぎ》の儀式についても、全て私にお任せください』

どう贔屓目《ひいきめ》に見ても、目の前の男は〝よからぬことを企《たくら》む輩《やから》〟にしか見えなかった。顔つきとか目つきとかそんな表面的なものではなく、面倒事を回避する能力に長《た》けている私の勘がそう判断した。

この男は信用できない。私を守ると言っておきながら、ひどく薄っぺらな言葉を吐き続ける男を信用しろという方が無理だ。

だけど、私は蛇男を拒むことができなかった。

いくらなんでも現実と妄想の区別くらいつく。間違いなく自分に降りかかっている現実から、逃避なんかできるはずもなかった。こんな、いっそ笑える程のファンタジー的展開だとしても、だ。

そう、ファンタジー。目の前の男を総評するならその一言に尽きた。

まず色彩がすごい。髪と瞳が共にくすんだ桃色。格好も中世ヨーロッパをベースにしたような本格派コスプレ衣装。しかもどう見ても外国人なのに、ものすごく流暢《りゅうちょう》に日本語を喋《しゃべ》っている。極めつきに、手元から何気なく火を生み出して燭台《しょくだい》に灯す。まるで魔法のようなことまでしてしまう人間を、ファンタジー以外の何と表現すればいいんだ。

更に驚くべきは、自分の外見も変わってしまっていたことだった。

と言っても、丸々変わってしまった訳ではない。内面とのギャップがひどいと言われる清楚系な顔の造作と、結構スタイルがいいと自負している体型は元のままだ。

でも色彩が激変、というかまたファンタジーなことになっていた。

穏やかそうだと言われる黒目がちの瞳は、まるで桔梗《ききょう》のような青紫色へ。伸ばすに任せた背中を覆う長い黒髪なんて、どんな染料を使えばこうなるのかわからない綺麗な薄紫色だ。

元からこうなんだ、意外に似合うじゃないか、と毎日数回は鏡の中の自分に語りかけないとやっていけそうもなかった。

そして蛇男の言う通り、聖石《せいせき》と聖痕《せいこん》らしきものもしっかりあった。鎖骨の間にできたホワイトオパールに似た遊色《ゆうしょく》の宝石が聖石《せいせき》で、そこから肩にかけて優雅に広がる銀色の刺青《いれずみ》みたいなものが聖痕《せいこん》のようだ。とても中学二年生あたりが好きそうな代物だと思う。

何度もしつこいけど、全てが全て、とてつもないファンタジーだった。

ただの小市民が神子なんて大それた肩書きを背負わされるとか、何の冗談だ。

そう言おうとした私に、蛇男はわざわざ古めかしい本を読み聞かせながら説明してくれた。

このクラウィゼルスという世界の一大宗教らしい五聖教が伝える、聖典の一節――そこで、神子の存在が語られている。そして、この世界についても。

どうやら私の元いた世界はこのクラウィゼルスの上にあるらしい。クラウィゼルスを創った神々も、元は私の世界の出身のようだ。

私の世界の人間が別世界を創造する術を持っているなんて、当然ながら聞いたことがない。それでも聖石《せいせき》を得るのは同じ天上世界の人である証拠だと蛇男が息巻いていたので、その場では納得しておいた。真剣なツッコミを入れるべきではなさそうなので。

まぁとりあえず、その神々と同じ世界から落ちてきた私は、神力と呼ばれる天上世界から降ってきた力を祝福という形で使えるらしい。

外見の変化と、今までなかった不思議な力。それをよくよく噛み砕いて、何とか自分がその神子なのだと納得させた。

私の頭は、これが現実だと言っている。だとしたら、私の中の常識や知識など何も通用しないだろう。そんな状況で下手に逆らったりすっとぼけたりしても、何の利益もない。むしろ害にしかならないと思う。

色々と打ちのめされて、落ち着いてを繰り返した結果、私は蛇男に庇護《ひご》されることにした。

私は平穏が好きなんだ。むやみに事を荒立てて事態を悪化させる真似はしない。現状もかなりひどいけど、もうこれ以上の問題は抱えきれない。よって現状維持。そう判断してのことだった。

ただ、ひとつだけ……素直に従えないことがあった。

『私は、帰れないの？』

『残念ながら、言祝《ことほぎ》の神子が天上世界に戻られた記録はございません』

残念だと微塵《みじん》も思っていない蛇男の薄笑いに、哀しみより苛立《いらだ》ちが勝った。

本当なら、怒鳴りつけて泣き喚きたかった。あっさりと断ち切られた私の全てを馬鹿にするようなその口を、縫い付けてやりたかった。

そこで私が声を荒らげなかったのは、今は下手《したて》に出ているこの男を刺激して態度が豹変してしまったら困ると思ったからだ。

何より、信用ならない人間の言葉なので、もしかしたら元の世界に帰れるかもしれない。そう思って、何とか自分を落ち着けることができた。

『何もご心配なさらずとも、これからは全て私にお任せを』

ひどく満足げな蛇男への精一杯の反抗は、ただその言葉を無視することだけだった。

確かに、蛇男は私に安定の生活を与えてくれた。バストイレ付きのこの部屋と、坪庭のように周りを囲まれた中庭。その中であれば、私はまさしくお姫様待遇を受けられる。

ただ、この生活はとても歪《いびつ》だ。

御身《おんみ》を守るためとかのたまって、事実上監禁されていること。何人かいる侍女達が揃って能面対応で、会話ひとつ成立しないこと。世界に祝福を与えるとか仰々《ぎょうぎょう》しいことを言っておきながら、その相手がどいつもこいつも目が濁《にご》って腹が黒そうなこと。教えられる知識の中で、政治・歴史・時事に関することは総スルーされていること。蛇男が決して自分の名前を教えないこと。

ぱっと挙げられるだけでもこれだけの歪《いびつ》さを持つこの生活が、平穏だと言えるだろうか。

「ハッ……」

言える訳がない。問題あり過ぎだろうが。もう鼻で笑うしかない。

事なかれ主義、大いに結構。だけど、さすがにそろそろ限界だ。

私がクラウィゼルスに落ちて、体感的には半年以上一年未満。長いようで短いこの期間で、嫌という程わかった。神経がゴリゴリすり減っていく、平穏に見せかけた不穏の中では生きていけない。

最初は自分の心の安定を保つのに精一杯だったけれど、ようやく少しだけ先を考える余裕ができた。

ここにはいられない。このままだと私は一生搾取《さくしゅ》される。蛇男のいいように扱われ、大事に飼われて、この白い豪奢《ごうしゃ》な牢屋で生涯、蛇男の幸せに繋がる道を言祝《ことほ》ぐ。反吐《へど》が出そうな人生プランだ。私の平穏はどこにいったんだか。

「――失礼いたします。神子様」

一応のノックの後、どうぞ、と言う前に扉が開けられる。

私のプライバシーはないのか……まぁ、ないんだろう。蛇男にとって私は尊《とうと》い存在ではなく、大事な金の卵なんだから。

「お召し替えのお手伝いに参りました」

入ってきたのは、数人いる侍女のうちのふたりだった。

ひとりは藍色の髪をきっちりとまとめた、やや色白でクールな雰囲気の美女。もうひとりはゆるく波打つ緑色の髪をざっくりとボブカットにした、きつそうな猫目が特徴の勝気な美女だ。

どちらも長身で、おそらく百七十センチは超えているだろう。海外のモデル、と言っても充分通用しそうだ。

この美女達は、他の人より私の身の回りの世話をする率が高い。シフトのようなものがあっても、基本的にはこのふたりが私付きなんだろう。

儀式用だという、胸元と背中がばっくり開いたエロい薄絹みたいな白い衣装を脱がされる。代わりにもう少し厚手の白い布がギリシャ神話の女神のように巻かれ、やや簡素な銀のベルトで留められる。

その間、侍女達はずっと無言無表情。下着姿になろうが、禊《みそぎ》や入浴で裸になろうが能面顔は崩れない。せっかく皆美女なのに、仏頂面で台無しだ。

もう染みついてしまった、吐息混じりの静かな声でそう言っても、返ってくるのは必ず無言。

「ありがとう」

別に期待はしていない。蛇男にそう指示されているだろうから。

侍女達が礼をして下がっていく。無表情ながらもどこか沈んだように見えるのは、私の幻覚なんだろうか。

それを横目にしつつ、私は彼女達が無言でいなければならない意味を考える。仮説の域を出ないけれど、十中八九、当たりだろう。

会話を重ねることで情を移さないように。私が余計な知識を得ないように。それももちろんあるんだろうけど、一番の理由は――

「名前を知られてはいけないから、か……」

名を呼ぶことで祝福を与えるというのは大体合っているはずだ。確かに私が今まで祝福した相手は、全員願い通りに事が運んでいるらしい。そのことは蛇男にもういいと怒鳴りたい程に聞かされている。

それなら、どうして蛇男自身は祝福を求めないんだろうか。

蛇男は曲がりなりにも私の生活を保障してくれている。平穏のために祝福のひとつやふたつくらいしなくてはいけないと思っていた。だけど、そんな話は一度もされたことがない。

それなら、祝福をされることには何らかのリスクがある。そう考えるのが自然だ。

「私も、そこまで馬鹿じゃないんだけどね」

私の耳元で、毎回囁《ささや》く蛇男。しつこいくらいに「この者はこう祈っているから、祝福を」と。

名前と、願い。祝福は基本的にそれがセットになっている。

蛇男による言祝《ことほぎ》の力の検証によって、名前を言わずにその人を表す言葉――例えば〝この屋敷の執事の男性〟とすると力はだいぶ弱くなり、些細《ささい》な願いしか叶えられないということが判明している。だからこそ、名前は必要だ。

一方、願いの内容は検証しなかった。五聖教の伝承に書かれている通り、神の雫《しずく》を求める人間の願いを、神子が一言一句違わず口にしないと叶えられないとまで言い切った蛇男の目は、いつも以上に濁《にご》っていた。もちろん実際にその伝承を読ませてくれたことなどない。

そこから考えるに、私が別のことを口にするのは余程都合が悪いんだろう。

「……私が名前を呼んだ人間の願いは、相手の希望じゃなく、私が口にしたことだけが叶う」

数多くの相手を祝福してきた。何度も何度も、儀式をやった。薄汚れた欲望を丁寧に隠して、綺麗に取り繕《つくろ》った言葉を私に吐かせた人だって多くいる。

だからこの仮説は、私の中では限りなく正解に近い。

では、何故蛇男は私に対してこんな方法を取るのか。

この世界では、私は相当幼く見えるらしい。蛇男は、まるで子どもを洗脳するように私を教育している。これが神子の正しい在《あ》り方なのだと信じ込ませようとしている。

残念でした。いくら従順そうに見えても、騙《だま》しやすい年齢の子どもに見えても、冷静に考えることができる二十五歳の大人なんだよ。

「でもねぇ……」

この仮説が合っているからといって、どうなるものでもないんだ。私は蛇男どころか、この屋敷にいる人間全員の名前を知らない。今まで祝福した相手の名前なんて大して覚えていないし、覚えていたとしても、遠くにいる人に祝福をしたことがないからどうなるかもわからない。

大体、何を願えというんだ。私に欲望を叶えてもらいに来たおっさん達に、「私を助けて」とでもお願いしろと？

皆、蛇男に祝福された恩がある。下手に蛇男に逆らえば、不利な祝福を与えられることも有り得ると考えている人もいるかもしれない。

蛇男曰《いわ》く、祝福は人の死に直接関わることは願えないらしい。当然だろう、そんなのは間違っても祝福なんて呼ばない。逆に言うと、言葉を選べば死以外の不幸は願える――もちろん、あのおっさん達の不幸も。私という存在がある限り、おっさん達が蛇男を裏切ることはないはずだ。

「こんなところで監禁されて一生を終えるなんて、冗談じゃない……」

絶対に嫌だ。こんな脆《もろ》い平穏なんかじゃない、本当の平穏を手に入れるまで、私は諦めるつもりなんてない。

元の世界に帰れるのか、それとも本当に一生この世界にいなければならないのか。

当然そこは気になるけど……知識を持たない現状では、この場からの脱出を最優先で考えるべきだ。そもそもここを出ない限り、私の未来にはその二択すら浮かんでこない。

「脱出、脱出……かぁ」

面倒事を回避するための努力は大好きだ。その後に待っている平穏が更に恋しくなる。

やっぱり、私は事なかれ主義者じゃないだろう。流されるところは適当に流されても、自分基準でかなり努力をすることもある。努力型平和主義者とでも名付けておこうか。

とにかく面倒事を回避したい。ひとまずでもいいから、心からの平穏を手に入れたい。

今はそのために動くべきだ。

ただ……どう努力をしようか、見当もつかないんだけど。

「誰か、せめて名前を教えて」

私を助けてくれる人の、名前を。

できれば蛇男とは対照的な感じの人がいい。もうあの血色の悪い悪人面《づら》は見飽きた。

健康的で長身マッチョでおおらかで男らしい人が見たい。そういう人に助けてもらいたいものだ。

友達も言っていた気がする。「異世界トリップはイケメン逆ハーが基本」だと。逆ハーレムなんて面倒なことは絶対嫌だけど、イケメンは嫌いじゃない。むしろ好きだ。まぁ、私のタイプはハリウッドのアクションスターのような男前だけど。

空想上のイケメンに想いを馳せながら、私は唯一許されている中庭への散歩に向かった。

×　×　×

「ヒル・モンタネール・コンバロ。そなたの後継が次男になることを祈る――」

毎度お馴染《なじ》み、掲《かか》げた右手から生まれた銀の光が、跪《ひざまず》いたおっさんに降りかかる。

今日のおっさんはここ最近で一番ごつい。まさしく筋肉達磨《だるま》といった風体だ。

ただゴツければいいという訳ではないので目の保養にもならないし、やたらと驚いて恍惚《こうこつ》とするお馴染《なじ》みのパターンにも飽きた。蛇男の息が生温かくて気持ち悪いのも、いい加減どうにかならないだろうか。

「――では、神子様。ごゆるりとお休みください」

興奮して話しかけてくるおっさんを従えて、満足そうに蛇男が目を細める。

ああ、本当に蛇のようだ。背中がぞわりとする。

目を閉じてその不快感を隠し、ふたりの男がいなくなるのを待つ。

いつもと同様に扉が閉まる音を聞き届ける。今日はもう、帰れるかどうかの問いかけもしなかった。

部屋から完全に人の気配が消えたのを確認して、目を開ける。そして椅子から下りて、陽が降り注ぐ中庭へ続く窓を開け放った。

そこにあるのはそれなりに広く、白い壁に囲まれた庭。白い石が所々に敷かれ、その硬質な印象を消すように柔らかな曲線を描きながら花々が植えられている。

庭の端には私の両手で抱えるよりも太い幹の木と、頼りない若木が一本ずつ生えていた。天気のいい口には、その大木の下に侍女が絨毯《じゅうたん》といくつかのクッションを敷いておいてくれる。最近はそこがお気に入りのだらだらスポットだ。

部屋履きなのかもよくわからないサンダルでそのまま庭に下り、木陰にあるそのスポットに一直線。そして倒れ込むようにして、沈み込む柔らかさのクッションに埋もれる。

最近、祝福をする頻度が増えている気がする。

そのせいだろうか、疲れが抜けない。精神的な疲れが完全に体に出てきてしまっている。意識して外に出てはいるものの、そのうち部屋に籠《こも》りきりになってしまいそうだ。

「ただの飼い殺しの方がマシだわ……」

そんなにこき使わなくてもいいじゃないか。もっとだらだらさせてくれ。

力の行使が疲れるものだということくらい、私の様子を見ればわかるはずなのに。

金の卵は人間ではないから、人権がないんだろうか。そもそもこの世界に人権なんて言葉はあるんだろうか。

このまま使い潰されてしまうのなんて嫌だ。潰すぎりぎりで生かされるのは、それ以上に嫌だけど。何にしても、つらい。

クッションのひとつを抱くようにして、体を小さく丸めて大きく息をつく。

中庭にしては大きいけど、高い塀で囲まれたこの空間は閉鎖的だ。出入りできるのは私の部屋からのみなので、逃亡の心配はないと思われているんだろう。確かにこの塀を瞬時に登る術《すべ》は私にはない。

また溜め息をついて、目を閉じる。侍女が入ってくるまでの少しの間だけでも休ませてほしい。このエロい衣装にも慣れてしまったので、別にしばらく着替えられなくても構わない。

そう思いながら大きく息をついて、体を丸める。本格的に寝たふり体勢を作っていると、扉が開く音が小さく響いた。

「……神子様？」

「静かに……眠っていらっしゃるわ。お疲れなのよ」

どうやらぎりぎりのタイミングで寝たふりが成功したみたいだ。しかし、私のいるところで侍女同士が会話をしているなんて珍しい。

いつものふたりだろうか。薄く目を開けて確認すると、庭に下りてくるのはそれぞれ藍色と緑色の髪をした美女達だった。寝たふりが堂に入っているせいだろうか、ふたりは私を起こそうとせず、様子を窺《うかが》っているようだ。

「ベッドにお運びする？　神子様は少女のように小柄だし、私にもできるわよ」

「いいえ。せっかくお休みになっているのだから、もう少しこのままの方がいいわ」

声を潜《ひそ》めてはいても、中庭はとても静かなのできちんと聞こえる。

話の内容からして、どうやら私は嫌われてはいないらしい。そもそも好き嫌いを決められるような交流をしていないんだけど。

「神子様、また少しお痩せになったんじゃない？　元々すごく華奢《きゃしゃ》な御方だったけど……」

「ええ、腕や腰回りが細くなったみたいね。元のお美しさに陰りはないけれど、あまりに儚《はかな》げで心配だわ……それにお顔の色も優れない。ああ、ミルク色の滑《なめ》らかなお肌だったのに、まるで蝋《ろう》のよう。長く艶《つや》やかな御髪《おぐし》も少し傷《いた》んでいるわ」

「料理長に言っておきましょ。神子様は果物だったら多く召し上がってくださるはずだわ」

どうやら侍女達は幻覚ではなく、本当に私のことを気遣ってくれるいい人達のようだ。私をいちいちヨイショしているような気がするけど、それは置いておこう。

ちなみに侍女達は揃って長身美女だと思っていたのだが、会話を聞く限り私が小さいだけみたいだ。これでも日本人女性の平均身長くらいはあるのに。

侍女達の囁《ささや》くような会話は続く。疲れているし、まだ寝たふりのままでいいかな。

「――ねぇ、今日のお客様、見た？　広間で大笑いしてたわよ、ついに儂《わし》の時代が来るって」

「聞かなかったふりをなさいな。私達はそうでないといけないの」

「そう、だけど……旦那様の対応からして格上の、それもどうやら他国の方みたいだったの。おかしいわよ、絶対。神子様をまるで物のように扱って、次々と悪巧みを――」

「それ以上は駄目よ！　誰が聞いているかわからないわ」

「今日の当番は私とあなたじゃない。大丈夫よ。今の時間は兵も少し遠ざけてあるし」

蛇男のことだろう〝旦那様〟のことは、ふたりも好んではいないらしい。嫌々仕えているのが言葉の端々からわかる。

私が疲れ切った顔をしているので、起きないと思っているんだろうか。大いに結構。このままどんどん話してくれ。

「いいこと？　旦那様の耳に入って変な勘繰りでもされたら、間違いなく私達は地下牢行きよ。家だって無事では済まない。屋敷に仕える時に誓約させられたのを忘れたの？」

「わかってるわよ。私だって誓約を破って喉を焼かれたくないわ。あんなもの、家のことさえなければ絶対誓わなかったのに……」

「……それは、皆同じよ。私達は来たくてこの屋敷に来た訳ではないわ」

藍色の髪の侍女が、声を抑えつつ吐き捨てるようにそう言った。

「全てから目を逸らして、ただ人形同然に仕える。嫌悪感で一杯よ。神子様付きになってから待遇はよくなったわ。でも、こんな畏《おそ》れ多いことをしておいて、嬉しさなんて湧くはずもない」

「喜んでるのなんて執事くらいじゃない？　旦那様と顔を突き合わせて悪巧みばっか――」

「だからやめなさいってば！」

……本当に蛇男は人望がないらしい。全く可哀想だとは思わない。いい気味だ。

会話の色んな部分を拾うと、侍女達は誓約というものに縛られているのがわかる。聞いた感じだと、実家や家族に関して何かしらの弱みを握られているというところか。さすがの外道だな、蛇男。

「はぁ……せめて王都にツテでもあれば、何としても神子様がいるって伝えるのに。街の憲兵の詰所に駆け込んでも、きっと話なんて聞いてもらえないし」

「無茶を言わないの。王都は遠いし、この街の憲兵は旦那様と懇意《こんい》にしているのだから」

「ここは旦那様の国のようなものだからね……」

「そんな恐ろしいもの、想像させないでちょうだい……いいえ、言祝《ことほぎ》の神子様を所有物化している時点で、何よりも恐ろしいわね。馬鹿なことを言ったわ」

中央の目が届きにくい場所は、悪徳貴族の手で腐りやすいのがファンタジーのセオリーだ。

侍女の溜め息が重い。誓約に縛られている彼女達が、何かしらの行動を起こすなんて無理だろう。

私はあなた達が思っているよりもメンタル強靭《きょうじん》だから、そんなに考え過ぎないでいいよ。

そんなことを言えるはずもなく、〝全員投獄〟やら〝磔刑《たっけい》〟やら物騒な単語を交えた会話をぼんやりと聞く。すると、緑髪の侍女らしき声が唸《うな》り出した。

「あぁー、何でよりによって神子様を保護したのが旦那様なの！　もう、ほんっと嫌！」

「ちょっと、静かになさい！」

「あ、ごめん……でも、本当に嫌なのよ、悪い奴ばっかりに祝福が与えられるなんて。神子様の祝福は天将軍とか地将軍とか、それこそ国王陛下に与えられるべきなのに。うん、カレスティアだけじゃなくて世界中に与えられるべきものだわ」

「そうね。伝承ではその通りよ。私だって決してこのままでいいとは思っていないわ。でも……こんな遥か遠くからでは、私達の声なんて届かないのよ」

……何か今、とても重要そうな情報が出てきた。天将軍、地将軍、国王陛下。聞く限り国の重鎮だろう。国王なんてトップだし。

侍女達の声は届かなくても、私は？　祝福なんて、目の前にいる相手にしかしたことがない。だけど、私は蛇男曰《いわ》く〝世界に祝福を与える尊《とうと》い存在〟だ。それだけの力があるのなら、もしかして距離なんて関係なく、声を届けられるんじゃないだろうか。誰かの願いではなく、私の自分勝手な願いだとしても。

言え。言ってくれ。言ってください。私に教えてください。本当にお願いします。名前を知ったらあなた達にイケメンと金を降らせる祝福をプレゼントするから！　ねぇ！

「天将軍だったら、地方を視察するついでに寄ったりしてくれないかしら」

「確かに、かの力は国内外を飛び回っているけど、ね。もしそんな奇跡があったら、あなたが次のお給金で買う予定のワンピースを買ってあげてもいいわ。どうせ買い物くらいしか気を晴らす手段がないし」

「言ったわね！　――ああ、イサーク・ガルシア・ベルリオス様。どうか囚われの美しい神子様をお救いください。そして旦那様に鉄槌《てっつい》を。ついで私にワンピースを！」

「本気でやらないの。あなたが祈ってもどうにもならないでしょう……ちょっと、もうさすがに時間がまずいわ。神子様をお起こししないと」

「はぁ……こんな祭事の衣装みたいのじゃなくて、たまにはドレスを用意したいのに」

「旦那様はイメージばかり大事になさっていらっしゃるから仕方ないわ――神子様、神子様」

近づいてきた声に反応するように、瞼《まぶた》をほんの少しだけ動かす。表情はぼんやりと、隙を多く。そして焦点をしばらくずらした後、侍女達へと合わせる。

完全な寝起きそのもの。私は今までこの寝たふりを見破られたことはないんだ。

「神子様、お休みのところ申し訳ございません。お召し替えのお時間にございます」

藍色の髪の侍女が抑揚のない声でそう言う。素晴らしいまでの能面対応だ。

情報をありがとう。あなた達は必ず助けると誓おう。多分あと三人いる他の侍女もだ。それと料理長や良心のある使用人達も。

イサーク・ガルシア・ベルリオス――私を助ける、いや強制的に助けさせる人の名前。もうイケメンとかどうでもいい。天将軍とか強そうだからそれだけでいいんだ。囚われている自称そこそこ美人の私を救ってくれ。

×　×　×

朝起きて、仕度をして、食事をとって、読書をして、儀式をして、クッションに埋もれて。

「イサーク・ガルシア・ベルリオス。私を助けて」

日課となった祝福を、できるだけ遠くに飛ばすようにイメージして手を振る。

侍女達のお喋《しゃべ》りからはや一週間。私は一日二回、誰の目もなくなる転寝《うたたね》の時間と就寝前、きっちり天将軍を祝福している。超小声で。

これが届いているのかどうかはわからないけど、今の私にできることはそれしかない。

「イサーク、私を助けてくれたら超絶好みの女の子と出会えるようにするから、絶対助けてね」

神の力を使った祝福なんだからきっと叶うはずだ。もう妻子持ちだったらごめん。その場合は目の保養になる人と出会えるよう祈っておく。

俗物過ぎる祈りでも、銀の光は舞う。今のは特に祝福しようとは思ってなかったんだけど……まぁいいか。

不真面目な内容でも何でも、とにかく助けてくれと願いながら両手で光を押し上げる。

届け。私の呪い、もとい祝福。

「イサーク、イサーク・ガルシア・ベルリオス」

小さく、吐息混じりに名前を呼ぶ。まるで恋人に甘えるみたいな響きになってしまって、ややげんなりする。まるで恋煩《こいわずら》いでもしているようだ。

今だったら天将軍が超ド級のブサメンでも、激しくチビデブハゲでも、とんでもなく体臭がきつくても恋に落ちる自信がある。

祝福を与えられるにふさわしく、国の要職に就いている程の人物なら、きっと性格だってここに来るおっさんよりずっとまともなはずだ。惚れる。助けに来てくれたら、だけど。

クッションの上をずりあがるようにして大きな幹に体を寄せ、頭を押し付ける。

自然のにおいなんて特に好きではなかったはずなのに、とても落ち着く。

この中庭も、だだっ広い部屋も、きっとものすごく贅《ぜい》を凝らしたものなんだろう。この待遇だって、自分の力で生活していたら絶対に味わえない。

だけど、ひと欠片《かけら》も嬉しくない。ここには私が好きな平穏も、今まで当たり前だった自由もない。あるのは問題だらけな状況と、疲れ切った体だけ。

自分でもわかる。心に余裕がない。突破口《とっぱこう》になりそうな名前を知ってしまったから、尚更焦る。

何も知らない状況の方が、まだ耐えられた気がするという矛盾《むじゅん》。それでも、名前を呼ばないなんてできなくて。

「早く私に会いに来て、イサーク」

また勝手に銀の光が舞い上がる。視線だけで遠くへと送れば、その通りに彼方《かなた》へ消えていった。

ピリ、とこめかみが痛む。もしかしたら祝福の使い過ぎかもしれない。

これだけ天将軍に祝福を送っているのに、蛇男主導で行う言祝《ことほぎ》の儀式の方がずっと疲れる。それは私の気持ちの問題か、それともおっさん達の願いが結果的に誰かを不幸にしているせいか。

私は儀式の中で、一度だって真面目に言祝《ことほ》いだことなんてない。むしろ監禁されている状況で真剣に悪人を祝福できたら、そいつの頭のお花畑は広大過ぎる。

「――おや、神子様。言祝《ことほぎ》の力を使われましたか」

飽きる程聞いてきた、ねっとりとした声が私の休息を奪う。

てめえに言う筋合いはねえよ。

そう口にしたらどうなるか気になるけど、ひとまず緩慢な動作で起き上がり、声の主《ぬし》を見据えるように視線を巡らす。

まるで自分が主人だと言わんばかりに遠慮することなく、私の憩《いこ》いの場に足を踏み入れた蛇男。儀式用だと思われる、白くゆったりとした服に細い剣を下げている姿のままだ。

珍しく祝福した相手を置いて戻って来たらしい。何の用だろうか。たまに抜き打ちでやってくるから気が抜けなくて困る。まぁ、どうとでもなるけど。

それにしても、私が力を使ったことがよくわかったな。そう言えば、祝福をした後はしばらく力の残滓《ざんし》が漂《ただよ》うとか、前に苔色《こけいろ》の長い髭《ひげ》を生やしたおっさんが騒いでいた気がする。

とはいえ、特に焦る必要はない。問いにしれっと頷いた私を見て、蛇男が目を細める。

「何を、祝福されたのですか？」

「……それ」

指差した先には瑞々《みずみず》しい大輪の花。図鑑で名前を知った、ソルという花だ。白の縁取りがある金のカサブランカのような派手な花で、この国の国花らしい。

天将軍に祝福を送るついでに祝福しておいた。面倒事を回避する努力の一端、カモフラージュだ。

「いやはや、これ程美しく咲くソルの花はこの庭以外ではないでしょう。さすが神子様」

私の力は有機物全てに有効らしい。それを検証したのはこの男だ。

本当に、私を使えるだけ使ってやろうという魂胆が見え見えだ。慇懃無礼《いんぎんぶれい》を地でいっている。

「外にも祝福を向けられていたようですが、ソルの花を咲き誇らせるためにでしょうか？」

「そう。国花は至るところに植えられていると本にあったから」

「お優しいですね、神子様は。ただ、祝福は無二の力。よからぬ輩《やから》を引き寄せないためにも、あまり多用はされませぬよう」

その筆頭は目の前にいるんだけどね。しかも多用どころか乱用しているし。

そんなことを思いつつ、目を伏せることで返事をして、興味を失ったように首を巡らす。またこめかみが痛んだが、軽く指で擦って紛らわす。

早くいなくなってほしい。まさか、本日二度目の言祝《ことほぎ》の儀式なんて言うんだろうか。さすがに気絶するぞ。儀式用のエロい衣装は未だに脱いでいないけど、やる気なんて毛程もないので空気を読んでほしい。

「ああ、神子様。ひとつお話があるのです」

「……何か」

「全く恐ろしいことに、最近屋敷に侵入しようとする不届き者がいるようなのです。御《おん》身《み》の安全のため、こちらの道具をお使いください」

差し出されたものは、銀色の輪。刑事もののドラマでよく見る、アレ。

…………蛇男は馬鹿なんだろうか。それとも私を心底馬鹿にしているのか、落ちてきたとか言われている天上世界を馬鹿にしているのか。

「それは？」

「腕利きの職人に作らせた、守りの魔道具でございます」

はい、ダウト。それは警護じゃなく拘束です。

やたらと豪奢《ごうしゃ》な彫刻にぎらつく宝石が嵌《は》められてる、銀でできた輪。部屋の方に繋がっていると思われる、細いチェーンがアクセントになっているそれは……紛れもなく、手《て》枷《かせ》だ。いや、輪の大きさ的には足枷《あしかせ》かもしれない。

「……そなたは私に枷《かせ》をつけろと言うのか」

蛇男プロデュースの厳《おごそ》かな口調を保ったまま睨み付けると、さすがにまずいと気付いたのか蛇男が一瞬顔をしかめる。

神子を隠しつつ利用するという器用なことを半年以上続けているくせに、明らかに馬鹿な真似などしないでほしい。こんな脳タリンに監禁されているのかと思うと情けなくなる。

「そ、そのようなことは決して！　これはこの世界では一番安全な守りの魔道具なのです。神子様の世界の拘束具に類似しているとは、本当にご無礼を……」

じゃあ国王とか貴族とかお偉いさんは皆、警護のために鎖に繋がれていると。

言い訳にしてももっとマシなものはないんだろうか。まさか私のことを、そこまで騙《だま》しやすい素直な子どもとでも思っているのか。目が濁《にご》っている上に腐っているのか。

こめかみがピリピリする。どこかに行ってほしい。本当に具合が悪くなってきた。

「私はそのような物など身につけない。下がれ」

「しかし！」

こめかみどころか、頭全体が痛い。頭の中で何かがぶつかりあっているような、有り得ない痛みが連続する。

「私を犬畜生のように扱おうと言うのか」

ああ、駄目だ。言ってしまったら、もっと面倒なことになる。

「このような場所に監禁して、性根の腐った輩《やから》ばかり祝福させて――」

そう思っているのに、理性が痛みに負ける。丁寧に包んで隠していた本音がどんどん漏れていく。ずっと我慢してきたのに、駄目だ。もう。

……ふざけんな、コノヤロウ。

「更に拘束わんわんプレイとか……お前は私のご主人様にでもなったつもりかっつーんだよ!!」

そう叫んだら――空が割れた。

「……は？」

透明なガラスに似た、何かが降り注ぐ。

体に当たる前に消えていくそれを綺麗だと思った瞬間、腕を強く掴まれた。

「っまさか！」

「ちょっ、離し……！」

力加減なんて無視して、無理矢理立ち上がらされる。

顔をしかめようとも蛇男は意に介さない。というよりそんなものを気にしていない。

焦点の合わない目つきで頭上を見て、悪人面《づら》を青ざめさせている。

「女、お前……何をした!?」

ああ、もう慇懃《いんぎん》無礼《ぶれい》はやめたのか。その方がいっそ清々《せいせい》するけど。

不健康そうでもさすがは成人男性。この世界では小柄な上すっかり体力も落ちた私には、為す術《すべ》もない。

半ばパニックになっている蛇男に詰め寄られても、何が何だかわからないのはこっちの方だ。

「神力の供給は絶たれていないはず……自分で結界を壊したのか！　クソが！」

意味がわからない。結界なんてものが張ってあったことすら知らないのに。

呆然とする私に構わず、蛇男が部屋に引きずり込もうとする。

痛い。腕が抜ける。肩から嫌な音がする。

「やっ、いた……！」

「煩《うるさ》いッ！　ただの人形でいれば可愛がってやったものを……！」

あ、これやばい。

血走った目を向けられて、どこか冷静にそう思った瞬間。

「――オイオイ、どういうことだ？　こりゃあ」

ガラスと共に降ってきた、深みのある低い声。呆れたような様子のそれは、力強く響いて空間を支配する。

「最上級の神聖結界とか、御大層なモン創ってんじゃねえか。オメエ、どんだけ司祭に金積んでんだよ。あーめんどくせえ。ここの神殿、燃やしちまいてえ」

軽い口調なのに、その声からはじわりと滲《にじ》み出る〝何か〟を感じる。

正直言ってとんでもなく好みの低音域の声なんだけど、今はうっとりする余裕もない。

「あ、あ……」

喘ぐような気持ち悪い蛇男の声が遠い。私の意識と視線は、真っ直ぐに塀の上を越えた空へと固定されていた。

「なぁ、俺が誰かくらいわかんだろ？　子爵さんよぉ」

その男は、悠々とそこに存在していた。

大きな体躯《たいく》。派手にはためく赤いマント。荒々しい印象なのに、どこか洗練されたその姿。

まるで美しい獣だ。明らかに人間の形をしているけれど、そう表現するのが一番しっくりきた。

「弁解も無駄口もいらねえ。まぁ、遺言くれえは聞いてやるぜ」

だるそうに言いながら、その人はやや癖のある赤銅色《しゃくどういろ》の髪を無造作に掻き上げる。何気ない仕草すら、目が離せない。声も出せない。

今考えてはいけない脳内の叫びを、必死に押し留めておくのが精一杯だ。

「な、何をおっしゃいます！　いくらあなた様でも、我が家でこのような狼藉《ろうぜき》――」

「狼藉《ろうぜき》、ねぇ……」

確かに狼藉《ろうぜき》……立派な不法侵入だ。だけど、そんなごく普通の訴えなんて、この場では何の意味もない。むしろそう主張する方が奇妙だ。

その人はちらりと私へと視線を向けて、呆れたように鼻で笑った。

「有り得ねえくらいダダ漏れの神力。それに伝承通りの聖石《せいせき》、聖痕《せいこん》。この俺が、わからねえとでも思ってんのか？」

今の台詞《せりふ》でわかる。この人は、私がどういう存在なのか把握したんだ。

「……やっぱ遺言もいらねえ。聞かれたことだけに答えろ」

荒らげた訳ではないその声に、蛇男が息を呑む。

深みのある声だけではなく、その大きな体躯《たいく》からも溢れ出してきている〝何か〟。それはおそらく、魔力と呼ばれるものなんだろう。魔力は神力と違って元々この世界にあった力で、クラウィゼルスの人間全てが持っているらしい。今の私にも同じような力があるらしいので、何となくわかる。その力がどれだけ強く、濃いものか。

それを受けてか、カタカタと震え出した蛇男が一瞬体を弛緩《しかん》させる。チャンスを逃さず、掴んでいた腕をさり気なく振り払うが、蛇男は気付かない。

それくらい、蛇男はゆっくりと下りてくる彼に全神経を集中させていた。

「かーわいい声が、ずっと呼んでんだよ。この俺を支配するくれえの力で、疲れ切った声で〝助けて〟って。気合入れて捜してみりゃ、こんな田舎の屋敷に、有り得ねえくらい分厚い結界が張り巡らされてやがる。怪しいことこの上ねえじゃねえか」

着崩した黒い軍服に包まれた腕に、いつの間にか握られている豪奢《ごうしゃ》な剣。

何気ない動作で振り上げられたその切っ先は、数メートル離れた蛇男の喉元へと向けられていた。

「――カレスティア国王陛下より剣を賜《たまわ》った天聖騎士団団長、イサーク・ガルシア・ベルリオスが問う」

張り上げた訳でもなく、響く声。震える蛇男を見据える切れ長の目は、何よりも鋭い。

「子爵ガスパル・ネグロン・ドミンケス。貴様が隠蔽《いんぺい》していたこの者は、何者か。この者を拘束しようとしているのは、いかなる理由か」

支配される。突如現れた闖入者《ちんにゅうしゃ》に、私が助けを求めた存在に。

「十秒やる。俺を納得させる返答をしろ。俺にはこの場でオメエを斬り捨てられる権利がある」

私が想像していた通りの名前。何度も何度も願った、私を助けてくれるヒーロー。

口元を歪めて言い放つその人は、まさに不遜《ふそん》という言葉が似合った。

国王からの剣を持つ人には、特級の裁量権が与えられているということになるんだろ

うか。ならば、彼は私が想像するより更にものすごい地位と権力を持っているということか。

じりじりと蛇男から距離を取りながら、この後の動き方を考える。

余計なことをしたら私に意識が向いてしまうかもしれない。とりあえずこのまま空気になっていた方が……

「こ、この者は……神殿のッ、し、神官見習い、で」

「へーえ？　このお嬢が見習いなら、半生かけて徳を積んだ大司教なんか赤ん坊だなぁ。そうか、オメエの領地じゃ見習いにエッロい格好させて鎖で繋ぐ風習があんのか……追加であと五秒やる。優しいだろ？　俺は」

剣を持っていない手がほんの僅《わず》か揺れる。人差し指が何度か曲げられて……って、これは私を呼んでいるんだろうか。

足音を立てないように、ゆっくりと大回りして。あと少し、もう、少し。何歩か進んで、手を伸ばせば触れられる。そんな位置だった。

「ッ、待て!!」

ようやく気付いた蛇男が声を上げる。

その手が伸びてくる前に、痛いくらいに力強く何かが私を引き寄せた。

「っと、ほっせぇなぁ。まぁ、こっから育てりゃいいか」

「え……」

次の瞬間にはがっしりとした腕の中にご招待。

「安心しな。お願いされた通り、助けに来てやったぜ？」

自然なウインクと低く甘い声に、脳内の叫びが一部決壊した。

（いやあああああ!!　このひとすっっっっっごい、好みなんですけど!!　え、なに、こんなひといていいの!?　彫りが深くて骨太で格闘家系マッチョで手も大きくて声もよくて、美形ではあるけどイケメンではなく超ド級の男前とか！　私を殺しにかかっているとしか思えないんだけど！　私この人の胸までしか身長ないし！　素敵抱いて！　ああああもう！　あまりにも場違いだから考えたくなかったのに！）

初対面の異性を見てここまでテンションが上がりまくったことはない。やばい。とにかくこの人はやばい。突き抜けて超タイプ。奇跡の男前だ。でも落ち着け私、今それどころじゃないから。

「さっさと片付けてやっからさ。後であの可愛い声、聞かせてくれよ」

駄目だ。やっぱり駄目だ。完全に落ちた。ちょろいよ私。

助けてくれただけでもほぼ百パーセント落ちるというのに、現れたのがこの理想の化身なんて。一目惚れ否定派を卒業する日がくるなんて。

ぎりぎりで叫びを堰き止めている私は、きっと苦しそうな顔をしていたんだろう。彼が腕の力を弱めて、剥《む》き出しの背中を落ち着かせるように撫でてくれる。

「……はぁ。お嬢、下がってな」

こくりと頷いて、解放された腕の中から名残惜《なごり》しくも移動する。

ようやく状況を確認してみると、蛇男が視線をあちこちにやって泡を食った状態になっていた。

「クソ、おいっ、誰か……」

「オイオイ、その剣はマジで飾りモンか？　自分がやらかしたことくれえ、自分で幕引きやがれ」

抜身のままだった剣をもう一度構えて、彼が先程より更に低く声を吐き出す。すると蛇男は怯《おび》えたように肩を揺らした。そして腰に下げた剣の柄にゆっくりと手を置いて、抜こうとするけど、震えが酷過ぎて、それすら叶わない。俯《うつむ》いて何かを呟いて、弾かれたように顔を上げて、を何度も繰り返す。

何がしたいのかよくわからなくて、思わず首を傾げてしまう。

「はっ、はは……終わりだ、もう、全て……ははは……」

結局、斬られるどころか髪一本すら損なうことなく、蛇男が打ちひしがれたように膝をつく。

私を使って目の濁《にご》ったおっさん達をたくさん仲間にしていたのに、奥の手とかないのかな。もしかして呟いていたのが奥の手——魔術とか？　だったらどうして発動しないんだろう。

何にしても、もう決着がついたと思っていいのでは。

「こんだけのことしといてそれかよ……ちっとぐれえ歯向かって見せろよ」

囚われている側からしたらたまったもんじゃないようなことを言っているけど、私も同意見だ。

まさか、この監禁の日々が、こんなにもあっけなく終わるなんて……この白い牢屋から出られる日が、こんなにあっさりとやってくるなんて、思いもしなかった。

そんな時、少し遠くからややだるそうな声が乱入した。

「無理っすよ、魔封じの結界張っちゃいましたもん。団長に肉弾戦挑むとか、どんな自殺志願者っすか」

「張ったのは私ですけどね。へらへら笑ってるだけで、何も仕事をしないカスがいるので大変です。ベルリオス団長、屋敷の制圧完了いたしましたが」

蛇男の背後にある、唯一の出入り口からふたりの男が現れる。

ひとりは黒い軍服を纏《まと》い、銀髪のゆるい巻き毛をひとつに括《くく》った、いかにもチャラそうなイケメン。もうひとりは似たデザインの白い軍服を着て、黄緑色のおかっぱ頭をした眼鏡の女顔美形。どちらもキャラが濃そうな面々だ。

緊張感もなく、蛇男を拘束する彼らをこっそり観察しながら、ゆっくりと息をつく。

どうやら蛇男に奥の手がなかった訳でもなさそうだ。だけど、この人達が全部封じてしまった。魔封じとやらで魔術を使えないようにして、屋敷にいた兵を倒して制圧したと。

私のたった一言のために、一体どんな軍隊を連れてきたのか。

いや、騎士団だったか。私の想像する騎士とは違うけど、この世界ではこうなんだろう。

「チッ……だから小隊なんかいらねえっつったんだよ。あっけなさ過ぎてつまんねえ」

「完全に私用っすからねー。でも、ついて来てよかったっしょ？　人手あるといざという時楽チンじゃないっすか」

「私なんて完全にとばっちりですよ。ああもう早くフレータ団長のもとに帰還したい。屋敷の外に出たら転移してもよろしいですか」

「ぶつぶつうるせーよ眼鏡。おーい、お前ら元凶回収すんぞー」

ふたりに続きわらわらと中庭に入ってくる、黒い軍服の男達。本当に、色々と終わった後らしい。

さすがに彼にもエロいと認識される衣装で、多数の男の前に出るのは少々躊躇《ためら》いがある。そう思い、私がマントを靡《なび》かせる大柄なその背中に隠れると――

「で、そこにいんのが団長を呼びつけた子っすか？」

「っ」

目ざとく私を見つけたチャラ男が、思いっきり体ごと首を傾けて顔を覗き込んできた。

あれ、この人の軍服、ちょっと飾りが少ない。助けてくれた彼の方が豪勢な感じだ。団長だからか。いや、そんな場合じゃなくて……

「おぉー美少女！　まさしく囚われの姫君って感じ――」

「見んな」

「ッガフ!!」

あ、今顔面に拳《こぶし》が入った。

多分手加減しているんだろうけど、私の目から見たら何の遠慮もないように見えた。

「オメエが見ると小せえお嬢でも孕《はら》んじまう。近寄んじゃねえ」

「フゲェ……ヒ、ヒドッ！　いくらオレでも一晩ねーと無理っすよ」

「馬鹿ですか。下半身が本体なのですか。汚らわしい。神子は穢《けが》れを嫌いますからさっさと指揮に戻りなさい、このゴミが」

「お前こそさっさと地団に帰れよ陰気眼鏡。ワイバーンの上でゲロ吐いたお前の方が汚ねーっての」

「地聖魔術士団には繊細な人間が多いので、人にも騎獣にも気遣わない自分勝手な操縦についていけないのです。そもそも我々は魔術により、身ひとつで空中を自在に舞うことができますしね。ああ……汚物臭くて嫌だ」

「ふざけんな、お前のゲロがオレのマントにかかったんだろーが！」

そろそろ、このコントじみた流れを止めるべきだろうか……

「……あの」

ぴたり。まさにそう形容するのがふさわしいくらい、周りの音が止んだ。

何だかよくわからないけど、とりあえずこの言い争いを聞いているのも面倒だ。やれることをやって、さっさとどこかに落ち着きたい。

「聞きたいことが、あるんですが。いいですか？」

マントを軽く引っ張って、いつも通り吐息混じりの声でそう言う。

「…………オメエら、呼ばれるまでここに入ってくんな」

「団長、そんな顔してたらさすがに無理っすよ。しょっ引かれちまうっす」

「これはこれは、ベルリオス団長は少女性愛に目覚めたのですか。清楚でたおやかな美少女がお好みとはフレータ団長もご存知ないでしょう」

「チッ……うるせえ。とにかくどっか行け馬鹿野郎ども」

「駄目っす」

「駄目です」

だから、私は面倒が嫌いなんだって。このどうでもいい言い争いとかやめてほしいんだってば。

面倒事回避、してもいいだろうか。

「……イサーク」

またぴたりと喧騒が止んだ。

ゆっくりと、マントが翻《ひるがえ》る。腰を折るようにして、目の前のその人が視線を合わせてくる。

男らしい太い眉、眇《すが》められた切れ長の目、高くしっかりとした鼻や顎《あご》に、厚い唇。危険なくらいの男の色気と甘さをたっぷりと含んだその顔立ちは、どこをとってもいい男にしか見えない。

言いたいことも、聞きたいことも色々あった。だけど、一番に言うべきことは決まっている。

「私を助けてくれて、ありがとう」

私のできる、最上の感謝をしよう。

わざわざ跪《ひざまず》いてくれたその人に両手を差し出し、そこに銀の光を漂《ただよ》わせる。

今まで見てきた中でも、一等強く綺麗な光だ。私が真剣に報いたいと思っているからだろうか。

「イサーク・ガルシア・ベルリオス。言祝《ことほぎ》の神子は、これまでの行いに報いるため、あなたに祝福を与えます——願いを」

さあ、何でも言って。適当な祝福でもしっかり効果があるんだ、真剣に祈ればおそらく大抵のことだったら叶えられるはず。

地位も権力も財力もありそうなこの人が望むのは、何だろうか。

「願いは、叶ってる」

「え……」

「助けてくれたら超絶好みの女の子と出会えるようにするって、俺に言ってきたじゃねえか」

ああ、それもしっかり届いていたんだ。

雄の色気に溢れた流し目が、私を捉える。もしかしなくても、私のことを言ってくれているんだろうか。だけど残念ながら、こちらは結構な外見詐欺だ。見た目通りの性格でもないし、年齢も。

「自惚《うぬぼ》れだったらごめんなさい。私は無理ですよ」

「あぁ？　神子は純潔じゃなきゃいけねぇとか、そんな法螺《ほら》吹き込まれてんのか。魔の穢《けが》れはともかく、生殖は穢《けが》れじゃねぇよ」

「いえ、私はとっくに純潔ではありませんが、そうではなく」

何故か周りの温度が数度下がったような気もするけど、まぁ普通にスルーで。

「この世界では、ずいぶんと小柄に見えるようですが……私は二十五歳なので、少女の域はだいぶ超えています」

「…………は？」

「体は成熟していますので、もう背は伸びませんが」

数瞬の後、起こったのは大絶叫だった。

第二章

どうやら、蛇男は色々とやらかしているらしい。

「――また、非常時以外での神聖結界の使用は、大司教もしくは司教の認可が必要です。それも罪状に挙げられるのでは」

でかい男達が詰めかけて、一気に狭苦しくなった気がする中庭。

テーブルも椅子もない空間で、立ったまま残務処理をしていく三人を私は無言で観察する。雄々しい男前と、チャラいイケメンと、女顔の美形眼鏡なんてそうそうない絵面《えづら》だ。

「つーことは、結界生成に関わったヤツら全員捜さなきゃなんねーのか。うっわー、どんだけいいんだよ。めんどくせ」

「創った張本人である司祭、使われた魔石・聖砂・聖水・その他諸々を融通《ゆうずう》していた商人、調達に関わった傭兵や冒険者などが対象になりますね。見つけ次第捕らえましょう……そこの馬鹿面下げている馬鹿が」

「オイこら毒吐くくらいなら黙って仕事しろ眼鏡」

「ベルリオス団長のご要望によりこの男の罪を挙げているのに、どうして口を閉じられるというのですか。私の仕事は黙っていてはできないのですよ。それくらいのことを考える脳みそはないのですか」

彼がガラスのようにぶち破った結界――神聖結界というのは、なかなかにとんでもない代物だったようだ。

発動までの手順を理解する頭と、一定の神力があれば構築は可能。ただそれを維持するのに馬鹿高い費用と、かなりの神力を消費する。戦時や災害時などの非常時でない限り使わない、五聖教の神官達の虎の子らしい。

どうしてそんなものが半年以上発動できていたのかというと、簡単な話だ。私の神力で維持されていたのだ。

すっかり体力が落ちたように感じていたのは、運動不足やしたくもない祝福のせいだけではなかった。あの頭痛も結界を攻撃されていたから……って、これは言わないでおこう。攻撃した本人がここにいるし。

私がそんな厄介な結界の存在を知らなかったのは、最初の立ち位置のせいではないかと美形眼鏡は推測した。結界は、構築する時点で私が神力の供給源になるように指定がされていた。おそらく目が覚めて神子の力が他の人間に感知される前に、結界は生成されていたのだ。そのせいで違和感がなかったんだろうと結論づけた。そうでないと、自分が囚われている檻《おり》の強化なんてするはずがない。

元々魔力も神力もない世界の出身だ。勝手に自分の中に宿った力がどんな風に動いているかなんて、誰かが指導でもしてくれない限りわかる訳がない。現時点でも可視化されない限り、なんとなく不思議な力があるというレベルでしか感知できないのに。

ちなみに美形眼鏡がどうしてそこまで神聖結界に詳しいのかと言うと、彼は元々神官だったらしい。この異色な経歴を頼りにされ、今回別の団から派遣されてきたようだ。

私の救援、本当に大事《おおごと》になっている気がする。助かるけど申し訳ない。

「それと当然、言祝《ことほぎ》の神子に対するこの所業も大罪ですね」

美形眼鏡はたっぷりとした睫《まつ》毛《げ》を震わせて、ゆっくりと私を見た。

「神子は世界で最も尊《とうと》ばれる存在であり、神の雫《しずく》を地上に降らせる無二のひと。只人《ただびと》が私欲のために縛りつけ管理するなど、何よりも許しがたいことです……ベルリオス団長」

「あぁ？」

「私が説明しているのですから、せめて視線を向けて相槌《あいづち》くらい打ってください。自分で指示したのにあんまりではないですか。これではまるで、私が独り言を垂れ流しているおかしな人間のようです」

「ちゃんと反応してたオレは無視か。眼鏡割んぞ根暗野郎」

「野蛮な馬鹿の適当な相槌《あいづち》なんぞ無に等しいですね」

チャライケメンと美形眼鏡は相当反りが合わないらしい。外から見ている分には微笑ましい掛け合いだけど、これでいいんだろうか。

さて、現実逃避はやめて、ここで私の現状を確認してみよう。

格好は自他共に認めるエロい衣装の上から、異様に大きなマントをすっぽりと被った不審者仕様。そして、逞《たくま》し過ぎて吐血しそうな程素敵な片腕に座るように抱き上げられている。確実に。ひとりだけ場違い感が激しい。

個人的にはときめきだの羞恥《しゅうち》だので叫び出したいくらいだ。ただそうすると話が進まないので、大人しくしている。好みド真ん中の超絶男前に、じいっと見つめるどころではないレベルで見られていても尚、だ。

いくつもの指示を飛ばしながらも、彼はずっとこの体勢を維持している。正直私がいるのは相当邪魔だと思うけど、明らかに離すつもりがないので仕方がない。と、いうことにしておく。

「団長、本気でその絵面《えづら》やばいっすからね？」

「どう見ても少女誘拐の現行犯にしか見えませんが、まぁいいでしょう。とにかく話を続けます。――つまりガスパル・ネグロン・ドミンケスは国法に則《のっと》れば、第一級の守護対象である高位の聖職者……いえ教皇猊下《げいか》以上の存在を害した罪でよくて終身投獄、妥当なところで死罪。五聖教の教義に則《のっと》れば、神の雫《しずく》を我が物にした罪で愚者の丘に三百年の磔刑《たっけい》になります。まぁ、余罪が多々あるので、神子の監禁を公《おおやけ》にしなくても結局死罪だとは思いますが」

「流すなよオイ」

「流さないと終わらないでしょう。早く地団に帰還したいのですよ、私は。伝承の神子にお目通りできたのは紛れもなく僥倖《ぎょうこう》です。が、私はでかい図体をしてまるで少女人形を後生大事に抱えているベルリオス団長なんて、これ以上見たくありません。心に傷を負いかねない絵面《えづら》ではないですか」

確かに説明すればそんな状況かもしれないけど……私はそこまで犯罪臭が漂《ただよ》う程、子どもに見えるんだろうか。

それはともかくとして、蛇男は私の監禁以外にも相当な罪を重ねているらしい。こんな短時間で、制圧された屋敷内からやばそうな物的証拠が出るわ出るわ。

王都に報告なしの増税や税収の虚偽報告なんて、まだ可愛いもの。

輸出禁止の資源を使った闇商人との取引やら、カレスティアでは廃止された奴隷制度がまだ残る国への違法奴隷の輸出やら、言祝《ことほぎ》の神子の力を取引材料にし他国の爵位を買って亡命しようとしていたことやら。本当にやらかしまくっている。

特に、言祝《ことほぎ》の神子については国よりも五聖教の怒りが爆発するとのことだ。

五聖教はこの世界、クラウィゼルスのほとんどの国で信仰されていて、貴族から平民まで信徒になっている真っ当な宗教らしい。

言祝《ことほぎ》の神子の伝承を記しているのも、神子を尊《とうと》い存在としているのも五聖教だ。その神子を私物化していたんだから、通常俗世に絡むことはない教皇も出てくるだろうとのこと。

自分で思っていたよりも、やっぱり事態は大事《おおごと》になっている。

「あの、眼鏡さん」

「何でしょう、神子様。というかあまり私に視線を向けないでいただけますか。さっきまで私に見向きもしなかったベルリオス団長が、今にも斬りかかってきそうな勢いで睨んでくるので」

「……イサーク」

呼んだ瞬間、ただでさえ近かった顔が更に近づく。

鼻先が触れそうなくらいの距離でよく見れば、彼はとても深い茜色《あかねいろ》の瞳をしている。

「何だ？　何も心配いらねえよ。オメエを苦しめてた奴は全部消してやっからな」

蕩《とろ》けそうな笑顔で、ぞくぞくするくらい甘い視線で、深みのある声に惜しげもなく喜色を滲《にじ》ませて。

………駄目だ。これは、何か色々まずい。

腰が砕けそうなのもまずいし、私がもし今すぐ蛇男を縊《くび》り殺してほしいなんて言ったら本当に実行しそうなのもまずい。

「ちゃんと話をさせてください。私は聞きたいことがある、と最初に言いました」

「ああ、悪いな。だが、俺に言えばいいことだろ？　別にモンテスを通す必要はねえ。ミゲルはもっと必要ねえ」

「ちょ、ヒド！」

ああ、私の意識が他にいくのが嫌なのか。というか眼鏡はモンテスで、チャラ男はミゲルと言うのか。今更自己紹介できる空気でもないから、名前だけでもわかってよかった。

「で、何が知りたい？」

軽く首を傾げて聞いてくる彼を見て、少し考える。

ＴＰＯが問題なければとても悶《もだ》えられる状況だけど……面倒事を引きずったまま、子どものように抱っこされるのはそろそろ勘弁してもらいたい。

「じゃあ、聞きますけど……まず私を監禁していた男について。彼は法に則《のっと》った刑を科されるということでいいんですが、私が祝福を与えてしまった複数の男についてはどうなるんでしょうか。それと、この屋敷に仕えていた使用人達、特に進んで監禁に加担していない人達の処遇について。その中でも侍女や料理人達は私によくしてくれていましたから、きちんと話を聞いてあげてほしいのですが。あと、私の今後の振る舞い方についいて。こちらは後程で構いません。最後に、呼びつけた身として失礼な言い方だとは思いますが……あなた方の所属について。大聖騎士団というんですよね？　おそらく高名なのでしょうけれど、得られる知識にかなりの偏《かたよ》りがあったので、申し訳ないのですが存じません。現在お忙しいのも、私がそうさせたからだと承知しています。ですが、もう少し詳しく教えてもらえたらありがたいです」

考えていたことを軽く目を伏せて確認しながら、つらつらと挙げていく。今を逃すといつまで経ってもまともな主張ができなさそうだったから、かなり詰め込ませてもらった。

全て言い終わり視線を上げると、彼が少しだけ探るような目を向けてきた。

「いきなり助け出されてすぐ、そんだけ考えつくっつうことは……嘘じゃや、ねえんだな」

「はい？」

「その、歳が二十五とかいうの」

正直な話、日にち感覚がないので、もう一歳プラスになっているかもしれない。

ただ、そんな話を聞きたい訳じゃないだろうから黙っておく。それに、二十六歳になっていてもそんなに嬉しくない。年々歳のことを言われたくなくなる気分がわかってくる。

「ええ。この世界の成人は十六歳でしたか？　私はこの世界でも元いた世界でも充分成人ですし、独り立ちして仕事もしていました。ただの子どもだったら、この状況に至るより先に下手なことをやらかして手足を繋がれていたでしょうね」

「………………」

あ、今空気が重くなった。

「あなたが助けてくれたから、繋がれることもありませんでしたけど」

盛大に皺《しわ》が寄ってしまった彼の眉間に、左手で触れる。

それだけで空気が元に戻って、どこかから安堵したような溜め息が聞こえた。

「それで、私の質問には答えてもらえるんですか？」

状況把握と身辺整理をしておかないと、いつまで経っても問題なんてなくならない。

切り替えが早いのは私にとっては大切なことだ。

「……祝福を私欲のために使った輩《やから》は全員捕らえる。ここ半年くれえ、あまりに不自然な幸運に恵まれていた奴は何人か目についてっからな」

「やっぱり、あからさまに祝福の効果が出ているんですね」

「いい噂がほとんどねえ奴に限って、大逆転劇ばっか生み出してんだ。おかしいと思うだろ、普通。ああいう類《たぐい》は大抵、関わった奴の弱み握っとかねえと安心できねえケツの穴の小せえ男だ。もう少し屋敷ひっくり返しゃあ証拠も見つかって芋づる式だろ。さすがに問答無用で全員刺し殺すって訳にもいかねえから王下審判《おうかしんぱん》行きだな」

「まぁ、そこまで行きゃオレらの手は離れますね。法の領分っす。あ、あと使用人はまともな雇用には使わねーゲスい契約魔術がかかってたんで、別口で解術して魔術審査になりますよ。一緒くたに処罰なんてことはないっすから、大丈夫っすよ」

「審査にかけて潔白なら箝口令《かんこうれい》の後、放免だな。何かありゃあ王都行きだ。お嬢がそう言うからには、使用人全員が腐ってる訳じゃねえんだろ。丁重に扱うぜ」

また色々、新しい単語が出てきたな。王下審判は文字通り国王が出る裁判で、魔術審査もそのまま魔術を使った取り調べだろうか。聞けば聞く程知らないことが増える気がする。

「お願いします……っと」

軽く触れていた手を優しく掴まれて、滑るように彼の頬に持っていかれる。

外国人顔なのを加味しても、見た目的には三十代前半くらいだろう。そんな年齢の男の人の肌はもちろんつるつるではなくて、少しざらついている。その感触が逆に生々しい。

真面目な話をしているはずなのに、何、何してるのこのひと。

「んで、これからのことだが、お嬢はこれからすぐ俺らと王城へ転移してもらう。アーシオ――うちの国王な、そいつが待ってる。俺はあいつとガキの頃から肩肘張らねえ付き合いしてきたが、マトモな奴だぜ。多少腹は黒いがな。それでも、欲に目ぇ眩《くら》ませてオメエを縛ることはねえ」

まるで撫でてくれと言わんばかりにすり寄る頬。

甘えるような仕草なのに、そんなことは全く思わせないくらい普通にやってのける。

「カレスティアの国力も世界で五指に入るし、ここは五聖教の本神殿がある聖地にも隣接してる。お嬢は多分国のこともあんま知らねえだろうが、ひとまず絶対悪いようにはならねえと思ってくれりゃあいい」

ゆっくりと、頬から唇に手を移動させられる。

本当に何気なく、そうするのが当然の流れのように。

「さっきも言ったが、何も心配することはねえ。天聖騎士団っつうのは……まぁ追々説明すっけど、国で一等強え馬鹿共の集団だ。腕は確かだし、安心していい」

その台詞《せりふ》の直後、掌《てのひら》から場違いなくらい可愛らしい音が聞こえた。

音と共にもたらされた湿った感覚に、何をされたのか理解して体温が一気に上がる。——掌《てのひら》に、キスって。

「それに、この俺がいる。お嬢、俺を呼んだのは正解だぜ。俺なら何が来てもオメエを守ってやれる。暴力からも、権力からも、何者からも」

低い声が、鼓膜を震わせるトーンまでが、私を包み込むように甘やかす。

………も、駄目。

「わ、私は、少女では、ありません、が」

「あ？　そうじゃねえからこんなこと言ってんだろ。俺はガキ口説く趣味はねえぞ」

「さっきまで少女でも口説く気満々だったくせにー」

「それどころか育てる気満々でしたね、恐ろしい」

「黙ってろ、ドタマ潰すぞオメエら」

ぎゃいぎゃい騒いでいる外野の声が、耳に入らない。彼の声がまだ耳の奥で響いていて、左手の熱がまだ取れなくて。

落ちるところまで落ちたと思っていたのに、更に嵌《は》まり込む。

なに、このひと……本当に、私をどうしたいの。ねぇ。

「つーか、いつまで抱き上げてるんすか。まさか王城に着くまでとか……」

「そうに決まってんだろ」

「そのまま帰ったら……ベルリオス団長が大事に大事に連れ帰ってきたのがまさかの少女とかいうとんでもない絵面《えづら》を見て、絶望に顔を歪めるフレータ団長が見られそうですね。それもまたオツなもので」

「まさかのドSか、引くわ。じゃなくて、さすがにやめましょうよ団長。神子様だって別にどっか行ったりしないし」

「手ぇ離した瞬間、誰かに連れ去られたらどうすんだオメエ」

「どこの世界に、オレら全員出し抜いて神子様かっ攫《さら》えるような強いイカレ野郎がいるんすか……っと、団長。お仕事追加みたいっすよ」

腕を全く揺らさないまま、彼が体ごと後ろに振り向く。つられてそちらを見れば、ふたりの騎士が何かを抱えてやって来た。

それでやっと色ボケしている場合ではないことを思い出し、私は背筋を伸ばす。この格好とこの体勢で取り繕《つくろ》っても何の意味もないけど。

「おう……って、オメエら金庫ごとかよ」

「勘弁してください、これ魔術結界が五連になってるんです。地団に頼まないと開かないですよ」

「どんだけ慎重っつうか、他人信用してねえんだよ。小物過ぎんだろ。まぁいい、持ってけ」

「はっ！　団長、重要であろう物品はこれで全て押収しましたが」

「そうか。ミゲル、小隊の半数と残れ。屋敷外は憲兵に回らせろ。魔術審査は王城行ったら即行手続き取って何人か寄越すから、屋敷内で行えるようにしておけ」

「了解っす」

視線を動かすと、何人かの騎士達が周りに集まって来ているのがわかる。

邪魔にならないように空気に徹しておく。同じく空気を読んでくれたのか、私のことには一切触れずに話が進んでいった。

「神殿の方はどうなった」

「司祭をはじめとした聖職者全員を聖堂に集めています。隠蔽《いんぺい》されていた神聖結界が——と説明をしたらさっそく司祭が逃亡しようとしたので、蹴り転がして縛っておきましたが」

「ハッ、燃やされねえだけありがたいと思えってんだよ、カスが。転移門の使用許可は？」

「王城には申請を飛ばしたので、もうしばらくすれば許可が下りるかと思います」

天聖騎士団、というのはどんな存在なのか。彼はそのうち説明してくれるようだけど、この場面を見ているだけで何となく想像がつく。

警察とは違う、おそらく特殊部隊や精鋭部隊のようなもの。荒事にも慣れていて、見る限り幅広い権限を持っている。だからこうもさくさく物事が進むんだろう。

モンテスは地聖魔術士団とかいう所属らしいし、服装からいっても天聖騎士団と対《つい》を成す部隊のように見える。まぁ、それは次に機会があったら聞こう。無駄に話しかけて邪魔をしたくないし、また彼に睨まれたら可哀想だ。

入れ替わり立ち替わり、色んな人が経過報告や押収した物品の確認などをしていく。

そんな中、一際大きな軍靴《ぐんか》の足音を立てて、ふたりの騎士が庭に駆け込んできた。

「団長！　ご報告が」

「何があった」

「はっ！　今しがた確認がとれたのですが、転移門には神力も魔力もほとんど残っていませんでした。急ぎ補給をしていますが、使用可能になるまでおそらくあと三時間程はかかるかと……」

「はぁ？」

片眉を器用に上げた彼が、一瞬険しい顔をしてからすぐに溜め息をつく。

「あーやっぱ憲兵も金握らされてんな。ンなこったろうと思ったが、丸々腐ってやがる……チッ、問題だらけじゃねえかこの街」

「北方支部は何やってんすかね。北公爵って結構規律に厳しいんじゃなかったっすか？」

「北のおっさん、ここ数年あんま体調よくねえからな……どうせ主人の見てねえ隙に美味《う》い餌《えさ》でも与えられたんだろ。担当の部隊すら使えねえな」

「どうします、団長？　憲兵使えねーでオレら半数だと、結構カツカツっすけど」

「もう全員残れ。ミゲル、俺の名前使って北方支部の上に話通せ。担当部隊締め出して出入り封鎖させろ……それと」

あえて一息ついてから、彼は報告を上げた騎士達に鋭い視線を向ける。

「オメエら、特級事項の伝令回さなかったのか。言祝《ことほぎ》の神子降臨っつうなら、間違いなく最優先になるはずだろ」

「っ申し訳ありません、不測の事態があったとしか言っていません。も、もう一度申請出してきますっ！」

「いい。俺も言葉が足りなかった。どうせ王城側からも補給して使えるようになっても、自力で戻った方が早えよ。二時間くれえで着けるしな」

「そりゃ団長だけっすよ……つーか団長の愛馬だけっす」

ここが辺境に位置するのは、侍女達が言っていたから知っている。未だに世界地図すら見たことがないけど、王都はかなり遠く離れた場所にあるはずだ。世界有数の強国がとんでもなく狭い国だという線がない訳じゃ……いや、ないだろうな、侍女達の口振りだと。

やっぱり、彼は色々とすごい人みたいだ。この場合、スケールが。遥か遠いと称されていた王都まで二時間って。

とはいえ、緊急の移動手段らしい転移門とやらを使うのが一番いい手段なんだろう。それだったら私にも手伝えそうだ。

「あの、私の力でよければ使いますか？」

言った瞬間、ぴたりと全員の口が閉じる。

ああ……ごめんなさい。黙っていればよかった。せっかく話が進んでいたのに。

「お嬢。俺らは監禁されて常に搾取《さくしゅ》されてた神子様に力使わせる程、外道じゃねえぜ？オメエら、お嬢を不安にさせてんじゃねえ。シメんぞ」

「も、申し訳ありません！」

「最速で補給します！　オラ行くぞ！」

「いえ、あの……あまり頑張り過ぎないでください」

ドスの利いた声を受けて飛び出していく騎士達にかけた声は、聞こえたかどうかわからない。

「ごめんなさい。逆に邪魔をしてしまって」

「いや、元々緊急に備えておくはずの転移門が使えねえってのがおかしいんだ。気ぃ遣わせて悪いな……よし、行くか」

抱き直されて　私は慌てて彼の首に縋《すが》りつく。すると低い笑い声が耳元で響いて、少しだけ背中が痺れた。

「ミゲル、俺はお嬢と先に戻るからな。指揮はオメエに預けた」

「はいはいっと。神子様の安全が最優先っすからね。丁重に護衛してください」

「オメエに言われなくてもわかってんだよ。そのために二時間っつったんじゃねえか」

ということは、慎重に行かなければもっと早く着けるということで。

……本当に、落ち着いたら世界地図が見たい。

×　×　×

「何、これ」

屋敷を出た途端に近づいてきたそれに、目が釘付けになる。

目の前にいるのは大きな馬、のような生き物。青毛というんだろうか、鬣《たてがみ》や尻尾まで、全身真っ黒な立派な馬らしきものがそこにいた。

らしきもの、というのはその馬にはどう見ても脚が八本あるからだ。ムカデみたいに等間隔ではなく、元々脚があるところから何本も生えている。

下手をしたら気持ち悪くも見えてしまいそうな姿だけど、その堂々とした威容と美しい毛並みが逆に神々《こうごう》しさを感じさせる。

じろじろ見ている私を窘《たしな》めるように、ちらりと流し目をくれる黒馬。その鬣《たてがみ》を軽く撫でながら、彼は少し不思議そうな顔で私を見た。

「ん？　ああ、天上世界にはいねえのか。こいつはノクシァ。スレイプニルって幻獣だ」

「スレイプニル……確か、どこかの神話で聞いたことがあるような」

「神話レベルかよ。まぁこの世界でも珍しいからな。ワイバーンやペガサスなんか目じゃねえくらい速く翔《か》けるんだぜ。っと」

軽い声と共に鐙《あぶみ》に足がかかったと思ったら、次の瞬間彼は馬上にいた。当然、私を片手で支えたままだ。

今にすごく軽々乗ったよね。それに、明らかにテレビとかで見る馬より大きいんだけど……まぁいいか。

「この子が、飛ぶんですか？」

「そりゃ飛ぶだろ。俺の愛馬だぜ？」

「いえ、馬が飛ぶような世界には生きていなかったので……」

「そうか。落ち着いたらお嬢の住んでいた世界の話、色々聞かせてくれよ」

コラそこ、頬をすりすりしない。いくら裏口とはいえ、ものすごく目立ってるから。すでに遠巻きに、騎士達と騎獣達で人だかりができてるから。

変に恥じらって抵抗すると余計構われて出発できそうもないので、黙っておく。流されているとか言わない、これが私の処世術だ。

彼が未だにマントを被ったままの私を腕から下ろして、横乗りの体勢で前に座らせる。どうやら元々ふたり乗りができるようになっているらしい。意外に余裕がある。

「お嬢、ちいと窮屈《きゅうくつ》だが我慢してくれ……って、余裕だな。逆にズレそうだ。その格好だと掴まるとこねえから、できるだけ俺の方に体預けとけよ。そう、イイコだ」

耳元で低い声で囁《ささや》かないでほしい。他意はなくても色んな意味で心臓に悪い。

心を無にして指示に従う私は、表面上はかなり冷静に見えるだろう。

さすがぶ厚いと称賛された面《つら》の皮だ。称賛ではなかったかもしれないけど、今は感謝。

「飛ぶのがはじめてなら、できるだけ身ぃ乗り出すなよ。落としたりは絶対にしねえが、危ねえことには変わりねえからな」

「はい、イサーク」

「…………あー……行くぞ」

何故か唸《うな》りながらも手綱《たづな》を握って――本当に握るだけで何もせず、ノクシァが石畳を蹴る。

助走もなく空へと翔《か》け上がる不思議な浮遊感に、思わず素敵な胸板に縋《すが》りついてしまう。すかさず片手で肩を抱き込まれて、きゅんきゅんする……前に、手綱《たづな》は大丈夫なのか本気で心配になってしまった。

「あの、手綱《たづな》は……」

「ノクシァは高位の幻獣だかんな。パスが繋がってっから、乗ってるだけでも基本平気だぜ」

「パス？」

「それもねえのか……パスは、契約獣との精神的な繋がりだな。お嬢には教えることが多そうだ」

「お手数おかけします」

「いや、いい」

ある程度の高さまで来たのか、まるで平原を走るように空を駆けていく黒馬。

遠くに見える景色からいって、間違いなくとんでもないスピードで走っている。それなのにそよ風程度しか感じないし、息苦しさもない。何かの魔術なのか結界なのか、それとも幻獣特有の能力なのか。

本当に便利ですごいなぁ、ファンタジー。

「天聖騎士団は、皆さん契約獣という存在がいるんですか？」

「むしろ契約獣なくして騎士は名乗れねえよ。俺らは魔物退治から要人護衛まで、色々と面倒な任務をこなす使い走りみてえなモンだからな。国のどこにでもいち早く駆けつけんのが仕事だ」

「スーパーマンか。さすがヒーロー」

「うん？」

「いえ、私の世界では空を飛んで万事を解決するのはヒーロー……英雄くらいしかいませんから」

「英雄、なぁ？　まあ、そう呼ばれることもなくはねえがな」

まさかのガチだった。正真正銘の英雄に助けてもらえるなんて、私は本当に幸運だ。

やっぱり、侍女達がこの人の名前を挙げてくれてよかった。そうでなければ、きっとこんな風に出会うことは絶対になかっただろう。

「そんな英雄に、わざわざ辺境まで来てもらって……随分ご迷惑をおかけしてしまいましたね、ごめんなさい」

「なぁに言ってんだ。捜す労力と手間に見合う以上の報酬はもらってるぜ？」

抱かれた腕の中で、彼の笑う振動が伝わる。

「ったくよぉ……この俺が、女に手間かけさせられんのが楽しく思えるなんてなぁ。ほんっと、どうかしてるぜ」

そんな風におどけて〝この俺〟なんて言われても、正直わからない。

だけど、騎士達の動揺っぷりからしても、私に対する彼の態度がおかしいのはわかる。

間違っても甲斐甲斐しく女の世話を焼くようなタイプではないことも。

「イサーク、こんなことを聞くのはどうかと思うんですけど」

「ん？」

「あなたは私の、その……容姿が好みなんですか？」

聞いてしまった。今はそんな場合じゃないって何度も思っていたのに。

今更取り消しなんかできなくて、つい俯《うつむ》いてしまう。

「……ああ、好みだな。全体的に小せえが、体つきは女らしいし、髪も肌も綺麗で触り心地がいい。顔もケバくねえし賢そうで品もある。清楚系っつうのか、可愛い声の割に甘過ぎねえ雰囲気もいいな。もちろん声も最高。で、それがどうした？」

「ありがとうございます……」

そこまで明け透けかつ手放しに褒められるとさすがに照れる。

……いや、そうじゃない。私が聞きたいのはどうしてここまで、私に入れ込むような態度を取るのかということだ。

直球で聞くには少し躊躇《ためら》いがあるけど、そろそろはっきりさせておかないと心臓に悪い。

「で、ええと、勘違いだったら本当に申し訳ないんですが……」

肩に回っていた手が唇までのぼって、そこを軽く押さえられる。それだけで言おうとしていたことが全部吹き飛んでしまった。

「まぁ、待てよ。俺の質問に答えてくれたら、教えてやっから」

こんなに、〝離したくない、こっちを見ていてほしい〟って、色々ダダ漏れな接し方してきて。

こんなに、〝もっと触れていたい、隙間なんかいらない〟ってくらい、熱い体温を寄越してきて。

それでも返答を催促するなと言うのは、少しばかり拷問じみている気がする。

「何を、聞きたいんですか？」

「差し当たってはひとつだけだ。名前も知らねえ女を口説く気にはなれねえんでな」

もうすでに言語以外の全てで口説かれている。

そう思いつつも、わざわざツッコむようなことはしない。たとえ、クラウィゼルスに落ちてきてはじめて名前を聞かれた瞬間だったとしても……私はその先が、何よりも聞きたい。

「……巴です。奏宮巴。私の国だと、先に家名がきます」

「つうと、こっちの言い方に直せばトゥーエ・カーミァか？」

「いえ、ちょっと発音が……トモエ・カナミヤです。ト・モ・エ」

「トーエ、トゥモェ、トーモェ、トモェ……チッ、何か違えな」

下を見れば、どこかの森を越えたようだ。迷いなく一直線に進むノクシァとは逆で、馬上はもだもだしている。

何度も何度も言い直されて、その度に惜しい発音になる私の名前。そんなに難しいだろうか。たった三文字なのに。

「トーモエ、ト、モエ……トモエ。トモエ、合ってっか？」

「はい、そうです」

「よし」

目一杯顔を上げてみれば、予想外に無邪気な笑顔とご対面することに。

超ド級の男前がそんな表情をするのは、とてつもなく破壊力がある。まさかここでギャップ萌えという単語が頭に浮かぶとは思わなかった。

だからさ、そういう風に嬉しそうにするのは何でだって、聞きたいのに！

「それで、ですね」

「オメエが聞きてえのは、こういうことだろ？」

パサリ、と馬上でも被ったままだったマントが払われる。そして額《ひたい》に、聞き覚えのある可愛らしい音が。

「オメエが、トモエが思ってる通りだ。好きだ。愛してる。抱きてえ。食っちまいてえ。つまりは全部俺のモンにしてえっつうことだ」

とんでもなくストレートに、情熱的に、破壊的に告げられるそれに、予想はできていても覚悟が足りなかったみたいだ。

とっさに鼻の下を触って赤い液体が流れていないか確認する私は、相当残念な部類の女だろう。だけど彼には恥じらっているように見えたらしく、低い笑い声が漏れた。

「トモエが本当にガキでも、保護って名目で育てて食っちまおうと思ったんだがな。一人前の女って呼ぶのに充分な歳なら、何の障害もねえだろ？」

「み、神子でも？」

「神子は何にも縛られねえ。オメエが誰を好きになっても、誰と婚姻を結んでも、咎《とが》める奴なんていねえよ。だから俺がこうして愛を囁《ささや》くのは自由だ。目一杯、口説かれてくれよ。都合のいいことに、俺の見た目は好きみてえだしな」

バレている。だけど、少しばかり足りない。気付いていない。

監禁生活を文字通りぶち破って助けに来てくれたこの人に、私が一瞬で落ちてしまっているってことを。

確かに、この現状を打破してくれるヒーローに恋をするんだろうと、半ば夢を見るようにそう思っていた。それくらい、あの生活に参っていた。

そんな中唐突に現れて、全てを壊して颯爽《さっそう》と私を救ってくれたのはこの人で。

落ち着いた声、安堵すら覚える力強さ、鮮烈なまでの存在感——吊り橋効果に似た思い込みではなく、本気で恋してしまうのは当然と言えば当然だろう。

それくらい、彼という存在は私に衝撃を与えた。

冷静になんてなれない。醒《さ》めない夢に落ちてしまったよう。これまで流されるまま適当に恋愛をこなしてきたはずの私が、恋の深みに落ちてしまったと思い知らされる。

「言っとくが、好きなのはオメエの見た目だけじゃねえぞ？　ダメ押しではあったけどな」

「え？」

それ以外に何があるのかわからずつい首を傾げる私に、彼がまた笑う。

「俺を、支配したからだ。だから欲しくなった」

全く意味がわからなくて、目を瞬《また》かせてしまう。

私が彼に送ったのは、そんな高圧的な言葉ではなかった。それが、どうして……

「あなたへの祝福は、ただの私の願い……いいえ、わがままでした。支配なんて、願っていない」

「ああ、本人にはわかんねえか」

そう言って彼は、私の髪を一筋掬《すく》い取ってキスをした。あまりにも穏やかなその手つきに、更に訳がわからなくなる。

この人はきっと、支配されるよりする側の人間なんだろう。なのに顔も知らない女にいきなり支配なんてされて、穏やかでいられるなんておかしい気がする。

「最初はたった四文字。か細く〝たすけて〟って言葉だけだった」

私が最初に願ったのは、確かにそれだけだった。

それだけを、何度も何度も願った。

「今思えば、神子の言葉だからなのかもしんねえ。そうしなきゃなんねえと思うような強い力は、確かにあった。だが、全力で抵抗しても操《あやつ》られる程の力じゃあなかった」

私は神子の力について、蛇男から教えてもらった範囲のことしか知らない。

遠く離れた人への祝福がどう作用するのか、相手の願いとは無関係の願望を口にしたらどうなるのか。知らずにただ、縋《すが》るように銀の光を飛ばしたのだ。

彼は私が助けを求めたのを聞いて、それでも拒否することができたという。

それなのに、どうして私のところに来てくれたんだろう。どうして自分を支配した人間を捜し出して助けてくれたんだろう。

「俺はその力に、じゃねえ。オメエの声に、気配に、光に支配されたんだ」

「しはい……」

「ああ、そうだ。ったく、全部持ってかれたわ。問答無用で膝をつかせるような、何もかもを捧げてもいいと思わせるような、強烈な救援要請だったぜ？　この声の主《ぬし》に会いてえ、生の声が聞きてえって、今までになく燃えた」

降参だ、とばかりにおどけてみせる彼は、ひどく満足げに息をつく。

「そう、なんだ……」

半ば吐息のようにそう返した私の髪を、そっと撫でる大きな手。

ああ、駄目だ。本当に何度も何度も思うけど、駄目だ。

この美しい獣のようなひとが、私を縛っていたあの空間をあっさりと支配したこのひとが、こんなにも……私を、欲している。

その事実に、心の奥底からどろりとしたものが流れ出た。愛なのか欲なのか、わからない程混ざったものに満たされる。

「イ、サーク」

「ああ、その声だ。オメエに呼ばれたかった。オメエの声で震える空気を感じたかった」

「私は、あなたを」

「トモエ、俺の腕の中にずっといてくれ。絶対、損はさせねえし退屈もさせねえから、な？」

矢継《やつ》ぎ早《ばや》、と言ってもいいくらい繰り返し落ちてくる甘い声。優しく抱き締める腕が、まるで頑丈な鳥籠《とりかご》のように思える。

疑問形での問いかけも、意味がない。この人はきっと、私を逃がす気なんてない。

蛇の次は、猛獣か。悪くはない。

今度は捕まってもいい。神子という金の卵ではなく、トモエを離したくないと言うのなら、いい。この人なら、許す。

「オメエが神子じゃなくても絶対に巡り合って好きになってた……なんて夢見がちなガキみてえなことは言わねえ。神子じゃなかったら、こんな出会いはなかった。だから、言祝《ことほぎ》の神子――どうか俺の愛を、祝福してくれ」

懇願にしては、自信に満ち溢れ過ぎているその台詞《せりふ》。

監禁生活から脱出できた今、私はこの先を考えることができる。

元の世界のことを、置いてきてしまった家族や友達のことを、忘れられる訳なんてない。あの平穏な世界は、私の全てだった。

本当に帰る術《すべ》がないのか。色々と探せば、もしかしたら帰れるかもしれない。そんな不安定な希望が頭の中にちらつく。

それでも、この腕を振りほどく気にはなれない。強烈なまでに、彼の懇願に応えたいと思ってしまう。

「……私が求めるのは、平穏です。あなたはそれを守ってくれますか?」

「ああ。たまに刺激的な平穏なら、いくらでも」

体を少し離して顔を上げると、彼が待ち焦がれたように目を細めた。

迷いはなかった。それを不思議に思うことすらなかった。

「――イサーク・ガルシア・ベルリオス。あなたの抱く愛が、幸多きものとなることを祈ります」

銀の粒子が舞う。彼と、私の周りに。

その瞬間の、彼の柔らかい笑顔といったら、とても人様に見せられるようなものではなかった。いや正しくは、他の人に見せたくなかった。

この顔を見るのは私だけでいい。出会ったばかりのくせに、そんな独占欲丸出しの感情が芽生えてしまう。

恋の魔力なんてものがあるのなら、今の私はきっとそれに毒されている。そのままでいいと、正気で思ってしまっている。

「……ノクシァ、止まれ」

わざわざ声に出して彼がそう言うと、跳ねるように駆けていた黒馬が優雅に静止した。

何をするのかと首を傾げるより早く、向き合う形で抱き締められる。

心臓の音が、近い。ごまかしの利かない鼓動が、聞こえてしまう。

「俺の宝石、俺の情熱、俺の月。トモエ、オメエの先を俺にくれ。大事にするから、なぁ」

熱烈過ぎる程に甘い声。赤みを増したように見える茜色《あかねいろ》の瞳は、溶けるくらいの熱を持っている。

「……気の利いた返答をした方がいいですか？」

「いらねえ。オメエの言葉で、聞かせてくれ」

「あげます。イサーク、私を大事にしてね？」

そう告げると、ひどく満足げな吐息が、熱い唇と共に押し付けられた。

満たされる。色々な感情が混ざった、とても甘く重苦しいものに。

そしてぼんやりと、どうでもいいことを思う。空飛ぶ幻獣の上で誓いのキスなんて、本当にファンタジーだ。

×　×　×

まるで湾曲したひな壇のように、建物が連《つら》なる都市。

ゆるやかに延びる無数の通りが交わる頂点に、短い空旅の終点はあった。

遠くに、童話に出てきそうな白く壮麗な城が見えてきたのだ。中央は巨大な主塔が、それを守るようにしていくつかの側塔が高く聳《そび》えている。

周りには曲線を描いて城を囲む、石造りの高い城壁があった。石積みのそれ自体は物々しい雰囲気だけど、大小の庭や裏手に広がる深い森の緑のおかげで落ち着いて見える。

何かに似ている、そう思った。多分ヨーロッパ弾丸ツアーに行った時に寄った城だ。どの国だったかは思い出せない。

私達を乗せたノクシァは側塔のひとつ、二階部分に大きくせり出た石造りの空間に降り立った。

どうやらそこは天聖騎士団専用の緊急発着場のようなものらしい。すぐに黒い軍服の騎士が数名迎えに出てくれた。そのうちのひとりにイサークがノクシァの手綱《たづな》を渡す。

丁寧に抱えて下ろされた布の塊《かたまり》こと私について、全員聞きたそうにしていたけど、イサークはあえて無視していた。何も聞くなオーラを出しつつ、デパートの連絡通路のような渡り廊下を通る。周りを軽い混乱に陥《おとしい》れながらも、イサークは色んなところに指示を出して干城を闊歩《かっぽ》していた。

そして辿り着いた、城の中核となる謁見の間。

私達がそこに入ったとほぼ同時に、どこからともなく現れて白い玉座についたのは、ひとりの男性だった。後ろに男性ふたりを従えたその人が誰なのか、説明されなくてもわかる。

ただそこにいるだけで、凡人ではありませんよと主張するかのような風格。間違いなくこの人が、カレスティア国王だろう。

飾り気が少ないながらも、その身を格式高い衣装で包んでいる。綺麗に整えられたきらっきらの金髪に、澄んだ新緑の瞳。癖のない、誰からも好かれそうな正統派の顔立ちだ。

イサークの言い方からして幼馴染《おさななじみ》だと思ったんだけど、予想より若い。イサークよりいくつか年下だろうか。

その人は片眉を上げてイサークの適当な報告を聞いた後、少し間を置いて口を開いた。

「――話は、わかった。イサーク・ガルシア・ベルリオス、大儀である」

よく通る声だ。落ち着いてはいるものの、かなりの覇気を感じる。

「そして……聖石《せいせき》と聖痕《せいこん》を持つ、言祝《ことほぎ》の神子殿。ようこそカレスティア王国へ」

するりと玉座から立ち上がる国王を追うように、控えていた男性のひとりが身じろいだ。イサークと張るくらい大柄な全身甲冑《かっちゅう》のその人は、護衛というか近衛兵みたいだ。

それに構うことなく、国王は一歩一歩踏みしめるようにゆるやかな階段を下りて、こちらに向かってくる。

ここに入ってきた時点で床には下ろされたけど、こういう場合は跪《ひざまず》いた方がいいんだろうか。

迷う私の心情をくみ取ったのか、イサークが肩に手を置く。

そのままでいろと……本当に大丈夫か。

「……と言うにはいささか間抜けだろう。短くない期間、御身《おんみ》を危険に晒《さら》していたこと、大変申し訳なく思う」

迷った挙句、微妙に中腰になりつつあった私の前に、きらっきらの金髪を揺らした美形様が膝をつく。

え。このひと王様だよね。国のトップだよね。イサークといい彼といい、何ですぐ跪《ひざまず》いちゃうの？

「遥か天上の尊《とうと》き神子。我が国の民が犯した、御身《おんみ》を縛る大罪……この身の全てを以《もっ》て贖《あがな》うと、アマンシオ・ソル・カレスティアの名において誓う」

いきなりの全身全霊をかけた謝罪に目を見開く。

カレスティア王国はこの世界でも指折りの大国。その国の王が、自分を下に置き、私にかなり配慮している。

伝説の尊《とうと》い存在だのと何だのと言われていたけど、こうして目の当《ま》たりにするとはっきりわかった。言祝《ことほぎ》の神子は、一国の王より力があるとみていい。

……そんなことより、ごろごろだらだらしたいんだけど。

とりあえず確実に空気は読んでおこう。ここで私がコメツキバッタのような低姿勢に出たら、王様の配慮が無駄になってしまう。

向こうの面子《メンツ》を潰さない程度に、言祝《ことほぎ》の神子という立場も考えつつ、私は口を開く。

「私は確かに、あなたの国の民によって監禁されていました。ですが、私は流されるまま、様々な人間に祝福にもならない呪いを与えてしまった。それは無知な己《おのれ》の罪なのでしょう」

すでに最上級だろう謝罪をしてもらっているんだから、これ以上は必要ない。

私だって、完全なる被害者じゃない。善《よ》いことではないとわかっていて、悪人を祝福してきた。生きるためとはいえ、多少国を乱したり犯罪の片棒を担いだはずだ。当然申し訳なく思う。

ただ、望んだ訳でもないトリップをして監禁・搾取《さくしゅ》されていた身としては、このまま放置されるのは勘弁してほしい。その後の生活や身の安全も保障してほしいとも。

だけど、それ以上は望まない。

悪人全員の首を刎《は》ねろとか、慰謝料として金銀財宝を山程積めとか、そういう面倒事はいらない。もちろん、この王様に死んで詫びてほしいなんてひと欠片《かけら》も思わない。

「躊躇《ためら》いもなく膝をついた王よ」

厳《おごそ》かに聞こえるべく意識して声を少し張る。聖石《せいせき》が見えるように、鎖骨あたりまではだけていたマントを床に滑り落とす。

後でイサークに謝っておこう。高そうなマントだし。

「私があなたに望むのは、この身の保障。それだけです。それ以上の贖《あがな》いはいりません。今回の件に関しては法に則《のっと》った罰を。そして与えてしまった祝福において、被害を被《こうむ》った人がいれば補償を。私にできることがあるなら、微力ながら手伝わせてもらいます」

つまり、後は丸投げするんでよろしくお願いしますね、ということだ。どうしてもやばそうなことがあったら祝福行使するけどそれ以外は何とかしてください、とも言う。

私は跪《ひざまず》いたままの王様の目の前に両膝をつき、覗き込むようにして目線を合わせる。

「私を救ったのも、あなたの国の民ですから。差し引きして同等、ということでいいのではないでしょうか？」

小首を傾げて微笑めば、王様が軽く目を見開いた。

綺麗事を言っているように聞こえるけど、実際は本音をかなり婉曲《えんきょく》に表現している。嘘じゃないからこれで許してほしい。

「……聡明で慈悲《じひ》深い神子殿に、至上の感謝を。あなたの望みは必ず叶えよう」

返答までややあった間からして、きっと、いや間違いなくただのコムスメの綺麗事には聞こえなかったんだろう。

裏まできっちりわかっていつつ、それでも心底安堵したような謝辞と共に、王様は深く礼をした。彼が立ち上がると同時に、私の両手も軽く掬《すく》われ、腰を上げさせられる。

……王様が何故か全部の爪にマニキュアをしているのは、ツッコんだらいけないだろうか。

「おい、アーシオ。あんまお嬢に触んな」

「神子殿に膝をつかせたままでいられる訳がないだろう？　まったく……特級事項だと言うから、ついに他国が阿呆なことをしでかしたのかと思ったら、伝説の言祝《ことほぎ》にお会いできるなんてな」

「今オメエの話はどうでもいいんだよ。さっさと離せ。んで、お嬢が羽織れそうなの寄越せ」

「ここにそんなものないだろ。だが……そうだな、神子殿の格好は何と言うか、刺激的過ぎる。何を考えて少女にこんな服を着せたんだか……」

あ、またそれですか。そんっなに幼く見えるのか私。

確かにイサーク程とは言わないものの、王様も背が高い。多分百九十センチくらいはある。

元の世界より平均身長が高いとは思っていたけど、高過ぎるだろう。全員巨人か。騎士団や王城の人達も、皆揃ってかなりの長身だった。それに典型的な外国人顔なせいか、若そうでも私より年上に見える人しかいなかった。

もしかしなくても、私は成人前に見られてるんじゃないだろうか。下手すると中学生くらいに。

薄絹のエロ衣装を着た清楚系少女……いや、まずい、破壊力が高い。自分から脱いでおいてまたマントを拾って包《くる》まるのは駄目だろうか。駄目なんだろうな、何となく。

「クリス、何とかしろ」

玉座の後ろにいたもうひとりに、イサークが話を振る。

イサークと対を成すように、白い軍服を纏《まと》った細身の男性。水色の三つ編みなんて可愛らしい髪型なのに、お堅そうな雰囲気と怜悧《れいり》な美貌の方が印象的過ぎる。

綺麗な姿勢で隙なく佇《たたず》むその麗人《れいじん》は、おそらく噂の地将軍だろう。モンテスよりも軍服の飾りが豪華だし、この場にいるということ自体が何よりの証拠だ。

非常時だから自己紹介が省《はぶ》かれているけど、この場が終わったら改めて紹介してもらおう。

「私に女性の衣装をどうしろと言うのですか」

「何かあんだろ。俺のマントはさすがにでか過ぎんだよ」

「はぁ……少し待ちなさい」

暫定地将軍が溜め息混じりに手を振った途端、金属が擦れるような高い音が響いた。

目の前に忽然《こつぜん》と現れたのは、なんと鮮やかな緑色のショールだった。唐突過ぎるそれに呆けていると、まるで私が手を伸ばすのを待っていると言わんばかりにショールがたゆたう。

その規則正しい揺れを見て、やっとそれが魔術で現れたものだと気付く。

今まで子どもの絵本レベルの魔術本しか読んだことがないけど、こうやって物体を移動させるのは、確か結構難しい魔術だ。それに、魔術には詠唱が必要だったはず……これがファンタジーのスゴ技、無詠唱というものか。

地聖魔術士団というからには、魔術のエキスパートなんだろう。何の前触れもなく、手振りだけでやってしまっている。私もお願いすれば魔術を習えるかな。

「神子様、そちらを」

「あ、ありがとうございます」

言葉少なに促《うなが》されて、ありがたくショールを体に巻き付ける。

はじめてちゃんと見ることができた魔術に感動するより先に、ショールの上から肩を抱かれた。

「さっきも言ったが、街自体が腐ってっから早いとこ犯人と証拠を引き上げてえ。うちからも小隊……いや、中隊出すぞ。北のおっさんの面子《メンツ》潰すけど、しょうがねえよな」

「お前も言っていた通り、特級事項だ。直接介入もやむを得ない……というか、もうすでにお前が出た時点で充分、北公爵と北方支部の面子《メンツ》は丸潰れだから今更だ。やっと体調が落ち着いてきたと言っていたので、すぐに話はしておこう。後始末もお願いしておかないとな」

「お、よかったな。北のおっさん、ポックリ逝っちまうんじゃねえかと思ってたぜ」

「不吉なことを言うんじゃない。こんな大問題起こしたまま逝かせたりしないよ。まぁ、叔父上だけに責任を押し付けはしない。これは私達の怠慢《たいまん》でもある。クリスティアン、転移門への対応を最優先に」

「すでに準備をしております。安全弁である門の魔力枷《かせ》を外していただければ、すぐにでも転移可能となりますが」

「いや、神子殿がこちらにいるのなら、そこまで無茶する必要はないな。お前は今動かせる魔術審査官を揃えておいてくれ。後は必要な各官への……いや、マルセロ、直接伝達するから遠話《とおわ》の魔道具を」

「はっ」

話がどんどん進んでいく。最初の身じろぎ以外置物のようだった全身甲冑《かっちゅう》の人――マルセロとやらも動き出して、私だけが置いてきぼりだ。

だけど、彼らの動きを一から説明してもらう必要なんてないだろう。私は重要人物なだけで、中核人物ではないし。

クリス、もといクリスティアンと呼ばれた地将軍がふと手を振ると、今度は椅子が出てきた。便利な魔術だな。すすめてくれたので座っておく。

品のいいアンティーク調のひとり掛けのそれは、謁見の間には不釣り合いだけど関係ない。ぐったりしていていいなら大歓迎。さすがに姿勢はよくしておくけど。

「――神子殿が降臨されていることは、教皇と各官の長のみに伝える。イサークが堂々と王城をねり歩いたせいで何かしら漏れるかもしれないが、大々的に広めるのは一通り掃除が終わってからにしよう」

「披露目の式典が必要ってか。めんどくせえな」

だるそうに髪を掻き上げたイサークを鼻で笑うように、地将軍がマントを翻《ひるがえ》す。

「君はどうせ何もしないでしょう。陛下、私は一度指令室に戻らせていただきます」

「ああ、頼んだ。全く、こんなことだったら執務室にいればよかったな……どうして謁見の間じゃないと駄目だったんだ」

「せっかく言祝《ことほぎ》の神子と対面できんのに、それじゃ締まんねえだろ？」

「この派手好きめ」

溜め息をついた王様が軽く人差し指を振ると、ムラなく塗られた薄金色の爪の先から小さな光が漏れる。

澄んだ魔力だ。何となくわかる。それは全身甲冑《かっちゅう》が持ってきた小箱みたいなものに向かい、一旦吸収された。その後、小箱から出た光がすぐにどこかに飛ばされるのを目で追いながら、神妙な顔つきを維持しておく。訳がわからないけど、おそらく先程直接伝達するとか言っていた件なんじゃないだろうか。疑問は後でまとめて誰かに聞こう。

「神子殿。お疲れのところ、慌ただしくしてしまって申し訳ない。すぐに部屋を整えさせるから、今しばらくお待ちいただきたいのだが」

「お邪魔にならないのなら、一旦落ち着くまで私はこのままでも結構です。優先されるべきものを優先していただければ」

「ご配慮、感謝する。神子殿は非常に謙虚な方だ」

この忙しそうな時にそんなわがまま言う訳がない。神子がいくら偉くても、私自身は小市民だ。謙虚にもなる。というか、普通の神経をしていたら邪魔しないと思うけど。

地将軍が王様と私に綺麗な礼をして、手を掲《かか》げるとまた魔力の気配がした。話の流れからいって、指令室に転移でもするんだろうか。

この人達、普通に魔術使いまくっているけど、普段からこうしている……訳ないか。そんなことしたら廊下に人が歩いている訳ないし。

「あ、クリス。お嬢と俺は婚約したからな。後で誓約立ち会ってくれ。アーシオ、オメエ確かガルダの羽根ペン持ってたよな。あれ貸してくれ」

……………………うん？

イサークが話のついでのように何かを言った。

いや、何を言ったのかはわかっている。だけど、脳みそがうまく理解できなかった。

それは王様も同じだったみたいだ。

「…………イサーク。もう一度言ってくれないか？」

「ガルダの羽根ペン、貸せ。飾りにしねえで俺も作っときゃよかったぜ。慶事に持ってこいじゃねえか、あの鳥」

「そうじゃない、そうじゃないんだイサーク。私はもう少し前の言葉が聞きたいんだ」

「アーシオ、オメエ確かガルダの羽根ペン持ってたよな」

「少し過ぎるな。もっと前だ」

「あぁ？　お嬢と俺は婚約――」

「馬鹿か君はぁああ!!」

コントのようなイサークと王様のやり取りの中、怜悧《れいり》な美貌を大崩壊させて地将軍が吠えた。

「婚約？　こんやくだと!?　意味をわかっているのですか君は？　その頭までついに筋肉になってしまったのですか？　何を思い至って世界の至宝たる神子様に求婚したのですか？　こんな幼い神子様に何よこしまな目を向けているのですか？　訳がわかっていないのをいいことに強引に押し通したのですか？」

「ハッ！　何言ってやがんだ。お嬢はこのナリでも二十五歳だぜ」

「嘘を言うならもっとマシな嘘をつきなさい！　この歩く性犯罪者！」

性犯罪者は普通に歩くと思う。人間だし。

脳内でツッコんでみても、当然ながら誰も反応はしてくれない。

何か弁解してあげた方がいいだろうか。いや、その前に誓約とかガルダの羽根ペンとか色々単語が出てきたけど、私はそんな話知らない。ここまで一気に話が進むなんてことも、全く聞いていない。

まぁ、誓約という意味はそのまま捉えればわかる。婚約のために必要なんだということも。それと羽根ペンは、きっと縁起のいいものなんだろう。よくわからないけど、今はそこを掘り下げられない。

「うっせえなぁ。天上世界じゃこんくらいの背格好、普通なんだよ。それに受け答え聞いててもガキには思えねえだろ。つうか、俺を勝手に犯罪者扱いすんな」

「たとえ神子様が天上世界で平均的な成人女性だったとしても、展開が早過ぎるでしょう」

絶対零度まで視線の温度を下げた地将軍は、余程イサークと私の取り合わせがアウトらしい。色んな意味で。

あまりに話が突拍子もないので、一周回ってどこか他人事のように思えてきてしまう。だんだんと落ち着いてきた言い合いを観察している私の手を、イサークがおもむろに掬《すく》い取った。

「お嬢は俺に先をくれるっつったんだよ。もう意思の確認まで済んでる」

本日二回目となる掌《てのひら》へのキスを受けながら、私は大きく腰を屈めた彼と視線を合わせた。

こんな忙しい時に、こんな爆弾ぶち込んだくせして、超絶男前フェイスは飄々《ひょうひょう》としている。私だって、顔に出さないだけで展開についていけていないのに。

「なあ、そうだよな？　お嬢」

茜色《あかねいろ》の瞳が一気に赤みを増す。

軽い口調なのに、そういう目をしてしまったら台無しだと思う。決して軽くない感情だと、受け止める覚悟を迫ってくるようだ。

「そう、ですね……」

頷けと、獰猛《どうもう》な光をちらつかせながら彼は目を瞬《またた》かせる。

ここで私が否と言ったらどうなるんだろう。そう思いはしたけど、一目惚れした身で首を横に振るなんてことはしない。

ただ、イサークはずるいと思う。

「先をくれ」というのが恋人以上の意味だとはっきり言わなかったのも、ずるい。王城に着いてからけあれだけ呼んでいた私の名前を呼ばないのも、またずるい。

私が尻込みして万が一にでも断られないように、私の名前を誰にも呼ばれないように。そうやって私を囲い込む気満々なところが、とてつもなくずるい。悔しいくらいいい男にそんなことをされたら、誰だって落ちるだろうという意味で、ずるいひとだ。

だけど、やっぱり少しばかり足りなかった。

私が喜んでその囲いに飛び込んでいく気でいることに、気付いていない。そこまで私の気持ちが育っていないと思っている。

「ふふっ」

そんな場面じゃないのに、つい笑ってしまう。

こんな、何もかもを持っているような人が、小娘ひとりに焦って婚約を迫っているなんて。

私だって軽い気持ちで彼の愛を祝福をしたつもりはない。そんな適当な感情で、元の世界と彼とを天秤にかけてはいなかった。

元の世界に彼がいない――そう考えるだけで目の前が暗くなりそうなくらい、深みに嵌《は》まってしまっているだけだ。

だけど、勝手に話を進められたことに対しては少し思うところがあるので、あえて意地悪な言い方をさせてもらおう。

「正式な婚約かはわかりませんが、それらしき言葉はもらっています」

「お嬢、つれねぇこと言うなぁ。気に入らなかったんなら天上世界の求婚の仕方、教えてくれよ」

「構いませんけど、私はあなたの言葉でもらった方が嬉しいですから」

だから、きちんと言うように。囲い込むのもいいけど、そこまで焦らなくてもいいから。

そう私が目で示すと、おもしろそうだと言わんばかりにイサークの片眉が上がった。

「ここでいいか？」

「後でいいです。問題を放っておくのは嫌なので」

それにその言葉を聞くのは、私ひとりだけでいい。

私にも独占欲くらいある。そんな気持ちを態度に滲《にじ》ませて、握られていた手をそっと外す。

それから視線を前に戻すと、呆然とした地将軍と、笑顔で固まる王様と、棒立ちになる全身甲冑《かっちゅう》が視界に入る。

この状況を作り出した当人である私は、こんな時どうすればいいか。答えは一つ。すなわち、スルーだ。

「私は成人していますし、彼の言う通り気持ちを受け入れました。誓約というものを行いたいので、この件が終わり次第手続きしていただけるとありがたいです。お時間をとらせてしまって申し訳ありません。皆さんどうぞ、私のことはお気になさらず」

美形ふたりが思いっきり変な顔を向けてくるが、それもスルーで。

面倒事に面倒事を重ねてしまって申し訳ない。まぁ取り消すつもりはないけど。

いち早く我に返ったのは、王様だった。

「……よし、神子殿。お話は明後日《みょうごにち》聞こう。それまでには絶対に時間を作っておく」

「ありがとうございます」

「クリスティアン、とにかく心を無にして指令室に行ってくれ。マルセロはいい加減動く。そして——イサーク、後で覚えとけてめぇ」

何かを思い切り振り切った、きらっきらの笑みを浮かべる王様。全員に指示を出す彼のこめかみにはしっかりと青筋が立っているけど、それも気にしてはいけない。いけないったらいけない。

しかし、王様は大変だ。色んな問題詰め込まれて可哀想に……アマンシオ王、だったかな。彼の心労が少しはマシになるよう祈っておこう。

「……あ」

そう思った途端、慣れ親しんだ銀の光が踊るようにして王様に降りかかる。

全員がぎょっとした面持ちで固まって、一斉に私を見た。

「お嬢、何か喋《しゃべ》ったか？」

「いえ、王様の心労が減るようにとは祈りました、けど」

「口に出さねえで祝福できんのかよ……」

そんなこと、私だって今知った。

だけど口にしない分、祝福の力は弱いようだ。無意識ながらも結構真剣に祈ったと思ったのに、いつもより光が少なかった。名前を言わない時よりはマシだったけど。

「何だか気が楽になった気がするな。本当にありがとう、神子殿。これなら徹夜で今回の罪人を全員拷問できそうだ」

「そう、ですか……」

それはよかったです。とは言えなかった。王様自ら拷問するって、どんな国なんだ。いや、ブラックジョークだろう、きっと、多分。

というか、どうせ祈るなら王様単体だけじゃなくて、もっとたくさんの人に祈ればよかった。

蛇男の屋敷に残してきた騎士達も待ちくたびれているだろうし、使用人達も大変どころの話じゃないし、悪人達への祝福でとばっちり食った人もいるし……

いい、かな。祝福しても。

私欲のためじゃないし。そもそも私を利用するのが駄目なだけで、自発的にやる分には何の問題もないんじゃないか？

あっさり自己完結をして、椅子から立ち上がった私をまた全員が見る。まるで一挙一動を見逃さないと言わんばかりの凝視っぷりに、思わず苦笑してしまう。

大きな願いはただの混乱にしかならないだろうから、今はこれくらいで。

「私の祝福が届く範囲に生きる全てのひと。あなた達に、小さな幸せがある明日が来ることを祈ります」

すると渦巻くようにして、私を中心に銀の光が舞い上がる。足元から天上まで、上へ上へと上がって、唐突に弾けた。

景気づけと言ったら俗っぽいだろうか。元々高尚な人間ではないからいいんだけど。おそらく、姿も知らないクラウィゼルスの神様は、こうやって神の雫《しずく》を降らせたいんだろう。

不特定多数への祝福ははじめてだ。名前を言っていないので、ひとりひとりに届く光はおそらく少ない。体から僅《わず》かに力が抜けるものの、何だかとても爽快な気分だ。

「これが、神子の祝福ですか……」

感嘆の吐息を漏らして、地将軍が自分の体に入り込んでくる小さな光に手を当てる。同じく、全身甲冑《かっちゅう》も自分の胸に手をやっていた。

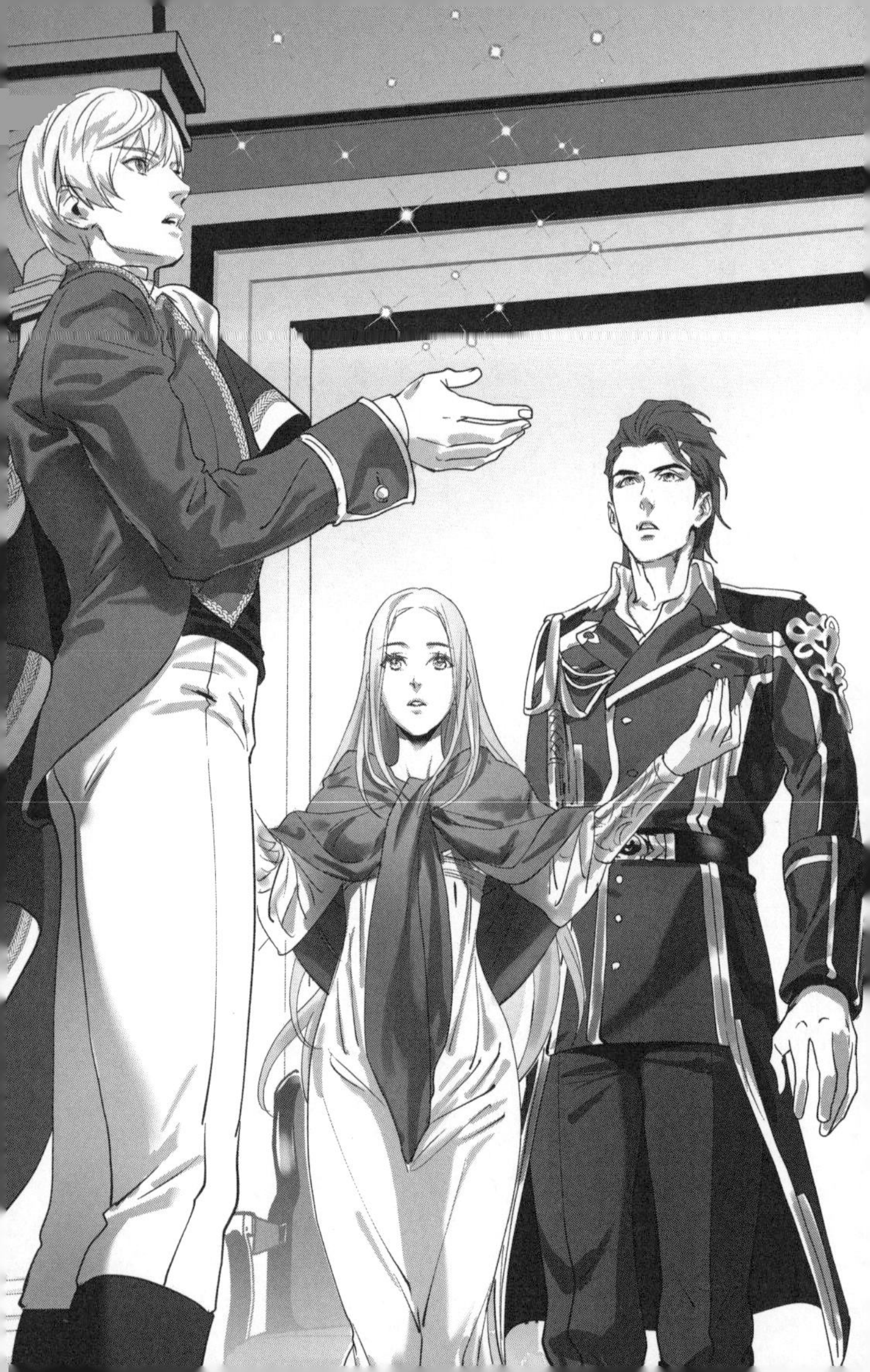

「……ありがとう、神子殿」

素直なお礼の言葉と共に、すでに弾け飛んでいった光を追うように上を見る王様はどこか幼い。

「小さな幸せ、なぁ……でけえ幸せはお嬢にそのまま頼むか」

イサークがちらりと流し目を送ってくるけど、それは今後私達が話し合うべきことだ。大きな幸せを得られるかどうかは私と彼次第だと思いながら、軽く肩をすくめる。

「そうだ。神子殿、とても大切なことを言い忘れていた」

「……？　何でしょう」

おもむろに、王様が礼をする。跪《ひざまず》く訳ではなく、貴人に向けるように腰を折って。

そしてたっぷり数秒おいてから、まるで私が祝福したソルの花みたいに綺麗な笑みを浮かべた。

「優しき光を降らせ給《たも》うた尊《とうと》き神子よ。我々は、あなたを歓迎する」

――その瞬間、私の周りに何かの粒子が舞った気がした。銀でもなく、他の何色とも言えない、何かの光が。

世界が私を、祝福した。

きっとそうなんだと信じて、私は笑った。

第三章

「……神子様、本当によろしいのですか。知り合って二日しか経っていない男と結ぶには、あまりにも――」

「おい、クリス。せっかく頷いてくれてんだから、怖がらせるようなこと言うんじゃねえよ」

「説明なしでこんな誓約書を躊躇《ためら》いもなく持ち出すお前の方が恐ろしくないか、イサーク?」

疲れたように息をつく怜悧《れいり》な麗人《れいじん》。きらっきらの笑みを浮かべる癖のない美形。そして不遜《ふそん》に鼻で笑う雄々しい男前。

容姿のレベルが高過ぎて視界が眩《まぶ》しい。だけど、そんなことを言っている場合じゃない。

時間を作ると有言実行してくれたアマンシオ王と、地将軍ことクリスティアン・ラサロ・フレータ団長。イサークに連れられたふたりとは二度目の対面で、今日は今後の話をするはずだったんだけど……話どころか、もう婚約するための誓約式の準備ができていた。

展開が、早過ぎる。

別に嫌な訳ではないが、こんなに突貫で大丈夫なんだろうか。そう思って聞いてみたら、元々特別な道具が必要なものではないらしい。

フレータ団長は最初、気持ちが固まっているのなら受け入れてやってほしい、と遠回しに言ってきた。彼とアマンシオ王とイサークの三人は幼馴染《おさななじみ》だという。生真面目そうな深い青色の瞳に、長年の友を想う温かさを感じた。

……だけど、イサークが出してきた誓約書を見た瞬間、瞳の温度は絶対零度まで下がったのだ。

「君が言わないのなら、私から説明するまでです。よろしいですか、神子様」

「あ、はい。お願いします」

「婚約に際する誓約書には、各々が婚姻にあたっての条件を記載します。双方が納得できたら名を入れ、見届け人が魔力や神力を流して完成させます。全ての誓約書には、定めた期間中に婚姻条件を破った側に罰を与えるという特別な術がかかっています」

「だから気軽にできるものではない、ということなんですね」

「その通りです。そして誓約書にはいくつかの種類があります。この男が持参した誓約書はその中でも最上級。契約魔術と誓いの神術を混ぜていて、万一婚姻条件を破れば、一生誰とも婚姻できません」

……おっも。重過ぎだろ。

思わずひくりと口の端が動いてしまった。だけど、まぁ……それにサインするかは条件による。

例えば一生他の男と話すなとか、奴隷のように全てに従えとか、そんな条件だったら絶対にサインなんてしない。その前にこの見届け人達が許す訳ないし、大前提としてイサークがそんなことを私に望むとは思えないけど。

「ええと、まず婚姻条件を聞いてから――」

「……イサーク。何故、打ち合わせをしてないんだ」

「断られる条件じゃねえからな」

清々《すがすが》しい程に、自信満々でそう言い放つイサーク。一体どんな条件を挙げるんだろうか。

小首を傾げて視線で聞いてみると、さらりと髪を撫でられた。

「俺の女でいてくれ。会えなくても、日に一度は俺のことを想って、俺の名を呼べ。条件はそれだけだ」

え？　それだけ？

「そんな簡単な条件だったら、この大層な紙じゃなくてよかったんじゃ……」

「オメエを縛る誓約なんかしねえよ。訳わかんねえまま知らねえ世界に来て、俺みてえなのに捕まっちまったお嬢の気がちぃとでも楽になりゃあいいんだ」

あっさりとそう言いながら、イサークが誓約書に手を翳《かざ》す。

そうすると、白紙のそこに文字が浮かび上がってくる。堅苦しい文面に正されているけど、確かにイサークの婚姻条件だ。

「ああ、オメエは何書いてもいいぞ。非人道的なもの以外だったら誓約成立するようにしてっから」

何その男前過ぎる態度。私に対する許容範囲が広過ぎる。惚れた。惚れ直した。

見届け人のふたりがいるから何とか取り澄ました顔を保っているけど、ふたりきりだったら面《つら》の皮が崩壊して抱きついていたかもしれない。

自分を落ち着かせるために、数度深呼吸をして、口を開く。

「私の条件は――」

難しいことじゃない。結婚するなら当然と思えるような条件をいくつかつけた私を、彼は満足そうに見ていた。

条件の揃った誓約書を確認して、朱金色の羽根ペンでサインを入れる。この羽根ペンは、ガルダという他国の瑞獣《ずいじゅう》が落とした羽根で作られたらしい。それで書かれた名前の人物に幸運と護りの力を与えると言われている。

できあがった一枚の紙は、フレータ団長の多大なる魔力と、アマンシオ王のそこそこの神力で封をされた。婚姻式でこれを見て、つつがなく婚約期間を過ごせたことを確認するという。

ちなみに、神力を持っている人は結構少ないらしい。だからそこそこ神力があるのに神殿に入らず、国王業をやっているアマンシオ王はかなり珍しいようだ。

誓約書に籠めた魔力に比べて神力が随分小さいと、アマンシオ王は申し訳なさそうに言う。だけど、フレータ団長は非常識な魔力量と、火や水など全属性に適性を持つ魔術の鬼才らしいから、気にしなくてもいいと思う。

何はともあれ、これで名実共に、私はイサークの婚約者となった。

二度目になるけど、展開が早過ぎる。

×　×　×

「お初にお目にかかります、言祝《ことほぎ》の神子様」

鎖骨の間にある聖石《せいせき》と、そこから広がる聖痕《せいこん》がはっきりと見えるドレス。そんな服装をした私の前で跪《ひざまず》く男性は、ひどく眩《まぶ》しいものを見るように目を細めた。

両手を組んで掲《かか》げてから押し抱く。この動作は聖職者の礼でも最上級のものらしい。

脱帽をして礼を取っているのは、八十歳手前くらいの老人だ。

緑がかった長い白髪は綺麗に整えられ、皺《しわ》の多い柔和な顔立ちを更に優しく見せている。胸の下を遥かに超えて蓄《たくわ》えられた髭《ひげ》は、まるでどこぞの仙人のようだ。

裾を引きずる白い衣装に包まれた体は、今まで見た男性の中でも小柄だった。それでも姿勢と所作から、品のよさ、それにある種の威厳を感じる。

「世界の総てを創り給《たも》うた五聖がしもべであり、教え伝える座の最《さい》を戴《いただ》くミュシオスと申します」

この世界の一大宗教、五聖教。天上世界から降りてきた五人の聖者達を創世の神とし、その神話を伝え聖典を守る宗教である。

座の最《さい》というのはそのままの意味で、この老人こそが五聖教のトップ、教皇だ。

蛇男の屋敷から助け出されて、はや半月。

ついにここまで来たのかと、ほぼ何もしていないのにやけに感慨深い。

この半月は、目まぐるしかった。私自身というより、私の周囲が。

捕縛された蛇男の処遇は、アマンシオ王が執り行う王下審判という最高裁判所的な場で決まった。満場一致で極刑、後に愚者の丘とやらに野晒《のざら》しの運びとなった。半年以上一年未満、人を監禁していただけで……と思いたくなるけど、私の立場が立場だ。余罪もかなり多く、それだけでも極刑以外有り得ないそうだ。

監禁された神子だと知っていて祝福を受けたおっさん達や、自主的に蛇男に協力していた使用人は、同じく王下審判で裁かれた。各々かなりの重刑を科されたらしい。ついでに息のかかっていた神殿の司祭と助祭も処罰された。

物的証拠やら魔術やら神術やらを駆使しまくって、言い逃れしようもない罪を詳《つまび》らかにされた人達。日本のように時間をかけて裁判をすることなく、一週間以内に審判が下った。

とはいえ、蛇男の悪行の始末が全て終わった訳ではない。

他国に降りかかった火の粉も多少あるようだし、違法奴隷や輸出禁止の資源の行き先とその関係者の処遇もまだだ。残務というには多過ぎる。

私がやれたことと言えば、祝福の件で不幸になってしまった人達のアフターケアだった。状態を元に戻すように、更に祝福を重ねた。ただそれだけ。

特殊な立ち位置な上に、被害者だということでそれ以上関われなかったため、賓客《ひんきゃく》として王城でただ平穏を貪《むさぼ》るしかなかった。

もちろん今自分にできる範囲のことはしているつもりだけど、他の人に比べたらずっと暇だ。

そんな中、神子降臨を知らされた教皇は何度か手紙をくれた。私の気持ちが落ち着いたら会いたいと言ってくれたので、それをイサークとアマンシオ王にも相談して調《ととの》えたのが、今日の会談だ。

元の世界だったら雲の上過ぎるレベルだろう人との対面。だいぶ緊張していたけど、手紙の文面から読み取れる通り、とても柔らかい雰囲気の人で安心した。

「眩《まばゆ》き銀の光を纏《まと》う御方。伝承の神子様にお会いすることができ、誠に光栄の極みにございます」

落ち着いた聞き取りやすい声が、流れるような挨拶をしてくれる。

それに対して、私はどのくらいのレベルの礼を尽くせばいいのかわからない。

なんせ相手は政治的権力を持たないとはいえ、一大宗教のトップ。下手をしたら一国の王よりずっと地位が高い。

普通だったら地べたに這いつくばって挨拶をするべきなのかもしれないが、神子である私の方が立場的に上らしい。棚ボタ的な力だから偉そうにするつもりは毛頭ないけど、私が遜《へりくだ》ると向こうも困ってしまう。このさじ加減が厄介だ。

口調などはアマンシオ王に対する時と同じくらいのレベルでいいだろうか。そうあたりをつけつつ、私はにこりと微笑む。

「ご丁寧な挨拶をありがとうございます。はじめまして、カーミァと申します。こちらこそお会いできて嬉しいです」

カーミァというのが、言祝《ことほぎ》の神子としての私の名前だ。さすがに神子が名無しなのはまずい。だけどイサークがあんなに執着する名前を大々的に広めたくない。

そこで名字をそれらしく、というかイサークが最初に呼んだ時のように、発音しやすくしたものを公的に使うことにした。妙に流麗な発音となってしまったけど、仕方ない。

まぁそのうち慣れるだろうと思いながら、いつも通り吐息混じりの声で立礼する。

椅子に座ったままでいいと言われたけど、尊大過ぎる態度を取るのは一社会人として居た堪れない。同じように跪《ひざまず》かなければ、及第点なんだろうし。

手でひとり掛けの椅子をすすめると、教皇がまたひとつ深い礼をしてからゆっくりと腰掛ける。

同じく、教皇の後ろで礼を取っていた護衛らしき神殿騎士も斜め後ろに控えた。私の後ろには、対を成すようにして女性近衛士と侍女が。

物々しい、と言いたくなるが、これが貴人の公的な面会では普通らしい。常に後ろに人が控えているのは気になるものの、慣れた方が楽だからと言われている。

「まず、長らくおつらい思いをさせてしまい、大変申し訳ございません。神子様におかれましては、さぞご不安な日々を過ごされたことでしょう」

「それはカレスティア国王や両将軍をはじめとした方々の尽力により解決しましたから。猊下《げいか》が気に病《や》まれることではありませんよ」

「本当は、わたくし共がいち早く神子様のもとに馳せ参じ、御身《おんみ》をお守りすべきところでした。俗世の欲に塗《まみ》れた信徒を神殿に置いていなければ、これほど長く望まぬ祝福をお与えになることはなかったのです」

とても腰の低い人だ。いや、私が神聖結界によって閉じ込められていたからこそ、ここまで謝罪しようとするんだろう。

ただ、それはアマンシオ王にもしてもらっている。教皇も先んじて手紙で、そして今も謝ってもらった。もうそれでいいだろう。何度も謝罪をされて、それを何度も許すのも逆に心苦しい。

「謝罪のお気持ちは受け取りました。私よりもつらい思いをしている人がいる中、今はこうしてよくしてもらっています。ですから、これ以上猊下《げいか》が頭を下げる必要はありません」

正直ご老人を跪《ひざまず》かせて何度も謝らせるのって、見ていてつらい。絵面《えづら》的にも心情的にも。

私に申し訳ないと思うなら、それ以上の謝罪をやめてほしい。そしてこのまま紅茶でも飲みながら、のんびり話をするくらいで終わりにしてほしい。

そんな思いを苦笑の中に混ぜて、私は首を横に振る。すると、目の前の上品な老人は軽く目を伏せた。

「謝罪を重ねることが神子様の御尊顔を曇らせてしまうのなら、わたくしはこれ以上頭《こうべ》を垂れることはいたしません」

「ええ。そうしてください。ただ、謝罪自体が迷惑な訳ではありません。猊下《げいか》の心遣いは嬉しく思っています」

「もったいなきお言葉。慈悲《じひ》深きその御心に、感謝いたします」

慈悲《じひ》深いというより自分が困るからなんだけど、そんなことは言わない。

ここに来てから更に外面《そとづら》がよくなったというか、面《つら》の皮の厚さが増したので、本音をベースに慎ましやかな言葉を使えるようになった。正直慣れたくはないけど、これも処世術だ。嘘はついていないし、誰にも害はない。

椅子に座りながらも礼を取る教皇を前に、ここからは少し和《なご》やかな話ができるかと期待しながら、ティーカップに目を向ける。すると、侍女が流れるような仕草で新しいものと交換してくれた。

どうやら、テーブルにあったものは残念ながら冷めてしまっていたらしい。別に多少冷めていてもいいんだけど、侍女的にはアウトのようだ。

ちらりとそちらに視線をやると、藍色の髪を隙なくまとめた涼やかな美女が、目礼《もくれい》を返してくれる。

彼女――ベロニカは、蛇男の屋敷にいた私付きの侍女だ。

魔術審査にかけられて潔白を証明された後、私に仕えたいと切に訴えてくれた。せっかくの申し出だったから、イサークにお願いして面接らしきものをして、もうひとりの侍女と一緒に働いてもらうことにしたのだ。

ちなみに王城に来た初日、こっそりイケメンと金を降らせる祝福をしたけど、未だに恋人ができた気配はない。もう少し落ち着いたら聞いてみようとは思う。

教皇は一言断ってからベロニカが淹《い》れた紅茶を飲んだ。そして柔らかい笑みを零《こぼ》すのを見て、私もやっと一息つく。

「猊下《げいか》、私はこれから披露目の式典などでお世話になる身です。あまり私のことを上に置かず、接していただけるとありがたいのですが」

「いやはや……言祝《ことほぎ》の神子様をそう扱えなどと、ご無理をおっしゃる。なれば、わたくしのこともミュシオスとお呼びください」

「さすがに猊下《げいか》をそう呼ぶのは、どうなのかと」

「あなた様がわたくしめに敬称をつける必要などございませんぞ。言祝《ことほぎ》の神子様は、神々が生誕された天上世界の方。天上人であるあなた様は、下界の誰よりも尊く、高き御座《ぎょざ》にあられる方なのですから」

だから、そういうのがつらいんだって。

予想通りな言葉に、思わず笑顔なのか無表情なのか、微妙なラインのアルカイックスマイルを浮かべてしまう。

とはいえ、宗教観をぶち壊してフレンドリーに接してくれ、なんて無邪気を装った空気読めないキャラになるつもりはない。

ただ、私との間に広く取っているその距離を、少し縮めてくれないかとお願いしたいだけだ。

「……私のことを、人間じゃないように言われている気がするんです。そういうの」

ぽつりと零《こぼ》してしまったそれは、本心だった。

今の私は、小市民がいきなり神の親戚みたいな扱いをされて、過剰に持ち上げられている状態だ。

能天気にそれを喜んで、ちやほやされるのを楽しむような気持ちにはなれない。そんなことが許容できるある種の純粋さなんて、持っていないのだ。

言祝《ことほぎ》の神子……世界の裂け目から落ちてきた天上世界の人間は、再び天上に戻ることはない。数百年単位で現れる神子の誰もが、クラウィゼルスで生を終える。言祝《ことほぎ》の神子に触れている木のどれもに、そう記されていた。

つまり――私は、元の世界に帰れない。

私はもう奏宮巴には戻れない。この世界でトモエとして生きていく。これは決定的な事実だ。

あれだけ重い婚約を交わした身なので、そのことも覚悟はしていたつもりだった。だけどいざ事実を突きつけられると、想像以上に衝撃的で。

抗《あらが》うこともできない、恨み言ひとつも吐けない、元の世界との完全な決別。

それが理解できた時、少しだけ泣いてしまったのは誰にも見られていないはずだ。

「ここにいる私は、確かに言祝《ことほぎ》の神子です。普通の人間だったのに、そうなっただけ」

神子と言われるのはもう慣れた。その肩書に見合う力があるのも自覚している。それでも、天上人だと言われると、全く違う生き物だと突き放されている気がするんだ。

「私はただ、違う世界にいた、ひとりの人間なんです」

思ったよりも暗い声になってしまったのをごまかすように、私は紅茶を飲む。

こんな風に呼び方にまでこだわってしまうなんて、事なかれ主義者と呼ばれた時の強靭《きょうじん》なメンタルはどこにいったんだ。やめよう、湿っぽい話なんて。

「……失礼しました。私が落ち着かないだけなので、お気になさらず」

「いいえ、いいえ」

間髪容《かんはつい》れず教皇が強く首を横に振り、どこか苦しそうな表情で口を開く。

「あなた様は、いえ、あなたは確かに尊《とうと》き身。それでも血の通った人であり、ましてや神自身でもない。そう理解しているのに、この信心こそが目を曇らせてしまっているのでしょう。本当に――」

「申し訳ない」と口で言えない代わりに、その目が雄弁に伝えてくれる。

聖典に記された存在。天上世界からやって来た存在。それを自分と同列の人間として扱えというのは、宗教のトップにとってかなり難しい話に違いない。

かといって、私の希望をスルーして話を元に戻す、というのも難しい。私が嫌だと言ったからには、どうやっても改めないといけないと思ってしまうだろう。教皇がこれ以上気に病《や》まないようにしつつ、少し距離を縮めて、となると……できるのは、お互いに呼び方を変えることか。

「ミュシオス老、そう呼ばせていただいても？」

「ええ、何なりと。カーミァ様、わたくしのことはおこがましいですが、遠縁の爺《じじい》とでも思っていただければ幸いです。公的な場では神子様とお呼びさせていただきますが、どうかご了承を」

「構いません。ありがとうございます」

おそらく教皇は、もう二度と私のことを天上人とは呼ばないだろう。これがこの人にできる最大限の譲歩なはずだ。

様付けについてはもうスルーするしかない。元々アマンシオ王とイサーク以外には様付けされているし、そこまで要求するのは酷《こく》というものだ。

……今度こそ、やっと一息かな。

口にした紅茶の味が先程よりはっきりわかるのは、私が無意識に緊張していたからかもしれない。

爽《さわ》やかな風味に、少し混ざる果実の甘味。元の世界だったら初夏あたりだろうこの気候に合っていて、口当たりもいい。きっと以前出された時、私が気に入ったのをしっかり覚えていたんだ。さすがベロニカだ。

お茶請けのティラミスに似たお菓子を食べながら、世間話に花を咲かせる。

ここの生活で戸惑ったことはないか、食べ物はどうかとか、まるでおじいちゃんとのアフタヌーンティーだ。大変落ち着く。

「この菓子は二代前の神子様が伝えたものですな。神子様方は皆女性なので、元の世界の服飾文化や食文化を多く残しているのですよ」

「そうなんですか？　どうりで知っている料理が多いと思いました」

「クラウィゼルスと天上世界は、似通っている点があると聞き及んでおります。ここよりも、発展した世界から来た神子様方が足りないものを伝えて、というような形です。手軽なものから高級なものまで、色々ありますからなぁ。わたくしは幼い頃からオムライスが好物でして」

「私も好きです。お手軽で中の具材や味付けを変えれば、何通りでも楽しめますし」

「ほう、トマトを混ぜたものしか食したことがありませんが……気になりますな」

作るのも食べるのも楽だから好き、なんてズボラな理由は言えない。

相好《そうごう》を崩すミュシオス老に、クラウィゼルスでもできそうな組み合わせのものをいくつか教える。神殿騎士も何となく一緒に聞いている気がするけど、この人もオムライス党なのかもしれない。

「ミュシオス老、もしかして神子は全員何かの文化に貢献していたんですか？　私は特別物事に精通していることもない、ごく普通の一般人なんですが」

なんせしがない雑貨店の副店長だ。バイト上がりだし、専門的な知識がある訳でもない。強いて言えば、ひとり暮らしをいかに手抜きしつつ、充実かつ平穏に暮らすかということくらいか。そういうズボラなことに関しては人より秀でている自信がある。

そんな私が何をどう貢献しろと。料理のレシピを全部見せてもらった上で、手のつけられてないズボラ飯を伝えればいいんだろうか。頭の中でお手軽大容量な常備食を思い浮かべながら首を傾げる。すると、ミュシオス老はゆっくりと首を横に振った。

「特に貢献しなければいけない、という訳ではありません。神子様方は元の世界が恋しくて、周りにそれを伝えたのがほとんどでしょうし……ああ、カーミァ様は歴代の言祝《ことほぎ》の神子様達がどのような方だったか、ご存知ですかな」

「大衆向けの物語になっている方でしたら、数名は」

言祝《ことほぎ》の力を使って、疫病《えきびょう》に侵《おか》された国を救った心優しき聖女のような神子。竜退治に向かう王子と愛を交わして、その険しい道の成功を祈った映画のヒロインのような神子。

正体を明かさず、供を連れて世界を漫遊《まんゆう》した世直し一行のような神子。他にも色々あるけど、どれも華々しい功績だ。

ただそういう神子達は、歴代の神子の中でも派手な偉業を成したからこそ物語として残ったのであって、もちろんそうではない神子もいる。私みたいに普通にのんびり生きた神子もいるらしいので安心した。

この世界、というかカレスティア王国周辺は戦争もなく平和だ。このままの状態であれば、今後私が物語に描かれる機会はないだろう。平穏で大いに結構。

「わたくしの立場からして、このようなことを言うのは不敬ではありますが……世にある物語は、大抵のものが大なり小なり誇張されております」

「物語とは得てしてそういうものですしね」

「おっしゃる通りで。確かに、偉業を成し得た神子様もおられることは確かです。ですがその反面、ご自分のためだけに祝福を使い続けた神子様もいらっしゃいます」

やっぱりいたのか、そういうタイプの人。少し探してもその手の話は出てこなかったから、まさか神子は全員いい子だったのかと不思議に思っていたけど……。

「あの、その方は記録に残っているんですか？」

「いいえ。その御方は言祝《ことほぎ》の神子ということを秘され、稀代《きだい》の悪女として西方の小国に名が残されてしまいました。わたくしの異能でも、僅《わず》かながら真実を確認しております」

異能、というのは強い神力持ちの一部が有する、魔術や神術とは異なる特殊能力のことだ。

死を以《もっ》て座を降りるまで五聖教のトップに在《あ》り続ける教皇。そんな座につくにはもちろん条件がある。そのうちのひとつが、異能の持ち主であることらしい。

ミュシオス老は過去《かこ》視《し》の異能を持っていて、二十年程前に教皇の座についたと聞いた。

彼が視《み》た神子達は、どんな人間だったんだろうか。いい人も悪い人もいたはずだ。物語にもされていないたくさんの神子達は、この世界でどう生きたのか。

「言祝《ことほぎ》の神子は良くも悪くも、何にも縛られぬ存在なのです。彼女達が言祝《ことほ》ぐのを止める権利など、誰も有さない。ましてやその力を管理するなど、決して許されません」

「神の力を意のままにすることは、神子には許されると？　何だかおかしな話ですね、異世界の人間だけが、この世界の力を好きなだけ使っていいなんて」

「何故神々が世界の裂け目を作り、神子を顕現《けんげん》させるのか。何故彼女達は世界を言祝《ことほ》ぐことができるのか。それは永き間、解明されておりません。ただひとつ言えることは……人の欲に塗《まみ》れた祈りを続けた神子は、人の幸福を祈った神子より遥かに大きく力を削られるということですな」

「稀代《きだい》の悪女とやらは、もしかして非常に短命だったのでは？」

「……後者の神子様方は病《やまい》に侵されることもなく、皆様つつがなくこの世界での生を終えておりました。些細《ささい》なことで日常的に祝福をされていた神子様もおられましたが、我々と変わりない時をお過ごしになりました」

遠回しな肯定をもらって微妙に引きつりそうな顔を抑える。

どう考えても言祝《ことほぎ》の力は反則的だ、どこかに落とし穴はあるはずだ——そう思っていたけど、まさか祝福を悪用する代償が命だとは。

……よく考えたら、私も悪人の祝福をしていた時は疲れがすごかったな。そんなに頻度は多くなかったけど、一日に何度もやっていたらベッドから起き上がれなくなる程の疲労感だった。もしかしなくても私、あのままだと数年で死ぬところだった？　危なかった……

稀代《きだい》の悪女とやらはそこまでして自分の欲望を叶えたかったのか。逆にすごいな。

「ミュシオス老。私は別に、清らかな心を持っているとは思っていません。自分のために祝福を使うこともあります。だけど、神の雫《しずく》を正しく降らせた時の気持ちは、確かに覚えています」

あの爽快感。まるで世界が歓声を上げたような、そんな錯覚まで起こさせる達成感。

あの瞬間を、忘れられるはずもない。

「私は概《おおむ》ね、神の望みに沿うように世界を言祝《ことほ》ぎたい。偉業なんて成さなくても、小さな幸せがある世界で暮らせたら、それでいいと思っています」

いくら面倒事が嫌いでも、人としてまずいこととか、人として恥ずかしいことはしたくない。

スタートからコケて悪人を支援してしまったんだから、これから世界に幸せという神の雫《しずく》を還元していきたいと思っている。ただ、罪滅ぼしに全身全霊をかけるだけじゃなくて、不可抗力で今までの人生捨てることになった私自身も幸せにしてあげたい。そういうスタンスだ。

言葉を整えてからそれを口にすると、ミュシオス老はどこか複雑そうな顔をした。

「そう思っていただけることは幸いにございます。ただ、カーミァ様。義務のように祝福を使うことはありませんぞ。このクラウィゼルスを愛してくださった時、この地で生きる者の幸せを願いたいと思ってくださった時に言祝《ことほ》いでくだされば、それだけでよいのです」

「そこまで難しくは考えていませんよ。私の好きな時に、幸せのおすそ分けをするくらいに考えていいます……これって、まずいですか？」

「いいえ、とんでもない。何より、神子であるカーミァ様がお幸せでいらっしゃらないことには、祝福の意味がありませんからな。際限なく欲望を満たす祝福でなければ、神も快《こころよ》くその雫《しずく》をお与えになるでしょう」

何というか、ミュシオス老は心底いい人のようだ。

面倒事回避能力の過程で培《つちか》った人間を見る目が、この人の言っていることが本心だと教えてくれる。教皇は本気で聖人でないと務まらないのかもしれない。

とにかく、私が五聖教に何かを強要されることはほぼないようだ。

ここまでくると逆に心配になってくる。先達《せんだつ》の神子達はどうやって過ごしていたんだろうか。できれば詳しく知りたい。

「歴代の神子がどんな祝福をしたのか、記録に残っていたりしますか？　どれくらいのことなら力を行使しても大丈夫なのか、一応確認しておきたいんですが」

「ふむ、そうですな……それなら神子様方の伝記をお持ちしましょう。原本は聖地から持ち出せないのですが、大神殿の写しならすぐ手配できます。まったく、カレスティア王も気が利きませんな。カーミァ様がいらっしゃるのに、大神殿からひとつも書物を取り寄せていないとは。理由などいくらでもつけられるでしょうに」

「いいえ、私が急に思い立ったことなので」

あまりアマンシオ王を責めないで。蛇男の件でごたついているし、私のこともあるしで忙しいんだよ。忙し過ぎて笑顔に青筋浮かべているのを見かけたし。

ちなみに神殿は各地に置かれている。聖地にある本神殿と、各国の都にある大神殿。後は公爵領など重要な街にある中神殿と、それ以外の街にある小神殿の、四タイプあるらしい。

五聖教については、侍女達などに教えてもらったり、本を読んだりして多少は勉強している。全くの無知なまま、五聖教の神子様なんてものをやるのはさすがに無理だ。歴代の神子はどうなのかわからないけど、少なくとも私は頭の中がお花畑になっていないので無理。

言祝《ことほぎ》の神子として公《おおやけ》に発表される披露目の式典までには、色々調べておきたい。せっかくだからおすすめの資料をまとめて持って来てもらおう。

「ミュシオス老。ついでと言っては何ですが、披露目の式典をした神子達のお話などは、残っていますか？」

「残ってはおりますが……神殿で保護される場合や、国で保護される場合、また後々になって言祝《ことほぎ》の神子様だったと判明する場合があって、一概《いちがい》にこうだとは言えないのです。我々神官は、神子様の神力を拝見すれば自《おの》ずとわかります。ですので披露目の儀式をする際は、教皇の宣言と神子様の祝福を一度与えていただくだけでしてな。国によっては、王女の輿入れ《こしい》のように華々しく儀式を行った例もありますが」

「……本当に形式化されていないんですね。それなら、地味にするのも可能なんですね」

「カーミァ様はご婚姻の儀もございましょう。ご婚約の儀も終えたばかりですので、式典続きでお疲れになるようでしたら、わたくしとカレスティア王が宣言をし、少しお顔を見せていただくだけでもよろしいかと。ああ、そうでしたな。書面ではお伝えいたしましたが……ご婚約、おめでとうございます」

「ありがとうございます」

何度言われてもどこか気恥ずかしさが残るその言葉に、思わずアルカイックスマイルを返す。

ミュシオス老が贈ってくれた、お祝いの電報的なものと、ガラスに似た素材でできた花々が詰められた籠《かご》は大事にしてあるから許してほしい。返信もしたし。

暇だとは言ったものの、実は今後の予定は結構詰まっている。披露目の式典は一ヶ月後、その二ヶ月後には婚姻式だ。色んな思惑ありきの、やむにやまれずな突貫プラン。元の世界ではまず起こらない大イベントが怒涛《どとう》のように押し寄せてきて、ここまでくると逆に笑ってしまう。

面倒なことも多くなってくるだろうし、今までみたいにのんびりしている暇もなくなる。

それでもきっと、隣にいるのが彼なら苦じゃない。むしろ楽しいだろう。

「カーミァ様のように可憐な女性を伴侶にできるベルリオス卿は幸運な男ですな」

「いえ、幸運なのは私でしょう。彼に見つけてもらえたのですから。彼に救われて生まれた縁に感謝しています」

「その縁は、ご自身で掴まれたものでしょうに」

ほのほのと笑うミュシオス老は知らないんだろう。

私が彼にどれだけの呪い、もとい祝福を送り続けていたか。そして今日も――

×　×　×

その夜。私は王城に与えられた自室で、草茶を飲んでいた。ミュシオス老からの贈り物である、神力が含まれた薬草を煎じたものだ。すっきりとした味で、これを飲むと心が落ち着く。

すると給仕をしてくれていたベロニカが、そっと声をかけてきた。

「お嬢様、旦那様からの文がきたようです」

視線で「いつものように」と示すと、ベロニカが色ガラスを嵌《は》め込んだ窓を押し開ける。

そこから光の玉が入ってきて、明滅したと思ったらひとつの形を作り始めた。

「本当にマメだね、イサークって」

「旦那様はお嬢様のことを、何よりも気にかけていらっしゃいますから」

公的な名前を教えても、侍女達は私のことを名前で呼ばない。仕える者としてお嬢様呼びで定着している。

実質雇っているのはイサークだから、彼は旦那様呼び。お嬢様に旦那様だとどう考えてもおかしい気がするけど、婚姻まではこのままなのでスルーしておく。

そんな旦那様ことイサークは、現在お仕事で国外にいる。

というか、蛇男関連で他国に飛び火した事件の火消しに走っているのだ。

飛び散っている火の粉の一部には、秘密裏《ひみつり》に対応、とはならないものもあるらしい。

単独で動けて、ある程度の権力と知名度があって……となると、フットワークが劇的に軽いイサークは打ってつけの人材とのこと。アマンシオ王が笑顔で次から次へと命を下してくるから、かなり忙しく色々飛び回ることになってしまっている。

一段落したらしばらくオフをもぎ取ると、えらく凶悪な面構《つらがま》えで笑っていたのは五日前のことだったか。

私と会えない日があると、彼は律儀にも手紙をくれる。

ただし、いずれもそれは手紙の形をしていなかった。なんともファンタジーな伝達魔術の一種で、魔力で形作った器《うつわ》に術者の言葉を入れ、指定した人に届けられるのだ。

普通に対話ができる魔術もあるけど、お子様用の超初級魔術を習い始めたばかりの私には無理なので、こういう形を取っている。

意外とマメで、見るからに洒落者《しゃれもの》らしい彼。器《うつわ》は繊細な蝶だったり、可愛い小鳥だったり、ゆらめく炎の輪だったりと毎回違うものだ。フィギュアのような器《うつわ》は見ているだけで楽しい。今日はどんなものを送ってきてくれたんだろうか。

「花か。綺麗……何ていう花かな？」

「おそらくレシファリかと。元は濃紺と空色の花弁が美しい、大ぶりの花でございます」

「よくわかるね、ありがとう」

部屋をたゆたう美しい花の色は、彼の注いだ魔力を表す、オレンジ色。

飴細工のようなそれは百合の花に似ている。クラウィゼルスにも花言葉があるとしたら、大層華やかな意味に違いない。

「今日はこのまま寝るね」

「かしこまりました。では、御前を失礼させていただきます。おやすみなさいませ」

「おやすみ」

窓を閉めたベロニカが綺麗な礼をして部屋を出る。この手紙を読む時は、私ひとりでと決めているのだ。

タイミングを計っていたかのように、くるくると舞って掌《てのひら》に落ちてきた花に少し魔力を籠める。

『――よお、元気にしてっか？』

深みのある、低い声。

この口上も、毎度お馴染《なじ》みとなってしまった。

『今日は教皇が来る日だったよな。あのじいさん、地位の割に結構話せる奴だろ。明日か明後日くれぇまで王城にいるだろうから、目一杯話し相手になってもらいな。オメエが話しかけりゃ、向こうも天にも昇る気持ちだろうよ』

きらきらと赤い燐光《りんこう》を発しながら、レシファリリからイサークの声が流れ出す。

電話とは違い電波に乗って変換されたりしない声は、限りなく肉声に近い。

私のことを思い浮かべながら吹き込んだんだろう、軽い口調の中に滲《にじ》み出る優しさ。

殊更《ことさら》身を案じられている訳でもないが、何気ない言葉に癒やされる。

『俺の方は今日も、面倒なおっさんとの話ばっかだったぜ。今夜は公爵邸に泊まりだ。こっちの国にはあんま幻獣がいねえからな、無駄に目立っちまって息抜きに遠駆けもできねえ』

声の合間に、イサークの大げさな溜め息が混ざる。今日も今日とて彼は大変そうだ。ミゲルによると、イサークの趣味は遠駆けらしい。特にノクシァが一番元気な夜に空を走るのが好きで、もう少し落ち着いたら私も乗せてくれると本人が言っていた。

『ただ、それなりの成果は出てる。そろそろ俺が外に出る必要もなくなりそうなんだ。悪いが、それまでちぃとだけ我慢してくれ』

半月の間、彼は本当に忙しい合間を縫ってこまめに私に会いに来てくれていた。ただ、それ程長い時間一緒にいることはできなかった。私も浮ついて「ずっと一緒にいて」なんて言い出す程わがままにもなれなくて。

あの王城への道すがら触れ合った時から、キスのひとつもしていない。色惚けになるつもりはないけど、そんな状態で聞く彼の声は少々毒だ。

耳元がむず痒《がゆ》くなり、幸せなんだけどちょっとだけ寂しくて、微妙に落ち着かない気分になる。

スタートからすぐ遠距離恋愛、という形だとこんな気分になるんだろうか。残念ながら、今まで距離的なデメリットを無視してでも付き合いたいと思える人がいなかったので、はじめて味わう感覚だ。

『……ああ、早くお嬢に逢いてえ。帰ったら真っ先に逢いに行くぜ。そしたら、直《じか》に俺の名を呼んでくれ』

う、わぁ。

駄目だ。この声、まずい。一方的にこんな囁《ささや》き送ってくるなんて、反則だ。

音声が終了して、燐光《りんこう》が消える。片手にそれを乗せたまま、私はつい唸《うな》ってしまった。

顔が熱い。ベロニカにはああ言ったものの、寝る前にこっそり読書でもしようかと思っていたのに…… 今日はもう寝てしまおう。

ベッド脇のチェストに、そっと花を置く。チェストの上はまるで小さなギャラリーになっていた。

手紙は一度再生すると飛んだりしなくなるが、再生は何度でもできる。もし彼が明日も帰って来なかったら、こっそり聞き直そう。甘過ぎる毒のような声だけど、聞くのが一度限りというのはもったいない。それ程気持ちが籠められた手紙だから。

レシファリリの隣にある、小首を傾げたポーズの小鳥の位置を微調整してから、ベッドに上がり込む。

天蓋《てんがい》には繊細な刺繍《ししゅう》が施《ほどこ》された、柔らかな色使いの紗《しゃ》が折り重なっている。紐を引いてそれを降ろせば、完全にひとりの空間だ。隣の小部屋に詰めている夜番の近衛士も、この天蓋《てんがい》を開けることは絶対にない。安心してだらっとできる。

「イサーク」

天蓋《てんがい》を見上げながら、ぽつりと呟く。

「……気を付けて、それでも早く逢いに来て。イサーク」

私が寂しいなんて言い出さないうちに、「おかえり」って言わせて。あなた以外に、私と当たり前のように未来を歩く人は、もういないから。どうか無事に帰って来て。私を抱き締めてほしい。

「きっと、飄々《ひょうひょう》とした顔で戻ってくるんだろうけどね」

どうにも感傷的になってしまう。ミュシオス老と話して、また元の世界のことを思い出したからだろうか。

私も意外と繊細なのかもしれない。苦笑して手を軽く掲《かか》げると、見慣れた銀色の光が零《こぼ》れていく。

蛇男の屋敷では全く手付かずだったけど、王城に来てから少しずつ神力の使い方を学んでいる。

神子の資質なのか、教えられれば簡単に神力や魔力を感じ取ることができた。神力を操《あやつ》るのもすぐに感覚を掴めたので、今では小神殿の長である司祭レベルまで常時神力を抑えられる。更に、意識せずに祝福が発動してしまうのもきちんとセーブできるようになった。

私が離れた場所にいる人にメッセージを送れる手段と言えば、現時点ではこれしかない。恋人の無事を祈ることくらい、自由だろう。

天蓋《てんがい》の外へ流れていく光を見届けて、目を閉じる。

あの光を見て、彼は笑ってくれるだろうか。そんなことを思いながら、私はゆっくりと眠りに落ちていった。

×　×　×

レシファリリがチェスト上のギャラリーに加わってから、六日。

毎晩送られてくる器《うつわ》でギャラリーは更に賑《にぎ》やかになり、もう小さな雑貨屋みたいになってきてしまった。

その間、私はただ手紙を受け取ってだらだらしていた訳ではない。

元々私は、仕事があるからこそだらだらタイムを大事にする生活をしていた。メリハリは必要だと考えている。

ただ、蛇男の屋敷は当然として、今もさして自由には動けない。お披露目が終わるまでは人目を避けてほしいと言われたのだ。無用な混乱の種になることはわかっていたので、それは了承した。

そこで生活の場として用意されたのが、この部屋だ。王城の中心である主塔ではなく、側塔にあるここはお忍びの貴人用の部屋らしい。

やっと落ち着いて生活できるようになり、半引きこもりながらも何かやれることはないかと探した結果――

「お嬢様、そろそろ息抜きしません……？　これもう何冊目ですか」

緑髪のボブカットを揺らした美女が、勝気そうな顔をへにゃりと崩す。

「その気軽な言い回しをやめなさい、ロシータ。お嬢様に対して礼を欠いているわ」

「はぁい。でも本当に、多過ぎじゃないかしら……」

主塔にある図書の間から持って来た本を隅に置きながら、ベロニカのお小言を受け流すその様《さま》は手慣れたもの。

ロシータは、蛇男の屋敷から付いて来てくれたもうひとりの侍女だ。ロシータとベロニカは同じ歳らしいけど、蛇男の屋敷での能面対応をやめた彼女はとても表情が豊かで、やや幼く見えろ。

ちなみにふたりとも私より年下だ。どうやら私はこの世界の成人間際――十五歳くらいの年齢だと思われていたらしく、年齢をカミングアウトした時は大層驚かれた。

「そんなに気にしないでいいよ、ベロニカ。どうせ誰もいないし」

「かしこまりキした。お嬢様がそうおっしゃるなら、この場はよろしいかと」

「ロシータ、本をありがとう。もう少しでキリのいいところになるから、そうしたらお茶をくれる？」

「はい！　教皇様がくださった茶葉で、まだ開けていないものがあるんです。とびっきり美味《おい》しくお淹《い》れしますね」

現時点で私ができることは、率直に言えば勉強だ。

ガリ勉かと思う程本を読み漁《あさ》る私は、傍《はた》から見たら勤勉な神子様に見えるんだろうけど、残念。私は面倒事回避のためだけに心血を注ぐ、努力型平和主義者だ。

知識は武器になる。純粋に世界を知るべきだという気持ちももちろんあるけど、知識の取り入れを急ぐ理由は、もっぱら先々の面倒を回避するためだった。

ミュシオス老が手配してくれた大神殿の書物は、届くまで少し時間がかかるらしい。

その前に気になっていた本を全て読んでしまうのが、今のところの目標だ。元々本を読むのは好きだし、頑張れると思う。

ちなみに、二日間の滞在を終えたミュシオス老は聖地の本神殿に帰ってしまった。だけどイサークが手紙で言っていた通り、ここにいる間は色んな話をしてもらった。

教皇と神子の会談と銘打ってはいたものの、最終的にはただのおじいちゃんとのアフタヌーンティーへと変貌してしまった気がする。

私も遠慮なく、どうでもいい話に花を咲かせてだらだらさせてもらった。ミュシオス老は申し訳なさそうにしていたけど、私は大歓迎だ。

「ミュシオス老、本当に気さくな人だったね」

「それはお嬢様だからですよ。私達にとっては雲の上の御方ですから。下手したら王族より遠い存在です」

「私もロシータと同じく、教皇猊下《げいか》の御尊顔を間近で目にできる日は一生ないと思っておりました。お嬢様にお仕えしてから、毎日が驚きの連続でございます」

「驚きだけじゃなくて、面倒事も多いと思うよ？　特にこれから」

「お嬢様のお傍にいられることに比べたら、どれも些末《さまつ》なことでございます」

「小さなことでもわざわざお礼を言ってくれるし、無理難題は絶対に言わない。主《あるじ》に恵まれて相当幸運ですよ、私もベロニカも」

ロシータが晴れやかに言い切る。本当に私がいい主《あるじ》だと思ってくれているんだろう。そしてベロニカは何と言うか……何故か私に心酔している節がある。一体、私が何をしたというのか。

ふたりはこの世界に落ちた直後からの付き合いだ。つまり他の人より関わりが深いし、気安い。

蛇男の屋敷で働いていたけど、私に何の危害も加えていないし、むしろ救出のキーワードを教えてくれた恩人達。だからこそ、彼女達のことはこれからも大切にしていきたいと思っている。

「では、しばらく御前を失礼します……ベロニカ、あんまりお嬢様に本をすすめないでよ？　朝からずっと読書と調べ物だし」

「私を誰だと思っているの？　お嬢様の望むことを最大限に。ただし負担になることは最小限に……侍女として当然でしょう？」

「私、あなたがちょっと怖いわよ」

それは私も思うけど……今更私のどこがよくて仕えているのかなんて聞いたら、寝落ち必須の大演説が始まりそうなのでスルーで。

礼を取ったロシータが一旦部屋から下がる。彼女は女性の中でも結構な長身で、おそらく百八十センチくらいあるだろう。その綺麗に伸びた背筋を見れば、きちんと教育されているのがわかる。並み居る王城の侍女達にも決して劣らない。もちろん、見るからにそつがなさそうなベロニカは言わずもがなだ。

ロシータを見送ったベロニカが本の整理をして、私のデスクに置いてくれる。

今日はここまでと、さり気なく積んだ本を選別している。私の意思は尊重したいけど、休んでもほしいと言うところなんだろう。私だってオンオフの切り替えはきっちりやりたい。

ちょうどロシータに宣言した箇所まで目を通せたから、ひとまず休憩。栞《しおり》を挟んで本を置く。

「お疲れ様でございます」

「ベロニカも、片付けてくれてありがとう」

ベロニカが涼やかな美貌をゆるませて労《いたわ》ってくれるのも、いつものこと。

美女に応援されて勉強をするというのは、なかなかいいものだ。美人な家庭教師に惚れる受験生はこんな気分なのかもしれない。

まるで男子中学生のようなことを思いながらデスク周りを片付けていると、不意にノックの音が二度響いた。

要人である私の部屋には、アマンシオ王から派遣された近衛士が立っている。引きこもりのくせにやたらと厳重な警護だ。彼女らが取り次ぎをしてからではないと、たとえ王様といえどこの部屋に入ることはできないらしい。

もう慣れるしかないので、大して気にしなくなってしまったけど……

それにしても誰だろう。いくらなんでも、ロシータはまだ戻って来られないはずだ。

ベロニカが誰何《すいか》すると、溌剌《はつらつ》とした、よく通る声が扉越しに聞こえた。

「神子殿、私だよ。入っても大丈夫かな」

ものすごく聞き覚えがあるそれにしばし固まったものの、何とか返事をしてソファーに向かう。ベロニカは素早く扉の傍についいて、頭を下げつつ扉を開けた。

「先触れもなく失礼。神子殿は勉強中だと聞いていたんだけど、少しだけ用があってね」

「構いませんよ。ただ、先触れがあったら紅茶の用意くらいはできたんですが」

入ってきたのは予想通り、誰からも好かれそうな正統派の美丈夫――アマンシオ王だ。

その人はきらっきらの金髪を揺らし、澄んだ新緑の瞳を悪戯《いたずら》げに細めている。

「すまないね、道すがら会った神子殿の侍女には気にしないように言っておいたよ」

向かいのソファーに座ったアマンシオ王は、私の些細《ささい》な嫌味を綺麗に流して、にっと笑った。アポなし訪問は心臓に悪いから、やめてほしいんだけど……

それにしても、用というのは何だろうか。当然忙しいだろうし、ただお喋《しゃべ》りをしたいだけではないはずだ。

そう思いながら口を開こうとする前に、テーブルの上に一冊の本が差し出された。厚さは五センチ程の、やや古そうな本だ。

「今しがた、大神殿から届いたんだ。言祝《ことほぎ》の神子の伝記だよ。歴代の神子に関する全てのことが載っている」

「あ、ありがとうございます……このページ数なのに、全ての神子のことが書かれているんですか？」

「どんなに内容が増えようとも変わらないんだ。目次に沿って開けばその章だけが出てくる、そういう魔道具」

本当にファンタジーだな。だけどこれは本好きには嬉しい。電子書籍では味わえない紙媒体独特の雰囲気がありながら、かさばらないなんて最高だ。

「神子殿は本が好きなのかな？」

「ええ。元からじっとしている方が好きですし、知識は腐らないお宝ですから」

「イサークとは正反対だな。あいつは本が嫌いなんだ」

「見るからにそれっぽいですよね」

「その割に頭がいいから騙《だま》された気分になるんだ。学園時代、あいつは〝考える筋肉〟なんて言われていたよ」

「うわぁ……そのあだ名つけた人、大丈夫でした？」

「ははっ、学園で一番大きな木に吊るされたかな」

懐かしむように苦笑するアマンシオ王。彼は学園を卒業する前に、国王になったと聞いた。

ただひとりの王族直系男子で、元から王になるのは決まっていたらしい。物心つく頃には、もう王太子と呼ばれていたとのこと。

ただ、王になるのは唐突だった。突然先王が崩御し、先王妃は後を追うように病死、歳の離れた姉姫達はすでに輿入《こしい》れして遠い他国にいる。準備不足と味方不足の状態で、成人ぎりぎりである十六歳の時に戴冠がなされた。

当時のカレスティアは、消極路線で国政を行っていた先王派が主流だったようだ。新しい風を吹かせようとするアマンシオ王に反発こそしないものの、協力的ではない貴族官僚はそれなりにいたらしい。

それでも幼馴染《おさななじみ》や数少ない忠臣達と国を回し、いつの間にか大多数を味方につけた。

停滞していたカレスティアを立て直して、更なる発展に貢献し、今では名君として知られている。

幼い頃から将来の王と側近ということで、ずっと一緒に過ごしてきた三人――アマンシオ王、イサーク、フレータ団長は、少し見ているだけでも気安い仲なのはすぐにわかった。それでも私にとっては初対面の人間だし、一国の主《あるじ》だ。最初は思いっきり一線を引き、外面《そとづら》対応をしていた。

だけど、今後の打ち合わせや、ちょっとしたお茶会を数度経て、私も以前より砕けた態度になった。

小市民感覚で言えば完全アウトな態度なんだけど、アマンシオ王がそれを望んでいるので問題はない。私の立場からしても、誰にも咎《とが》められることはないのだが。

ただ、あまり距離を近くすると、まだ十代の年若い王妃様に失礼かもしれない。そう思っていたら、王妃様が三人だけのお茶会を開き私を歓迎してくれた。カレスティアの人は何と言うか、結構寛容な人が多い。

……いや、イサークは王城に戻ってくるたび、アマンシオ王に文句言っているみたいだけど、そこは例外としよう。

「アマンシオ王は、かなりの読書家だって聞きましたけど」

「その点はクリスティアンにも負けないと思うな。私には知っておいて益のない知識はひとつもないんだ。神子殿は今、何の分野の本を読んでいるのかな？」

「今は地理ですね。この世界の地図って、かなり形が違うのでおもしろくて」

「ほお……天上世界はどんな形を？」

「大雑把《おおざっぱ》ですが、こんな感じで――」

端に片していたメモで適当な六大陸を書けば、不思議そうな顔をされてしまう。

私もクラウィゼルスの世界地図を見た時は驚いた。この世界はひと続きの大陸で、国が全て繋がっているのだ。形も不思議で、オーソドックスな古い鍵穴に似ていると言ったらいいんだろうか、可愛らしく見える。

各国の国土にはそんなに大きな差はなく、国の数は元の世界と比べてかなり少ない。ファンタジーよろしく魔物が跋扈《ばっこ》する空白地帯なんてものがあるからかもしれない。

それに比べたら、私のいた世界はおかしな形をしているだろう。適当に覚えている国を書いていくと、アマンシオ王に更に首を捻《ひね》られた。

「これは領地じゃないのかな？」

「国ですよ。この辺はとにかくたくさん国があるんです。私のいた世界では、全世界で百国以上ありますね」

「すごいな……領土の塗り替えもさぞ多いだろうに」

「現代では紛争はあっても、国の名前がころころ変わったりはしないですよ。私の国は比較的、というかかなり平和な方でしたし」

「だから神子殿は穏やかな雰囲気を纏《まと》っているんだね」

いや、それは多分私がだらだら大好きだから。

とはあえて返事をせず、笑みを返せば、澄んだ瞳がふと揺らいだ。

次いでアマンシオ王はベロニカを見て、軽く視線を隣の小部屋へ移す。すると、心得たようにベロニカは頭を下げて退室した。私に視線を戻した彼は、どこか表情が硬い。

「神子殿、あなたは聡明故《ゆえ》にわかっていると思うけれど……言っておきたいことがある」

その言葉ですぐ理解した。本当の用は、本ではなくこっちだ。

あまりに真剣な色を宿した新緑の瞳が、真っ直ぐに私に向けられている。

「あなたのそんな穏やかな心を乱すようなことが、この先幾度も訪れるだろう。カレスティアの中核にいるイサークと共にいるのは、煩《わずら》わしいことも多い。それでもあいつを選んでくれたことに、私はとても安心している」

「私は自分の気持ちに従っただけです。誰かのために、イサークを選んだ訳じゃない」

「そうだね。だからこそ、だよ。子爵邸でのあなたの日々は、どれだけ隠そうとも事実として残っている。あなたが許そうとも、カレスティアに言祝《ことほぎ》の神子が留まることをよく思わない国は多い。天将軍との婚姻なんて、本当だったら絶対に避けるべき流れなんだ」

「それは……」

カレスティアの重鎮とも言えるイサーク。そんな彼と、お披露目が終わってすぐに婚約を発表したら、どれだけ波風が立つか。更に、私が監禁されていた事実を知った諸国が、波風どころではなく嵐を巻き起こしてしまったら。

どれだけ面倒な事態になるかは、私でもわかることだ。名君と呼ばれるこの人が、考えない訳がない。

ぐっと眉を寄せて、アマンシオ王が絞り出すような声を出す。

「それなのに私は、ほっとしてしまったんだ。あなたがそう在《あ》りたいと望んでくれたことに。あなたが望むからこそ、イサークは国の思惑関係なく愛を乞うことができる。私はあいつの気持ちを諦めさせなくて済む」

「私が少しでも望まなければ、この関係は絶対になかったと?」

「ああ。だって、そうだろう。言祝《ことほぎ》の神子は、自由であるべきなのだから。我々が、イサークがどれだけ希《こいねが》ったとしても、あなたがここに留まりたいと言わなければそれで終わりだ。神子が望まない道を、世界は決して許さない」

言祝《ことほぎ》の神子は、誰にも縛られぬ存在。

例えば私がイサークと恋に落ちなかったとして、一番楽に暮らせる国で生きたいと言ったら、それは簡単に叶えられたということか。

そんなことができてしまうくらい、言祝《ことほぎ》の神子という存在は大切にされている。もちろん悪用しようとする人もいるけど、基本的に神子は尊《とうと》ばれるのだ。

私が王城に来てすぐ世界へと向けた祝福によって、大体の国はすでに言祝《ことほぎ》の神子の降臨に気付いているらしい。

ついこの間、披露目の式典への招待状を各国に送ったので、蛇男の件で迷惑を被《こうむ》った国などは確信するだろう。私がもっと前からこの世界にいることを。

表だっての批判はないかもしれない。それでも、私を害したカレスティアに留まることに対して、遠回しに異を唱える国はあるはずだ。

ただ、私の意思によるものなので強くは言えない。だからこそ私はカレスティアにいられて、イサークの婚約者で在《あ》れる。

「随分と、周りを巻き込んだ自由を持っているんですね。神子の立場って」

「ああ、かなりややこしいかもしれない。だが、そうして今までの神子は守られてきたと言っても過言ではないな」

思惑が、とか考えると頭が混乱するけど……とにかく神子は身の振り方を自分で決められるから、私はイサークの傍にいられるし、イサークも満足だし幼馴染《おさななじみ》ふたりも安心、ということだ。

「あなたは誓約書にサインをしてくれ、今ここにいる。友が生涯を捧げられる相手を見つけ、共に在《あ》る道を歩み始めたことが、私の心を何よりも穏やかにしてくれるんだ」

そこにいるのは国益を考える国王ではなく、ただ親友の幸福を祈るアマンシオというひとりの男性だった。

頭を下げた訳でも声に出した訳でもない。目礼《もくれい》だけでもたっぷりと感謝の念を感じられる。

だけど、私はそんな気持ちを受け取る程すごいことをしていない。ただイサークを好きになって、付いて来て、ここにいたいと思っただけだから。

もどかしいような、むず痒《がゆ》いような、何とも言えない空気に軽く咳払いをして、私は口を開く。

「こんなに欲しいと思ったひとは彼しかいませんから。誰が反対しようとも、誰が立ちはだかろうとも、やめるつもりなんてないんです」

私を縛るものはない。この世界に落ちた私がどう生きたいか、決められるのは私自身だ。

たとえ邪魔が入ろうとも止まる必要はないし、止まらなければいけない理由もない。

「それでなくても私はカレスティアに恩を感じています。面倒なことが起こるとしても、覚悟くらいできてますよ。そのために色々勉強しているというのもありますしね」

わざとあっけらかんと言えば、ややあってからアマンシオ王が小さく噴き出す。

「神子殿は非常に芯が強い。そんなあなたに想われるイサークが羨《うらや》ましいよ」

「アマンシオ王だって王妃様にでれってでれじゃないですか。王妃様からの好き好きオーラもすごいし。第三者から見たら、年上の余裕剥《は》がれてましたよ？」

「それは言わないでくれ、自覚しているから。我が妃は本当に愛らしくて困るよ、ははっ」

朗《ほが》らかに笑うアマンシオ王からは、先程の真剣な雰囲気は掻き消えている。

おそらく、彼はこの件について再び何かを言うことはないだろう。自分の素直な気持ちを語るのも難しい立場にいる人だから。

国王業って、大変だ。きっと心労も絶えないに違いない。頑張り過ぎないで、アマンシオ王。

「あ」

唐突に表れた銀の光が、ふわりと目の前の金髪に降りかかる。

きょとんとした後に微笑んだ美形様の麗《うるわ》しさといったらない。

「神子殿、私をこんなに祝福してくれていいのかな？」

「いいんです。頑張っている人を応援しなくてどうするんですか。あ、だからって更に頑張るのは駄目ですよ。適当に休みながらいきましょう」

「そうだね。最近執務を詰めていたから、今日はあともう少し時間が取れるんだ。どうせだから、妃のところに行こうかな。あまりここに居座ってもイサークに悪いし」

「いるのは別にいいですけど……顔を出してあげたら、王妃様はものすっごく喜びますよ、きっと」

きらっきらの金髪に、きらっきらの笑顔。とても眩《まぶ》しいカレスティア国王はもう一度突然の訪問を詫びた後、颯爽《さっそう》と扉の向こうに消えていった。

あれは本気で王妃様といちゃつきにいく顔だった。どうぞ存分に。

結局ロシータが紅茶を持ってくるのが間に合わなかったな。いや、ベロニカを下げたくらいだから、間に合ってもわざと入れないようにしたかもしれない。

そう思いながら、デスクに置いていた小さなベルを鳴らすと、隣の小部屋からベロニカが戻ってくろ。

「お嬢様、陛下からお預かりした本は一旦こちらに。そのままソファーにおかけいただいていて結構でございます」

「ありがとう」

ベロニカは当然、アマンシオ王と何を話していたかなんて聞いてこない。それどころか、そんなことがあったのなんて知りませんよと言わんばかりの対応だ。こういう点も含めて、侍女というのもなかなかに大変な職業だと思う。

デスクの片付けを再開したベロニカを見つつ、ロシータが持ってくるお茶請けの話をしていたら、また扉からノック音。

今度こそロシータだろうか。そう思ったのに、生真面目そうな近衛士の声が告げたのは、全く違う名前だった。

「失礼いたします。ミゲル・レジェス・オルタ様がお見えです」

「慌ただしいですね。今度はオルタ小隊長？　何のご用かしら……お嬢様、どうなさいますか？」

「いいよ、通して」

私の言葉を受けてベロニカが返事すると、ややあってから銀髪のゆるい巻き毛をひとつに括《くく》った男が入って来て礼を取る。

だるそうな桃色の瞳はどことなく色気を漂《ただよ》わせている。それがその中性的に整った容姿と相まって、何となくいかがわしさを感じた。

「こんにちは。ご機嫌いかがでしょうか、神子様」

ミゲルはイサークが直接指揮する隊の小隊長で、実際はイサークの副官のような役割を担っているらしい。

天聖騎士団はイサークの適当な説明曰《いわ》く〝使い走りみてえなモン〟だったけど、実際は違った。カレスティア王国関連の本を読んでも、そんなことはどこにも載っていない。

最新の騎士団情報によれば、天聖騎士団はまさしくヒーロー集団だ。

カレスティアの双璧のひとりであるイサーク・ガルシア・ベルリオス――彼が率《ひき》いる天聖騎士団は、地聖魔術士団と対を成す国の剣であり盾。

王都には本部が、四方には支部がある。騎士は全員が空を駆ける騎獣を持ち、国内どこにでも赴《おもむ》き、どんな任務もこなす精鋭達。ちなみに役職についている騎士は基本、超人に片足突っ込んでいるらしい。

つまり、目の前にいるこの銀髪のチャラいイケメンも超人枠だ。

見た感じ二十代半ばで、だるそうな若者丸出しなミゲルだけど、イサークの副官についているということで能力はお察しの通り。彼は神力ゼロで魔力は並み程度でも、全騎士の中で一、二を争う剣の腕を持っていると聞いた。

この人目を避ける生活が終わったら、一度騎士団を見学してみたい。できればフレータ団長とモンテスがいる地聖魔術士団も。

「ごきげんよう、オルタ小隊長。いつもと変わりませんよ」

「……今更っすけど神子様、もっと適当な感じでオレに接してくださいよ。団長にはタメ語なのに、まずいっす」

「でも、いきなり現れて偉そうにされるのって、むかつきません？」

「むしろもっと偉そうにしててくださいよ。実際、雲の上どころか雲突き抜けまくってるレベルの人なんすから。普通にタメ語、呼び捨てでいいっす」

「それでいいならそうするけど……」

こんなにゆるくていいのか、と思うけど、超人は得てして変人が多いものだ。気にしてはいけない。

「じゃあミゲル、何か伝言でも頼まれた？　イサークの任務には今回付いていってないよね」

だるそうな顔をしていても、副官であり小隊長。当然忙しいだろう。

彼が私のもとに来ると言えば、用件はひとつしかない。

「オレも色々やることありましたからねー。で、部下から伝達あったんで、早速お知らせを」

芝居がかった仕草で腰を折るミゲルに、ベロニカがほんの少しだけ眉をひそめる。

たまにこういう反応をするんだけど、どうやらミゲルのだらっとした態度が私への敬意が足りていないように見えるらしい。

私が敬意を払われる人間ではないことは論じても無駄なので、置いておいて——私は全く気にしていませんよ、むしろフレンドリーでオッケーと言わんばかりに毎回流している。

実際このゆるい感じは嫌いではない。人に迷惑をかけないだるだるは推奨する。

侍女としての立場をきっちり守って無言でいるベロニカに、ミゲルが笑いかける。どうやらミゲルはベロニカのことを結構気に入っているらしい。こうして笑いかける率がロシータの時より高い気がする。

次第に、ベロニカの視線がまるでゴミ虫を見るようなものになってきた。この無言の応酬《おうしゅう》、ここ最近のことなんだけど何かあったんだろうか。

機会があったら聞いてみようと思いつつ、私はひとつ咳払いをしてミゲルに先を促《うなが》す。

「我らが天将軍様が、あと一時間くらいでご帰還予定っす」

「え、はやっ」

それ、もはや伝える意味なくないか。

「お嬢様、急ぎお仕度を。ドレスをお選びいたします」

「あ、うん。……うん？　いやドレスって別にこれでよくない？」

「そんな気の抜けたドレスはいけません！　ああ、シンプルで機能美に溢れていて、清楚さが強調されるそのお姿がいけないのではないのです。全ては、久方ぶりにお会いする旦那様の目を楽しませるため。いいえ、惚れ直したと平伏《ひれふ》すような、お嬢様の魅力をより引き出すドレスを――」

「わざわざありがとうミゲル。もう少し格好を整えておくね」

「りょ、了解っす……すげーな侍女さん」

ベロニカはこうなると長いので、聞き流しておくに越したことはない。

私はしれっとミゲルに礼を言って、帰りを見送る。入れ違いで戻ってきたロシータは「うわぁまたかよ」という顔を隠すことなく、ワゴンを押して私のもとへ。

「ロシータ、あと一時間でイサークが帰ってくるんだって。多分、アマンシオ王に報告したら顔出してくれると思うから、悪いんだけどお茶飲んだら準備手伝って」

「わかりました。けど旦那様まで……っ！　どうして偉い御方って皆さん唐突なんですかぁ……私、陛下にお茶すらお出しできませんでしたよ」

「ごめん、それは私も何とも言えない」

「いえ、もっと超速でお淹《い》れできるように頑張ります！　とにかくこれをお淹《い》れしたらお仕度ですよね、ベロニカはどうしますか」

「まだ話し足りないみたいだから放置で」

帰ってきたロンータにも気付かないベロニカの賛辞はまだ続く。そしてほぼ流している私の相槌《あいづち》も。

私のドレス、そんな夜会みたいにしなくていいからねベロニカ。

なんて言えるはずもなく……私は極々シンプルで行儀見習いのようなドレスの裾を見ながら、ひっそりと溜め息をついた。

×　×　×

コルセットは拷問器具を通り越して処刑器具なんじゃないか、と疑いたくなる時がある。

カレスティアのドレスは色々なデザインがあるものの、基本形は変わらない。上半身はコルセットでぎっちぎちに締めて、スカートはこれでもかと言わんばかりにパニエで膨らませるのだ。

夜会の時はパニエだけでなく、クリノリンをドレスの下に仕込んだ防御力たっぷりのスカートになるらしい。恐ろしい限りだ。頭を鳥の巣みたいに飾り立てるロココ調ではないのだけが救いだろう。

正直、ドレスというものは非常に面倒くさい。ああいう綺麗なものは見ているだけか、身につけるとしても一生に一度くらいだから憧れるのだ。少なくとも私は毎日着たいとは思わない。

クラウィゼルスに落ちた時から着ていた、一枚の布を巻いただけのギリシャ神話の服っぽい方がずっと楽だった。ただあれは非常に古いデザインの服なので、日常生活には向かないらしい。

締め付けられるのは嫌だし、パニエなんてあったらおちおち昼寝もできない。

侍女達を巻き込んでの論争の結果、私の普段着はパニエを少しだけ入れた、コルセットのないドレスになった。王城にいてもみすぼらしくない程度の刺繍《ししゅう》がされていて、レースで縁どられたバトーネックからは遊色《ゆうしょく》の聖石《せいせき》と銀の聖痕《せいこん》が見えている。

基本的に、私が身につける衣服は全て聖石《せいせき》が見えるようになっている。まぁ位置が鎖骨の間だし、そんなに無理しなくても露出するんだけど、ベロニカはそれがより綺麗に見えるものを選びたがる。

「いかがでしょうか」

「いつも通り、完璧な仕上がりだね。ありがとう」

「お嬢様のお美しさを少しでも引き立てることができたなら、幸いにございます」

落ち着いた色調の、緑のベルラインドレス。光沢のあるたっぷりとした生地に明るい同系色のレースが重ねられ、派手さには欠けるものの品よくまとまっている。

程よく露出された胸元は幅広のリボンで縁どられていて、そのしつこ過ぎない装飾が気に入っている。ハーフアップにした髪には、小ぶりな白い花を模した髪飾り。普段他のアクセサリーはしない。聖石《せいせき》と聖痕《せいこん》自体が飾りみたいだからだ。

これでもう充分夜会に行けるのでは、と思うけど、ベロニカとしては普段用のドレスレベルらしい。ロシータもこれで夜会は地味だと言っていたから、本当のことなんだろう。

ちなみにこのドレスはイサークからの贈り物だ。他にも色んな衣服がたんまりと送られている。私に金をつぎ込み過ぎなんじゃないかな。

「ただ出迎えるだけなんだから、ここまでしなくていいのに。イサークもそこまで気にしないよ」

「いいえ、家を空けていた殿方を着飾ってお迎えするのは、家を守る女主人の役割でございます。それに自分が送ったドレスを身につけた愛しい女性を見て、悪感情を抱く男

「ここ、私の家じゃないけど……」

もっともなはずのツッコミを無視して、ベロニカが私をソファーに座らせる。と思ったらドレスの裾の襞《ひだ》を美しく直して、まるで記念写真のように整えられた。

私の仕度が終わると、ロシータはまたティーセットの準備をしに部屋の外へ。

ロシータばかりが対応している気がするが、彼女は紅茶を淹《い》れるのが大得意なんだそうだ。ベロニカはその一点においては彼女に敵《かな》わないと言っていた。

適材適所なんだろう。確かにロシータが淹《い》れたお茶は味もいいし、飲むとどこかほっとする。ベロニカの淹《い》れるお茶も普通に美味《おい》しいんだけどね。

「失礼いたします。イサーク・ガルシア・ベルリオス様がお見えです」

「お通ししてください」

ノックと共に告げられた言葉に、思わず自分で返事をしてしまう。ベロニカは特に何か言うこともなく、逆に生温かい視線をくれた。

開け放たれた扉から入ってきたのは、当然ながら彼だ。

相変わらず、美しい獣のようなひと。少し癖のある赤銅色《しゃくどういろ》の髪を無造作に流した大柄な男。

私が待ち望んだ彼は、悠々と歩を進めてソファーの前に立つ。立って迎えなくていいと言われているので、首が痛くなるまで見上げないとその顔は見えない。

「よお、久しぶり」

零《こぼ》れた柔らかな笑みが、深みのある声が私を包み込む。

何だか少し気恥ずかしくて、余所《よそ》行きの顔を作ってしまう。

「久しぶりって程かな。おかえり、イサーク」

「ああ、ただいま。無事帰ってきたぜ。おう、今日も似合いのドレスだな。オメエの賢そうな美人っぷりが際立つ」

「ありがとう。座って」

名前を入れた言祝《ことほぎ》の声は、祝福された人に届く。私が毎晩送っている祝福も、彼にきちんと届いていた。

毎回飽きることもなく無事を祈って、ここに戻ってくることを念押ししてしまう私はいつから重い女になったんだろうか。

ふたり掛けのソファーにどっかりと腰を下ろした彼が、私の左手を掴んで掌《てのひら》に唇を落とす。

マーキングと言われて毎度やられるそれは、未だに叫びたい程かっこよくてきゅんきゅんしてしまう。面《つら》の皮が厚いので、その失態はまだ犯したことがないけど。

その時、外から声がかかって、ロシータがワゴンを押して入ってきた。

彼女は流れるような所作でベロニカと一緒に給仕をしていく。紅茶とパウンドケーキのようなものをテーブルに置いたふたりは、綺麗な礼をして下がっていった。

イサークと話すときは、基本的にふたりきりだ。侍女も護衛もいない。

婚姻前の男女が密室で、なんていう小言はない。王城でそういう行為はしないとフレータ団長に誓約までしている。部屋に誰も入れないのは、ただイサークが誰にも聞かれずに私の名前を呼びたいがためだ。

そこまでするか、と思うけど、彼にとってはかなり重要なことらしい。私にとっても大切な時間なので邪魔はされたくない。

「今回はずいぶん遠い国まで行ったんだって？」

「つっても国三つ越えたくれえだしな。ノクシァが本気出しゃあ一日かかんねえで行けるぜ。ただ他の奴らは土台無理だし、公式訪問にしたくねえから転移門も使えねえし。結局移動だけでほとんどの時間取られちまった」

「それでも片はついたんでしょ？　しばらくはゆっくりできそうだね」

「ああ。うちから出ていった資源の転売先を突き止めて、密輸の元締めとオハナシして、ついでに組織ぶっ潰してきた。清々《せいせい》したぜ。これで俺が出張る件はほぼねえ。やっと朝まで酒飲んで寝れるってもんだ。もちろん、オメエも付き合うだろ、トモエ？」

「朝までじゃなければね」

オールでサシ飲みなんて、さすがに侍女達からストップがかかるだろう。

するとイサークが冗談だと言わんばかりにからからと笑い、ティーカップを手に取る。

クラウィゼルスの人達の体格に合わせたこのカップは、私には少々大きい。なんせ女性の平均身長は百七十センチ、男性の平均は百九十センチだ。イサークに至っては二百センチくらいある。私はと言えば、成人前の子どもと同じくらい。正直、家具が全体的に大きくて色々とつらい。

なので、ソファーに深く腰掛けたままティーカップを取るのが難しく、腰を上げて手を伸ばさないといけない。

彼もそれをわかっているので、ひょいと私のティーカップを取って渡してくれる。

「手ぇ小せえなぁ」

「イサークが大き過ぎるんだよ。ていうか体自体が大きい」

「そりゃトモエが全体的に小せえだけだろ。何だってこんなちまいつくりなんだかなぁ、大丈夫か今後の夜とか」

「それを何とかするのが男の手腕だよ。あと何かトレーニングでもしておくわ」

「何だそりゃ。まぁ任せとけよ」

際どい会話もしれっとラリーすればなんてことない。

婚姻式までは完全に手を出さないと誓約させられている。

言祝《ことほぎ》の神子がクラウィゼルスの人と結婚するのは割とよくあったみたいだけど、さすがに婚前交渉がどうだったかなんて記録は残っていない。だから一応カレスティアの王族と同じ扱いで、婚姻の手続きを進めている。

王族の女性は婚姻が成されるまで純潔を保つ。よって、何はあっても私達は清い仲というやつだ。すでに清くもないだろうというのはスルーの方向で。

「……これからも忙しいよね」

「ん？　ああ、披露目の式典に婚姻式に、大事《おおごと》だらけだ。急がせて悪いが、披露目を引き延ばせば囲い込んでるのかと勘繰られちまう。そうすると、どうにかしてトモエに接触しようとする奴も出てくんだろ」

「私のお披露目なんて地味でいいのに。アマンシオ王とミュシオス老が並んで顔見せて一言挨拶、くらいで」

「アーシオは国の力のバランスが崩れねえように、トモエには晩餐会《ばんさんかい》やら舞踏会やらにも出て、他国の奴に声をかけてもらいてえらしいな。ただでさえ俺らの代になって、カレスティア黄金時代とか言われて色んなのにすり寄られてっし。神子を王城に隠しとくなんざできねえんだ」

面倒くさそうに言いながらも、私へと向けた視線は申し訳なさそうに眇《すが》められていた。

平たく言えば、私は「平等に隣人を愛します」と営業活動しなければならないということだ。

アマンシオ王に言った通り、それをする覚悟はできている。

言質《げんち》を取られないようにのらりくらり挨拶回りをするのも、神子らしく振る舞いながら色々スルーするのも、まぁできるだろう。行儀作法の教師に褒められた、アルカイックスマイルこと面《つら》の皮の厚さをご覧あれ。

「代わりに婚姻式はオメエの言う通りのやつにすんぞ。派手でも地味でも、なんでも叶えてやる」

「ありがとう。でも、私がやりたいことを少しだけ組み込んでくれればいいよ。こっちのお式のやり方には従うつもりだし。ていうか、婚姻式も結構突貫だよね？」

「そっちには特に思惑はねえよ。俺が早くトモエを嫁にしてくれって……言ってないな、だ、か、ら。そういうストレートな言葉は小出しにしてくれって……言ってないな、そう言えば。

「この爪が何色になるのか、楽しみだ」

五聖教の婚姻式では、夫婦になる者の十指の爪に揃いの魔力の色を焼き付ける。それが婚姻の証《あかし》となるのだ。

これは五人の聖者達が神になり、世界を完成させる創世神話の一節を模したものらしい。指先への口づけは創ること――そこから爪を相手色に染めることで、命を育《はぐく》み共に歩む一歩である婚姻の証《あかし》とするという慣習が生まれたと、この間学んだ。

ティーカップを置いた手をイサークに取られて、弄《もてあそ》ばれる。いちいち手つきがエロいのはもう諦めた。存在自体が雄の色気に溢れているので仕方ない。

ただあまりにもスキンシップが多いと、もういっそ抱いてくれと言いたくなるので、そこだけが我慢のしどころだ。言ったらそれこそ彼の辛抱が無駄になってしまうから、絶対にしてはいけない。

「ええと、男性の魔力性質を焼き付けるんだっけ」

「おう。だからアーシオは王妃サマと同じ薄い金色だろ。あいつ光属性だから珍しいんだよ」

「そうなんだ。あれ、アマンシオ王にも似合ってるよね」

イサークの魔力性質は火と雷、つまり赤と紫だ。どちらかの色になるのか、それとも混ざるのか、濃い色なのか、薄い色なのか。それは実際に染まってみないとわからない。

「フレータ団長は？　爪が染まってないから独身なんだよね？」

「ああ。けど、クリスは婚約者がいるな。俺らと同じ、公爵家の令嬢だ。小せえ頃からの婚約でもねえのに、婚約期間が十年とかクッソ長え誓約してっから、あと二年くれえはかかる」

「……慎重派なんだね」

一瞬、〝実はフレータ団長重い男なんじゃないか説〟が浮上したけど、私には関係ないのでスルー。

しかし、まだ見ぬ婚約者さんはよく耐えられるな。お試し期間もとい婚約期間が十年なんて。

「私も結婚かぁ……」

「何だ、俺じゃ不満か」

「ハイスペック過ぎる婚約者様兼私のヒーロー様に何の不満もありませんとも。ただ、私はもっと歳取って惰性で結婚すると思ってたから」

「あ？　そんなんで添い遂げる相手選ぶのかよ」

ぐっと顔を近づけられて、不機嫌そうな茜色《あかねいろ》の瞳とかち合う。

少しだけ赤みを増したその色は、どうやら感情が高ぶるとそう見えるらしい。

この苛烈《かれつ》な色が、私は好きだ。私のために感情を揺らす、私が愛する男。そう強く認識することができるから。

「だって、私は今まで誰かを強く好きになったことがないんだもの」

「はぁ？」

「付き合った人は何人もいたよ。多分イサークが思っているより多い。それでも私から告白した人はいないし、別れを惜しむ程好きになった人もいない」

私はイサークが思っているよりも大人で、結構薄情な女だった。恋に溺れることなんて一度もなかった。いつだって私は私、相手は相手。そのスタンスを崩さないまま付き合っていたのだ。

あまりに淡白で愛されている実感がない、とか言われたこともあったっけ。

「そんな風にしか人と付き合えない私なら、恋愛じゃなく打算で結婚してもおかしくないよね？」

無言になってしまった彼の手を逆に取って、逞《たくま》しい腕にそっと頭を預けた。

「それを変えたのはイサークだよ。あなたの声を聞いて、目が合って、一瞬で奪われた。

助けてもらったことも、顔が好みだったっていうこともあるかもしれない。それでももう、気持ちは完全にあなたに持っていかれて、今更どうしようもないんだ」

そう、もう手遅れなんだ。

初恋にも大して熱くなれなかった私が、こんな風になってしまったんだから。

「あなたに対しては結婚してもいいかな、じゃなくて結婚したい。そうやって私の意識を変えたのは、紛れもなくイサークだよ」

私にしては結構、熱烈な告白をしているつもりだ。それでも隣の彼には何の動きもない。

自分の顔が赤くなっていないか確認したいけれど、今現在その手段はなかった。

「あー……駄目だ。やべえ」

「……ん？」

「今すぐ食っちまいてえ」

その大きな手で隠しても、ゆるゆるな頬は隠せていませんが、イサークさん。

「大切にしてね？　あなたとの初夜」

「……おう」

これが世に言うバカップルか。以前はいちゃついているカップルを相当冷めた目で見ていたものだけど……いざ当人達の立場になってみると、全く悪い気がしない。

この勢いがあれば、披露目の式典もどうにかこなせるだろう。そう思いながら、顎《あご》をそっと掴まれて心得たように目を閉じる。

もどかしい程に軽いキスを一度、二度。唇を擦り合わせて少し長く。私の髪を撫でる手にゆっくりと力が入っていく。それでもこのまま押し倒されたりはしない。

薄目を開ければ、切なげに細められた茜色《あかねいろ》の瞳。

私が欲しいと、食い尽くしたいと語るくせに、唇を割って中に入ってくることは絶対にしない。わざと隙間を開けても、それを窘《たしな》めるように軽く唇を噛まれてしまう。

深くもないキスで、ここまでの熱を伝えられる人がいるなんて、今まで知らなかった。すごい忍耐力だと思う。私だって、あと一押しされたら完全に流されそうなのに。流されたいと、思ってしまいそうになるのに。

「は、ぁ……」

吐き出した息が熱いのは仕方がない。そういう風にしたのは他でもない、彼だ。

「ああ、クソ……」

悪態をつくその声さえ、愛おしい。

なんて、浮かれたこと言えるような性格ではないけど。

第四章

——そこはただ暗く、遠くはるか遠くへと広がる虚無があった。

あるとき、虚無の上にある天の世界より五人の聖者が降りてきた。

「ここに世界をつくらないか。我ら五人だけの、愛しくひめやかな世界を」

ひとりの聖者の提案に、残りの四人の聖者は喜んだ。それはいいと五人で世界をつくることを決めた。

まず世界に必要な〝いのち〟をつくるため、世界の土台をつくった。

聖者のひとりが天の土を以《もっ》て地をつくり、伴侶たるもうひとりの聖者が天の水を以《もっ》て海をつくった。

地の聖者が海の聖者の指先に口づけをすると、ありとあらゆるいのちを生み出す力が溢れた。

次に世界を動かすため、世界に色をつけた。

天の世界から降ろしてきた光を陽とし、ふたりの聖者が陽を抱いて朝と昼をつくった。

ふたりの伴侶たる最後の聖者は残った虚無を集め、一筋の陽を反射する月を抱いて夜をつくった。

朝の聖者と昼の聖者が、夜の聖者の指先に口づけをすると、天の光と虚無の闇が繋がり時を刻み始めた。

途端、降り注ぐ光から神力がただよい、残っていた虚無から魔力がふきだした。

ふたつのちからは天地海、そしていのちに染み込んだ。ただよう神力は少しのいのちに馴染《なじ》み、ふきだす魔力は全てのいのちに馴染《なじ》んだ。

思いもしなかった世界の力に喜んだ聖者達は伴侶と口づけをかわし、うまれた世界を言祝《ことほ》いだ。

すると世界に無数の色にかがやく光が溢れた。世界にしあわせが生まれたのだ。

ゆっくりといのちを抱いて時を刻む世界で、聖者達はたくさんのものの種をつくった。

いつかいのちがそれを見つけ、使えるように。

満足した聖者達は天の世界へ渡る鍵を、それぞれ大事な場所に埋めた。鍵の場所は、それぞれの聖者しか知らない。

そして聖者は最後に神となった。

地の神、海の神、朝の神、昼の神、夜の神となり、それぞれがつくり出したものに溶け込んで、うまれたいのちと刻まれていく時を見守ることにした。

五柱の神々は、今もクラウィゼルスという世界を抱いて眠っている——


「ファンタジーだな……」

私はちょうど章の終わりまで読み終えた本を、一旦デスクに置く。目を閉じて眉間を揉みほぐしながら大きく伸びをすると、背中が楽になった。

今日は一日、聖典と解釈本を読み比べてみたり、子ども向けの神話の絵本を読んでみたりしている。そんなことを続けていたら、思ったよりも集中していたらしい。かなり目が疲れている気がする。

披露目の式典まであと半月だ。

それまでに詰め込めるだけ知識を詰め込んで、礼儀作法も学ばなければならない。ここまで精力的に何かを学んだことがあっただろうか。いや絶対にない。

あやふやな知識でごまかしつつでも、やってやれないことはないと思う。けど、そんな風に楽な道を選べば、いつかボロが出て逆に面倒なことになる。それならまだまだこの世界に来たばかりで……と言い訳のつくうちに学んで、後でゆっくりお茶でも飲む生活の方がいい。

そんな打算込みで頑張ってきた結果、基本知識からもう少し深い段階に入ることができている。これで変に絡んでくる輩《やから》がいても何とかなるだろう。

「お疲れ様です、お嬢様……何も聖典を端から端まで読まなくても」

「挙げ足取られて面倒なことになるのは嫌だし、変な輩《やから》に変な知識埋め込まれたくないしね」

「確かに無知は怖いですからねぇ……」

ロシータも蛇男を思い出したんだろう。ついた溜め息が重い。

「とりあえず一通りさらえたから、少し休憩」

「かしこまりました」

創世神話というのは、不謹慎かもしれないけど突拍子のないものが多いと考えていた。ご多分に漏れずこの五聖教の創世神話も……と思っていたら、この世界のものは違った。創世期の聖遺物が何点も発見されていて、探索や鑑定の魔術、神力の質を調べる神術などで長年研究が重ねられた結果、ほぼ百パーセント真実とのこと。

自然信仰とか精霊信仰の宗教とか、特定の神を崇《あが》める宗教ももちろんある。だけどそのどれもが、五聖教の聖典と大きな食い違いがないらしい。ここまで宗教観が統一されているのはすごい。

さて。今日読む予定だった部分は全て読み終えた。これからは私の至福タイムに入る。

「髪、解いてもらっていい？」

「はい、カウチにどうぞ。あ、旦那様が買ってきてくださったクッション、朝から陽の光をたっぷりと浴びさせたので、ふっかふかですよ」

「あーそんなことされたら、もう夕方まで起きられなくなりそう……」

私がお昼寝大好きだということをイサークや侍女は知っている。やることをやってぐうたらタイムに入るのを、誰も止めないし、そんな私に戸惑うこともない。

部屋の端に置かれたカウチへ向かう。奥にある続きの寝室に行ってしまうと、さすがにだらしないので、お昼寝はいつも活動しているこのメインの部屋だ。

勉強のため結い上げていた髪をロシータに丁寧に解かれる。癖がついてしまっているけど、どうせ起きたらまた簡単に結うから関係ないだろう。

少しヒールのある靴を脱いで、柔らかい綿がたっぷり詰め込まれた布張りのカウチに横になる。枕代わりの小さいクッションを置いて、大判の薄い布を胸の上までかけて、最後にふっかふかのクッションを抱いて深呼吸をひとつ——完全なお昼寝スタイルだ。この瞬間のために生きているんじゃないかと思うくらい幸せな気持ちになる。

できればもっと適当な上下スウェットレベルの服で、完全すっぴんになりたいけど、無理だろう。現時点でも貴人にあるまじき、だらけ具合なのに、そこまで神子のイメージを崩せない。

「平和って幸せ……」

「私もお嬢様がゆっくりお休みしてるのを見ると幸せですよ」

「私だけが休憩してると申し訳ないから、本当は何か手伝えたらいいんだけどねぇ」

「いや、駄目ですよ」

真顔での否定。いつも快活な笑顔のロシータの真顔は、やけに凄味がある。

「私はただの一般市民だから、こんな傅《かしず》かれる生活なんてできない！」とは言わない。そんなの、侍女や女中の仕事を邪魔するだけだろう。これでも立場をわきまえているつもりだ。

ただ、今は監禁生活ではなく、ある程度の自由がある。勉強・昼寝のループばかりもそろそろどうなのかと思っていた。だからこの前、ふたりに提案してみたのだ。誰も見ていないところならお茶を淹《い》れたり、軽く部屋の掃除をしてもいいんじゃないかと。

その瞬間のベロニカの顔は今でも忘れられない。存在意義を全否定されて、尊厳をこれでもかという程踏みにじられたとでも言わんばかりの絶望的な表情だ。ロシータも最初は渋い顔をしていたけど、ベロニカの反応が強烈過ぎてドン引いていた。

別に私は勤労の喜びを求めている訳ではなく、勉強以外のことを少ししたいだけだ。

だけどベロニカのショックが大きかったようなので、それ以降彼女にはその話をしていない。

ああ、お使いで城下に行ってもらっていてよかった。今ここにいたら絶望の再来になっていた。

「ただでさえ私とベロニカは身分が足りてないいんですから、仕事面で不足があったらすぐ誰かの耳に入ります。これからもお嬢様のお傍にいるためにも、絶対にご自分でお茶なんて淹《い》れないでください。旦那様に手ずから淹《い》れる、という目的なら全く話は違いますけど」

「ふたりだって貴族令嬢なのに。侍女の条件は満たしてるはずだよね？」

「騎士爵と男爵なんて、吹けば飛びますよ。特に私の家は準貴族なので、本来だったら王城に上がるのも難しいんです。旦那様の推薦とお嬢様の許可があったからこそですよ」

ロシータの父親は一代限りの騎士爵で、ベロニカの父親は男爵。どちらも蛇男に大きな借りがあって、ふたりは行儀見習い兼人質として屋敷に仕えていたらしい。

まだ詳しくは聞いていないものの、あまり親にもいい思い出がないようだ。

貴族というものは面倒くさい。さらっと学んだ感じでは西欧の貴族制度と似ているけど、それ以上にややこしいことが多いみたいだ。

そのうち嫌でも知るだろうから、机上で覚えるより実物を見るべきかもしれない。舞踏会とか晩餐会《ばんさんかい》とか、心情的には仮病使いたいレベルで勘弁してほしいけど。

「ロシータ、王城で嫌がらせされたりしたら言うんだよ？　いや、もうされてたりする？」

「言祝《ことほぎ》の神子様が望んで、天将軍のお眼鏡に適《かな》った侍女を問答無用でこき下ろす者はいませんよ。何かミスをしたら、すぐに取って代わろうと狙っている上級使用人は結構いますけど。私はともかく、ベロニカが隙を見せるはずもありませんし」

「そうなんだ……ごめん、披露目の式典が終わってイサークのお屋敷に移動するまで、もう少し我慢してもらえると助かる。私が庇《かば》っていいなら遠慮なく庇《かば》うけど」

「チクチク言われるくらいで大したことありませんから、大丈夫ですよ。ただ侍女の仕事は全《まっと》うさせてください。私達これでも結構できる侍女なんですよ？」

「ふたりができる子なのは知ってる。言ってみただけで、無理矢理仕事を奪ったりしないって」

仕事を奪う程の強い熱意で、お茶くみや掃除をしたいとは思っていない。

いつかイサークにお茶を淹《い》れてあげるためにやってみるか程度だ。

「さあ、早く寝ないと時間がもったいないですよ。一時間でお起こしすればいいですか？」

「うん。物音立てても平気だからね」

「驚く程寝入りが早いですからね、お嬢様は。おやすみなさいませ」

「おやすみ」

苦笑したロシータが綺麗な礼をして部屋を下がる。

この貴人の間には隣に小部屋がついていて、使用人や兵が詰めることができる。夜はそこで兵が警護をしているけど、日中は侍女が待機する部屋にもなる。ちなみに小部屋と言っても、私が住んでいた賃貸アパートの部屋より広い。

さて、寝るか。用事がある時は時間ぴったり起床、完オフならがっつり寝坊。眠れる時に最大限に寝る習性はどこにいても変わらないものだ。

目を閉じて頭をからっぽにすると、ふかふかなクッションの感覚に誘われて、眠りの淵《ふち》に落ちていった。

×　×　×

「――はい、結構でございます」

綺麗な姿勢で歩く、というのは意外に神経を使う。

歪みなく立ち、何にも怖《お》じることなく背筋を伸ばし、足先から頭までがどう見えるか意識して。誰もが目を留めるくらい優雅に、厳《おごそ》かに一歩一歩、歩を進める。

何だその無茶振り。と思った初期の私はもういない。努力型平和主義者は強いんだ。長引かせても自分が大変になるだけなら、全身全霊でやり遂げる。ある意味努力の鬼だ。

……………今回は非常に、非っ常につらかったけど。

「お美しい所作でございますね。素敵ですわ、神子様」

「ありがとうございます、夫人」

三十代後半のややふくよかな貴婦人に、頭を下げないまま礼を言う。

立場的に、私は国王にすら簡単に頭を下げてはいけないと言われている。日常でよくお辞儀をする国民性を根性で撥《は》ね除けなければならないので、これも結構つらい。

貴婦人――バレンシア夫人は、貴族の教養や礼儀作法などを私に教えてくれる家庭教師だ。アマンシオ王が直々《じきじき》に依頼した、生粋《きっすい》の貴婦人。当然地位も高く、生まれは伯爵家、嫁ぎ先は侯爵家、兄は宰相補佐で、夫は近衛士団団長というハイパーな勝ち組である。

そう、彼女の夫はアマンシオ王にマルセロと呼ばれていた、あの大柄な全身甲冑《かっちゅう》の人だ。

私は未だに彼の素顔を見たことがないし、普通に話しているのを聞いたことがない。

それなのに、夫婦仲はとてもいいという。一体家でどんな会話をするんだろうか。ものすごく謎だ。

「この短期間でここまで身につけることがおできになるとは、さすが神子様ですわ」

「夫人というお手本がいたからでしょう。私はただ、あなたの熱心な指導に報いる努力をしただけです」

「まあ、まあまあ！　過分なお言葉、光栄の至りでございます」

夫人は気付いていないようだ。私の目が死んだ魚を凌《しの》ぐ濁《にご》り具合で、ハイライトすらない状態になっているということに。

このバレンシア夫人、実はモロに体育会系スパルタ教師だった。覚えるより慣れろ精神で、反復練習大好き。笑顔でやり直しを要求されることが何度あったか……もう数えていない。

私は元々インドア派で、運動は苦手だ。その上レッスンはいつもの行儀見習いじみたドレスではなく、コルセットと重いクリノリンを仕込んだ貴族令嬢の舞踏会仕様ドレス。口から出てはいけないモノが出るかと思った。

ダンスを学び始めた当初は、必ず翌日は筋肉痛がひどくて朝起きるのもきつかった。

それでも、ここで覚えておけば絶対後で楽できる。そう自分を奮《ふる》い立たせた結果、私はこうして夫人からオッケーをもらうまでに至った。

勝った。私は勝ったんだ。努力した分報われて、思うままに平穏を享受《きょうじゅ》できるんだ……

「お披露目の式典ではその絶妙な笑みを絶やさず、たおやかでお美しい姿勢を常に意識していただければ充分ですわ。教皇猊下《げいか》や陛下に対する正式な拝礼の必要もございませんし、形式化していない式典ですので他の特殊な作法などありませんもの。神子様に臣下の礼を尽くせ、なんて言う愚か者はおりませんからね、うふふ」

「それならよかったです。これで式典の方は大丈夫ですね」

「ええ。ただ式典の後には舞踏会もございますからね。晩餐《ばんさん》ではないので、出されるのは軽食程度。お食事の作法は何度かご一緒させていただいた折にお教えいたしましたし、元よりさして問題ございませんでしたので、大丈夫ですわね」

「ありがとうございます」

「多少作法は違っていても、神子様はしっかりと所作を身につけていらっしゃいますからね。これからの時間は、ダンスを集中的に仕上げる方向にいたしましょう」

「……そう、ですね」

ああ、うん。ですよね。

わかってるよ。くるくるくるくる回って、パートナーの足踏まずに人にぶつからないようにするヤツね。もうあれだけやったからいいんじゃないかな？　私、あんまりくるくる回ると貧血になるからさ。

「あと十日ですわ！　私、バレンシア・プラド・カルニセル・ロブレスの名にかけて、必ずや間に合わせてみせましょう！　誰よりも輝くダンスで神子様のご威光を世界中に知らしめる一端となるよう、粉骨砕身《ふんこつさいしん》いたしますわ！」

いや、そんな熱意でやられたら、むしろ私の体が砕ける。

ちなみに、カレスティアの人は重要なことを伝える時や、大事な宣言をする時によくフルネームを言う。何か意味があるんだろうか、それとも様式美なんだろうか。

とりあえず、ダンスの前に必ず入る休憩で、早く座って英気を養いたい。ということでお茶休憩プリーズ。

遠くなる目を何とか堪えつつ、待機しているベロニカと王城の侍女に目配せする。

「失礼いたします、神子様、侯爵夫人。ダンスの仕度をいたしますので、こちらにおかけくださいませ」

「本日はスフィアラント特産、早摘みデアニスの冷茶にございます」

「あら、よろしいじゃありませんの。デアニスはよくよく冷えたものが一番美味《おい》しいのよね」

端に寄せて置いてあるテーブルに案内して、流れるような仕草でティーセットを用意する侍女達。

本日、ロシータは休暇だ。ふたりは年中無休で私につくと言っていたけど、ブラック職過ぎて見ている私がつらいので、週に一度は必ず休みをあげている。

普通、貴人にはもっと多くの侍女がついていて、侍女達は交代で休みを取るものらしい。ただ今はまだ、お披露目も終わっていない身だ。毎日が忙しくて、自分に仕える侍女を吟味《ぎんみ》している余裕なんてない。だから私はふたりのどちらかを休ませる時だけ、アマンシオ王から侍女を派遣してもらっている。

ベロニカも相当優秀だけど、派遣された数人の侍女もなかなかのプロだ。元は傅《かしず》かれて暮らしている貴族令嬢なのに、完全に陰に徹している。必要なこと以外は一切話さないから、更に黒子感が増す。ちなみに侍女は姓を名乗らないのが慣例なので、私は全員名前しか知らない。

その派遣侍女の中でも、妙に私に崇拝の視線を送ってくるのが、今日の侍女だ。確かマリセラだったか。彼女は熱心な五聖教信徒らしく、私を見る目が真剣過ぎて、やや怖い。まぁ、用のない侍女が私に話しかけることはないからいいけど。

物静かそうな美人の眼差しを見事にスルーしながら、私は出された冷茶を手に取る。

いわゆるアイスティーだ。どことなく、甘いリキュールにも似た味がする。二口程飲んで、一口サイズのパイにフォークを伸ばす。所作のひとつひとつに気を遣って口に運べば、向かいの席に座ったバレンシア夫人は「結構でございます」と言わんばかりの笑みを浮かべた。

パイはぼろぼろするから、適当な大きさに切って手掴みで食べるのが正解だと思う。この大きさなら尚更だ。少なくとも私は家ではそうやって食べていた。

手掴み、駄目かな。……まぁ完全に駄目だろうな。

「ダンスは最低二、三曲程は踊っていただきたいですわね。基本的なステップでも踊れるものも何曲か用意はされているはずですが、もう少し踏み込んだものもお教えしておきましょうか。神子様は足さばきがお上手ですもの」

「そんなに覚えきれる自信はありませんよ」

「全て応用編ですから、神子様でしたらきっと大丈夫ですわ。特殊なステップと言えば……カレスティアの伝統的な舞踏曲などですわね。ただ、流行《はや》りのドレスでは踊れないステップな上に、かなり速い曲調で踊り手も限られてくるのです。国の式典という訳ではないので、今回は避けると思いますわ。ああ、いつか神子様にもステップをお教えして、ベルリオス卿と踊っていただきたいですわ！」

もう現状で手一杯だ。絶対無理。

無言で微笑む私の顔は、引きつっていないだろうか。

「まぁ、今回はワルツで我慢していただくとしましょう。努力の甲斐あって綺麗に仕上がってきておりますから、クイックダンスもスローダンスもさして問題はございませんわ。お望みでしたら何曲でも踊られてよろしいのですよ」

「激しい動きをするものは、私の体格からして男性側が非常につらいのではないかと思うんですが」

「それはエスコートする方の手腕でどうにかなりますわ。デビュタントの令嬢をそつなくリードできる方なんて、ごまんとおられます」

それは私が少女体型だと言いたいのでしょうか。背が低いだけで後は結構いい線いってるはずなんだけどなぁ。

その前に、二曲も踊らなければいけないのか。主賓《しゅひん》だからこれでも少ない？　ああそう、少なくて大いに結構。

夫人の話はまだ続く。

「ベルリオス卿以外のお相手としては、まず陛下でございましょう。他には、普段舞踏会とは距離を置いている五聖教のお歴々もご出席なさいます。教皇猊下《げいか》はお歳を召していらっしゃるから、おそらく本神殿のどなたかが名乗りを上げることでしょう」

「神官もダンスを踊れるんですね。少し意外かも」

「基本的に聖職者の方々は舞踏会などには出席なさらないのですが、大神官様方は教養として踊れると聞き及んでおりますわ」

「他に踊らなければならない方はいますか？」

「詳しくは陛下よりお話があるかと思いますが、おそらくおりませんわ。各国の代表方のお相手をすると序列の問題がございますし、代表でもない貴族が手を挙げることは全くの不作法。よってそこまで多く踊ることはございません。ご安心なさいませ」

「明らかに注目されるとわかっているのに安心するのは、難しいですよ」

「そのためのレッスンなのですわ。さて、準備は終わりまして？」

見れば、あれだけ話しながらも夫人はきっちりパイを食べ終えていた。思わず目を剥《む》くと、侍女から「万事整いましてございます」と無情な返答がきた。

クラウィゼルスの人は、食べたばかりで動くと脇腹が痛くなる体をしていないいんだろうか。それに私、まだ食べ終わってないいんだけど。

「夫人、申し訳ないのですが……」

「あらあら、神子様はそのままでいらしてくださいな。私は隣室の楽師と少しお話をしてきますわ。失礼いたします」

ころころと笑いながら礼をして席を立つバレンシア夫人。

この世界には録音された音源なんてものは当然ないので、ダンスの音楽は生演奏だ。楽師達は隣の部屋に待機していて、魔道具で合図をされたら演奏をする。開け放ったバルコニーの窓から聞こえるその音に乗って、レッスンをするという訳だ。

ダンスの経験なんてせいぜい盆踊りくらいの私が、ワルツなんて高尚なものを踊れるはずもない。最初のうちは何度も何度も楽師の演奏を止めて、同じところを反復練習する地獄だった。私も相手役も楽師もつらい。

プロ中のプロである王城楽師になんてことさせるんだと今なら思うけど、あの時は「その音楽を流すんじゃねえ、誰かの弦でも切れちまえ」とまで思っていた。ごめんなさい。

「ベロニカ」

囁《ささや》くように呼べば、心得たとばかりに冷茶のお代わりが出てくる。

ふと、マリセラが何となく悔しそうな顔をしているのに気付いた。ベロニカ自身が不満なのか、それとも自分より身分の低い侍女が重用されるのが不満なのか、それとも別の理由があるのかはわからない。

まぁ理由を知ったとしても、私は身分なんて関係ないし、何より面倒事の気配がするので気にしない。

「あと十日でどうにかなると思う？　足元見ないでステップ踏むのが精一杯だと思うんだけど」

「お嬢様のダンスは小鳥が戯《たわむ》れるが如《ごと》く、周囲の者が気持ちを和らげ笑みを浮かべてしまう程愛らしくございます。何の問題もないかと」

ベロニカは少女のように頬を赤らめて言うけど、実際のところ、そんなにいい意味には聞こえない。

「……それって、つたなくて少女じみて微笑ましいってことじゃない？」

「いいえ。繊細かつ可憐で時折跳ねるように舞う姿が、お美しいのです」

「ああ、そう……」

「それに、旦那様はダンスがお得意でいらっしゃいます。パートナーに身を任せておけば、何の心配もございません」

「おう、この俺がお嬢に恥かかせる訳ねえだろ」

「うん？」

予想だにしない声が割って入ってきた。思わず入り口を見るが、扉は閉まっている。

「こっちだ」

からかうような声のした方に首を巡らすと、バルコニーの手すりに悠々と腰掛けている人影が目に入る。

昼下がりでまだ陽の光がきつく差し込む中、赤銅色《しゃくどういろ》の髪が一層鮮やかに揺れた。マントを外した黒い軍服は、いつものように着崩されている。見るからに暑そうな服装なのに、そんなことを一切感じさせない飄々《ひょうひょう》とした態度で、イサークはひらりと手を振った。

「よお、忙しそうだな。隣の部屋、夫人が張り切って楽師困らせてんぞ」

「夫人がいきなり曲を変更しないことだけ祈っておくわ。ていうか、仕事どうしたの」

「今、遅え昼休憩なんだよ。やっと国外に出ねえで済むと思ったら、書類仕事ばっかで参るぜ。指令室からロクに出られねえから体が鈍《なま》るわ、獣舎に押し込められたノクシァも機嫌が悪いわでな。ひっさびさに王都一周して戻ってきたとこだ」

「そうなんだ……お疲れ様。よくここにいるってわかったね」

「マーキングの成果ってヤツだな」

するりとバルコニーに降り立ったイサークが、立ち上がろうとした私を制して掌《てのひら》にキスをしてくる。

まるで挨拶の延長のような何気ない触れ合いは、本当にいつまで経ってもきゅんきゅんする。

「こうする度、オメエがどこにいてもわかるように残してあんだよ」

「何、その束縛態勢。まぁ別に居場所を知られても困らないけど。私が王城で迷子になったら捜し出してね」

「おう。つうか、カレスティアのどこにいても見つけてやるよ」

実際、私がひとりで迷子になるなんてことは早々起きないだろう。

冗談にしても、イサークなら本当にどこにいても私を見つけ出してしまいそうだけど。

自信満々な彼が手を離したタイミングで肩をすくめ、甘い雰囲気をスルーしておく。

私の方はもう休憩が終わってしまうから。

「で、せっかく来てもらって何だけど、私これからレッスンなんだよね。はぁ……」

「夫人のダンスレッスンは貴族令嬢をすくみ上がらせるっつう噂があるくれえだしな。可哀想に」

「すくみ上がりながら頑張って苦行を終えても、多分足を踏んでステップ間違えると思う。ごめん」

「まぁ構わねえが……ちいと合わせてみっか？」

「ああ、うん」

何てことのないように告げられたその提案に、私は普通に頷いてしまった。

……いや、待って。私未だにボロボロのダンスなんだけど。

「待って、駄目だわ。私、まだそんな段階じゃない」

「それでもパートナーと組んで一曲踊れるくれえにはなってんだろ？　だったら、俺でもいいじゃねえか」

「本番の相手と練習するレベルじゃないって言ってるの」

私の練習相手は王城舞踏家だ。正直そっちの方がレベル違いだろうとは思うけど、向こうは教師役だから目一杯失敗をしても大丈夫なんだと自分に言い聞かせている。

それに、イサークはとにかく忙しい。私のへったくそなダンスに付き合うより、書類の三枚でも仕上げる方が余程有意義だろう。それに微笑ましいレベルのダンスを見せるのは若干恥ずかしい。

言い訳する私を軽く笑い飛ばして、彼は侍女に二、三指示を出す。そして軍服の上衣を脱いでシャツだけになった。

私に拒否権はないのか、とか言いたいことはあるけど、とりあえずそれは置いといて――シャツ姿、肉体美が強調されて非常に結構です。やだもうこの格闘家系マッチョ素敵。

思わず黙って凝視してしまう。それに気付いたのかはわからないが、自然なウインクまでプレゼントされてしまった。

お茶を飲み涼しい顔でごまかしておくけど、そのうち叫んで転げ回りたいくらいツボに嵌《は》まっているのがバレそうな気がする。

「お嬢の靴は？　このままか」

「いいえ旦那様、こちらにございます。当日はもう少々、ヒールが高くなるかと」

「あ？　高けりゃ高いだけつれえだろうが。やめとけ」

「背丈の問題で、ヒールはできるだけ高いものをお召しになった方がよろしいと、侯爵夫人がおっしゃっておりまして……」

「つり合いも必要ってか。ひとまず一曲やってみて、無理そうなら夫人に諦めさせっか」

そう言って、イサークがおもむろに私の前で片膝をつく。

飲み干したカップを置き、何だろうと首を傾げてしまった。それと同時に、何かを察したベロニカが、彼に五センチ程のヒールがある靴を差し出した。

「ちいと触るぜ」

「うん？」

イサークはたっぷりとしたドレスの裾で包んだ私のふくらはぎを、軽く持ち上げる。

そしてそのまま、すぽん、と靴を脱がされた。

「……え？　何してるの」

「見りゃわかんだろ。足ちっせえ……これでよく立ってられんな」

「いや、そりゃ立つよ。私のいたところだと、これくらいが標準サイズだし」

クラウィゼル人では少女用の仕立てで作ってもらっているけど。

……じゃなくて。何ひとの靴脱がせてるの。どう考えてもそんなことするような性質《タチ》じゃないよね、イサーク？

あまりの光景に思わず引こうとした足をしっかりと掴まれ、一度イサークの太ももに置かれた。

異性に爪先《つまさき》を晒《さら》すというのは、基本的に夫か婚約者にしか許されないらしい。今は絹の靴下越しだけど、似たようなものだろう。それを意識した上でなのか、どことなくにやけた顔のイサークがレッスン用の靴を履かせた。するりと爪先《つまさき》に入るそれに、何故か赤面してしまいそうになる。

「やめてよ、皆見てるから」

「見てなきゃいいのか」

「よくない。靴くらいひとりで履ける」

「一部の貴族の女は、男に靴下まで履かせてもらうらしいぜ」

「そんな享楽的は貴族になる予定は一切ない」

中世の貴族令嬢や夫人は、お気に入りの男性に入浴や仕度を手伝わせていたと聞いたことがあるけど……クラウィゼルスでもそんな風習があるのか。

イサークの顔を見れば、先程より更ににやついている。彼は思い切り楽しんでいるのだ。

……何だか真面目に恥じらって抵抗するのが馬鹿馬鹿しくなってきた。

「披露目が終わるまで、大っぴらに婚約者面《づら》できねえんだ。こんくらい許せよ」

現在、招待状をもらった各国の代表が、こぞってカレスティアへ向かっている最中だ。過剰な式典ではなく小規模にしてもらったけど……実際何人くらい列席するのかはわからない。

言祝《ことほぎ》の神子降臨はすでに各国で大きな話題になっている。ただし、神子と天将軍の婚約を発表するのは式典後の舞踏会だ。それまでは過度な接触は控えてほしいとお願いされている。

ここに来た初日はともかくとして、今はふたり並んで城内を歩くこともしていない。部屋で会う時にはそれなりに恋人らしいことをしていると思うんだけど、彼はそれでは到底足りないようだ。

「あと十日でしょ。ちょっかい出さないの」

「こういうのは好きじゃねえか」

「あなたみたいな、いい男の代名詞を跪《ひざまず》かせる趣味はないんだよ」

そんな趣味はない。ないけど……こんなに楽しそうにしているんだから、恋人のかわいいわがままくらい聞いてあげようか。

足をどけない私が許したと思ったのか、彼は靴を履かせた足をゆっくりと下ろして、もう片足も同じようにする。

その手つきがあまりにも丁寧で、私は今度こそ赤面しないよう面《つら》の皮を強化した。

満足げな顔をしたイサークが立ち上がり、侍女が差し出した布で軽く手をぬぐう。さすがベロニカ、気が利く。

腰を折って差し伸べてくる彼の手にそれを重ねれば、またしても掌《てのひら》に唇が落とされた。

「一曲お相手していただけますか、姫君」

「いつもそんな風に誘うの？」

「まあ、若え頃はな。今はちいと歳も食っちまったし、ダンスも面倒でやってねえ」

イサークには肩書きが多い。天将軍という通称を持つ天聖騎士団団長、南方を統治するスルティエラ公爵の次男、自らの力で叙爵《じょしゃく》を受けたベルリオス伯爵。他にも王様と地将軍の幼馴染《おさななじみ》だの、国の双璧だの黄金時代の英雄だの何だの。

フレータ団長と違って婚約者もいないし、肩書きに加えてこの超絶男前ぶりだ。相当モテるだろう。今回の舞踏会でそのモテ光景に出くわすのかはわからないけど……実際にそんな場面を見せつけられたら、いい気はしないと思う。とはいえ、心の余裕がない女になるつもりもないけど。

バレンシア夫人に仕込まれた優雅な所作で、イサークの手を借り立ち上がる。本番はこれ以上高いヒールだなんて、足を捻《ひね》る未来しか見えない。

「女性からダンスに誘うのはあり？」

「ねえな。誘ってほしそうにしてんのを察して、男が誘うんだ。女からの直接的な誘いは、婚約者か夫相手にしか許されてねえ」

「じゃあ、イサークは今回他の人と踊らない？」

言ってしまってから、それがひどく甘ったれた声だったことに気付く。

こ、これは……恥ずかしい。心の余裕はどこに行った。

恐る恐る見上げると、どうにも締まらない顔をしたイサークとご対面。目と口がかなりゆるんでいるのに顔自体は崩れていないとは、さすが美形だ。

「踊らねえよ。俺はお嬢に付きっ切りだ」

私の声と張るくらい、甘さに満ちたそれ。台詞《せりふ》自体は甘くもないのに、もっと熱烈な言葉を捧げられているような錯覚に陥《おちい》る。

手の甲をするりと撫で上げられ、もう何と言ったらいいのかもわからない。すっかり恋愛初心者になっている自分に内心驚いてしまう。

侍女もいるのに、何だってこんなふたりきりの世界を創り上げてしまっているのか。まるでこれからラブシーンが始まります、と言わんばかりの雰囲気をどうやって払拭しようかと思っていると……

「お待たせいたしましたわ、神子様……あら！　あらあらあら！」

非っ常に弾んだ声を上げ、滑るような早足で救世主、バレンシア夫人が割って入ってくる。

ある意味究極に空気を読んだ夫人に感謝して、私は大きく息をついた。

——その後、二曲程練習相手を務めてくれたイサークのダンスの腕前は、国で噂されるのもわかるくらい上手だった。

一方、色々精一杯だった私は、彼の楽しそうな笑顔を見過ぎないようにしつつ、ステップを間違えないことだけに腐心していた。だから、彼のダンスに感動できなかったけど。

×　×　×

――いよいよ、明日だ。

明日、私は言祝《ことほぎ》の神子として、世界各国に認知される。

五聖教や各国に対する知識の取り入れ。神子としてふさわしい所作。貴人の作法のあれこれ。そしてダンス。やれるだけ詰め込んで、キャパオーバーなところはうまく取り繕《つくろ》った。王城に来てからの一ヶ月半、人生で一番頑張った日々だったと思う。

努力して掴み取った平穏は何よりも尊《とうと》い。もちろん楽して平穏というのも素敵だ。けど、課題山積みなのに、そこから目を背《そむ》けてだらだらするのはただの現実逃避になってしまう。

これだけ頑張ったんだから、もう向こう三年くらいは何もしなくていいんじゃないだろうか。いや、さすがに何か腐りそうなので週休六日でいいか。とりあえず、次の婚姻式まで自分にいくらか休暇を与えたい。

今日は最後の仕上げなどはしないで、ゆっくり休むよう言われている。

明日になれば朝から仕度に追われ、午前中に式典、休む間もなくまた準備をして夜は舞踏会だ。せいぜい英気を養っておくようにということなんだろう。

久しぶりに完オフ仕様で情眠を貪《むさぼ》り、昼下がりまでのんびりとした時間を過ごす。

「失礼いたします。お嬢様、湯浴みの仕度が整いましてございます」

別の侍女に呼び出されていたベロニカが戻ってきたと思ったら、いきなりそんなことを言い出した。私は思わず首を傾げてしまう。

「今から？　急たね」

「あの、お目覚めの際にお伝えしたのですが……」

「あー……ごめんね、覚えてない。起き抜けでぼんやりしてたんだと思う。入るよ。何か特別なことするの？」

「はい。明日のために湯浴みの後、お肌と御髪《おぐし》を調《ととの》えさせていただき、お嬢様の玉体が最高の状態になるよう施術させていただきます」

それって新婦が結婚式前にやる全身エステじゃないか。晴れ舞台という意味では変わらないけど、ベロニカの言い様《よう》からして何だかすごいことになりそうだ。

お風呂に入る時まではひとりでもいいのかな。王城では入浴の手伝いを断っていたのだ。

「ご入浴時からすでに施術は始まります。お嬢様が湯浴みの際に私共を決して呼ばないことは存じておりますが、どうか今回とご婚姻式ではお目こぼしくださいますよう」

私が言いたいことを理解しつつも、一歩も引く気がないベロニカの目が真剣過ぎて若干怖い。

突っぱねることの面倒さと、全身洗われる羞恥《しゅうち》を天秤にかければ、前者に比重が傾く。幸い、見られて死にたくなるような体はしていないから、ここは素直に折れよう。

「わかった、お願いするね。ここの浴室でやるの？」

「いいえ、この階に貴人専用の清めの場がございます。人払いをしておりますので、このままお越しください」

「ロシータは？」

「すでに清めの場に。私とロシータだけではなく、施術に長《た》けた侍女を派遣していただいております。もちろん、私共もお嬢様付きとして技術を仕込まれておりますので、ご安心くださいませ」

先導されて部屋を出ると、廊下にはいつにも増して人気《ひとけ》がない。いるのは影のように扉の脇に控える女性近衛士だけだ。そう言えば私は彼女の声を聞いたことがない。近衛士は勤務中、無言でないといけないんだろうか。

私を挟むようにしてベロニカと近衛士が歩き出す。

ロングギャラリーとでもいうのか、廊下には賓客《ひんきゃく》の目を楽しませるために等間隔で絵画や置物が並んでいる。残念ながら目が肥えている訳ではないので、綺麗だなぁ、すごいなぁという感想しか出てこない。

今この側塔に滞在しているのは私だけだ。ここ以外の側塔には、すでに各国の代表が入って来ているらしい。ひとりで幅を取って申し訳ないけど、うっかり出くわす訳にもいかないから仕方がない。明日までの辛抱だ。

「明日は長そうだねぇ……お披露目と舞踏会が終わっても、忙しいし。引っ越しもあるし」

なんせ、七日後にイサークのお屋敷に移動することになっている。明日でも構わないというイサークを説得してくれたベロニカには感謝だ。引っ越しには相応の気力・体力が必要なのに、彼も無茶を言う。

「できるだけお嬢様のご負担にならないよう尽くさせていただきますが、やはり少々慌ただしいですね……」

「イサークって有言即実行だよね。ていうか今更だけど、同じお屋敷に住んでいいのかな？　フレータ団長は、婚約者と住まいを同じくするなんて云々《うんぬん》とか言ってたけど」

「おそらく、決定的にまずいという訳ではないかと。お嬢様は頼れるご実家も親類もございませんし、かと言って家の格を合わせるために貴族の養女になる必要もございませんから。そもそも、あの旦那様がお嬢様と住まいを別にするなど有り得ません」

その点については、全力で頷ける。なんせ婚姻まで清い仲でいなければいけない上に、のんびりふたりで過ごす暇もない。ようやくアマンシオ王やらフレータ団長やらの目の届かないところに囲えるというのに、それを先送りする程イサークは枯れてはいないだろう。

たまに見せるあの熱の籠《こも》った瞳がだんだん険しくなってきているのは、気のせいではないはずだ。

……何だかぎりぎりのところまでアレコレされそうな予感がする。拒めるかな、私。

想像すると色々と怖いことになりそうなので、この話題はやめよう。先導するベロニカもそれに従ってそれ以上話を広げようとはしない。

しばらく歩いて、突き当たりにある扉で足が止まる。ベロニカがノックして名乗れば、すぐに内側からそれが開いた。

「お待ちしておりました、神子様」

満面の笑みの後、礼を取った侍女には見覚えがある。私に付けてもらっている中でも一番の年嵩《としかさ》で、王城侍女の中核を成すひとりだと聞いた。

おそらく彼女がリーダーなんだろう。私の実年齢より十は上だと思われるその長身美女を筆頭に、四人の美女が私を取り囲む。メンバーはロシータと、しれっと交ざったべロニカと、最後のひとりはマリセラだ。

「明日のお勤めが少しでも快《こころよ》いものになるよう、神子様の御体を調《ととの》えさせていただきます。玉体に触れること、どうかお許しくださいませ」

「ええ。あなた達の腕に任せます」

「ではこちらにお越しくださいませ」

脱衣場と言うには広い空間で、まず靴を脱がされる。ふわふわのマットの上に立たされ、やんわりと、それでも抗《あらが》えない流れでドレスに手をかけられた。

王城では自分で着られなそうなドレスの時だけ、着替えを手伝ってもらっていた。反発する気力も湧かなかった蛇男の屋敷とは違う。自由が利く中で他人に着替えの世話をされるのには抵抗があるけど、ここで仕事の邪魔をしても仕方ないだろう。無心になって従うしかない。

ちなみに私はベロニカ・ロシータ以外の侍女には丁寧語対応だ。まだ砕けた会話をする程の付き合いがないいし、あくまでお客様の立場なので。

「右手を失礼いたします」

「一旦御髪《おぐし》をまとめさせていただきますね」

「申し訳ございません、おみ足を少々上げさせていただきます」

無心だ無心。そうでもしないと、このお人形プレイ的なものに耐えられない。

侍女全員がきっちり服を着ている中、ひとり全裸に剥《む》かれた私は手を引かれ、薄絹のカーテンがかかっている向こう側に導かれる。

そこは今までの浴室とは違い、どこか古めかしい石造りの風呂場だった。古代ローマの浴場はこんな感じなのかもしれない。ただ随分と豪華だ。

吹き抜けかと思う程精巧《せいこう》なだまし絵が描かれた天井、装飾のついた大きな鏡、つるりとした乳白色の椅子。入り口と同じようなカーテンで仕切られた先にはベッドがある。十人で入っても余裕な浴槽には、白と薄桃色の花びらが散らされていて、浴場一杯に花の香りが漂《ただよ》っていた。

乙女の夢を集めたような贅沢空間だ。思わず呆然とした私をこれまたやんわりと促《うなが》して、侍女達が全身を洗う。その後に贅沢な浴槽に浸《つ》かって、髪のケアに移っていく。もうここまでくると羞恥《しゅうち》がどうのより、旅先で大奮発したフルコースケアだ。

髪を洗うために造られているんだろう浴槽のくぼみに頭を置いて、シャンプーとトリートメントらしき液体で髪を洗われる。ぬるま湯で数度流したら、次は頭皮マッサージやらオイルトリートメントやらが始まった。

今までも香油を使ったケアをされていたけど、今回の香油は特にいい香りがする。ややオリエンタルな香りというか、元の世界で街を歩いている時に感じた花の香りにも似ていた。

「これ、何の香りですか？」

「西方大砂漠に咲く月光花《げっこうか》と陽皇国の千里花《せんりか》をベースに、いくつかの香花を合わせたものと伺っております。ベルリオス閣下よりこの日のために贈られたものでございますので、馴染《なじ》みがございませんでしょうが……」

「ちなみに旦那様が素材を取り寄せ、王族御用達《ごようたし》の調合師に特別に作らせたものなので、世界にひとつしかありません。もちろんお嬢様専用の香油です」

「とてもいい香りですね。後でイサークには直接お礼を言います」

ぼそりとロシータが零《こぼ》した補足についてはスルーする。

贈り物は裏を知ってはいけない。どんなに金がかかっていようともいなかろうとも、必要なのは笑顔でお礼を言うことだ。円滑な人間関係には見て見ぬ振りが必要不可欠。まぁイサークの場合、無理をしてまで貢《みつ》ぐような真似はしないだろう。すごい勢いで色々プレゼントしてくれるけど。

香油を使って頭をマッサージされつつ、髪を丁寧に梳《す》かれる。

すごく気持ちいい。正直これは寝る。素晴らしい。面倒とか思ってごめん。

「艶《つや》やかな御髪《おぐし》でございますね、お手入れの必要もなさそうな程……」

「お嬢様は元よりお美しい御髪《おぐし》なのです。普段は毛先に香油を馴染《なじ》ませる程度しかしておりません」

「まあ。それでいて、御髪《おぐし》がこれだけの輝きを放つのですか」

半分寝そうになっている中、髪についてやたらと称賛される。

昔から髪も含めて体全体ズボラメンテだったので、香油はやり過ぎなんじゃないかと思ってしまう。ちなみに、香油は平民のお嬢さん達も普通に使うものらしい。

目を閉じて聞き流していると、ようやく浴槽から上がるように声がかかる。

お湯に浮かべられた花は香油とは違うものだけど、きちんと香りの調和が取れている。

濡れた体を拭かれても香りは残っているし、これだけでも気分が上がる。

手入れが終わったら、簡単に髪をまとめられた。今度はベッドの方に案内され、マリセラに介助されながらうつ伏せになった私は、完全な施術待ち体勢だ。

ただされるがままで申し訳ないけど、これはもう完全に寝るしかない。そうと思っていると――

「……聖下は、いきなりのご婚約で戸惑われてはおりませんか？」

小さく震えたような声音が、唐突に問いを投げかけてきた。

せいか、という単語がわからず一瞬考えてしまったけど、そう言えば神子の正式な敬称はそんな感じだったか。はじめて呼ばれた。

無言を肯定と取ったのか、マリセラは先程より更に小さな声で続ける。

「聖下がこれほどまでに早く、クラウィゼルスの者と縁を繋ぐのは前例がございません。ご不安に思われるのも道理でございましょう。ご降臨されたばかりの聖下を権力の渦に落とすような所業、あまりにも惨《むご》うございます」

つまり傍《はた》から見ると、私が天将軍様に即行絡め取られちゃった悲劇のヒロインに見えると。

イサークが私をどう扱っているかなんて、少し見ればわかるはず。何か、おかしくないか。普通の王城侍女だったらこんなこと言わなそうなのに……

「もし聖下がおつらいのならば、わたくしめは……」

「私はそんなこと思っていません」

思ったよりも硬くなってしまったそれに、準備を終えようとしていた他の侍女達がこちらを向く。少し眉をひそめたリーダーの侍女がマリセラに対して口を開く前に、私は再び声を上げた。

「何でもありません。あまりにも慌ただしい日々で、つらくはないかと気にかけてくれただけです」

「ですが、神子様」

「ぼんやりしていたから、つい変に声を張ってしまっただけです。施術中に寝てしまったらごめんなさい」

「それは全く問題ございません。楽になさってくださいませ」

やや無理矢理ながらも話を打ち切ると、リーダーの侍女はすぐに柔らかな笑みを浮かべ、施術の流れを説明してくれる。

そして、ベロニカとロシータが無言で前に出た。それぞれが小瓶を持っていて、腕まくりをしてスタンバイ万全だ。その後ろに下がったマリセラは、同じように腕まくりをしつつも伏し目がちに視線を寄越してくる。

変わらず崇拝的な意味合いを含んだそれが、いつもより怖いと思った。

第五章

「整いましてございます」

披露目の式典が刻一刻と迫った中、ようやく全ての仕度が終わった。

「いかがでしょうか、神子様」

「ありがとうございます、見事な仕上がりですね」

最初に言っておく。蛇男プロデュースみたいないかがわしい格好ではない。真っ当な、ギリシャ神話の登場人物のような白い衣装だ。

たっぷりとしたドレープが美しい、ロングドレス。聖石《せいせき》と聖痕《せいこん》が見えるよう胸元はゆったりと開いている。肩から肘にかけて等間隔に装飾された留め金の間からは、肌が少し覗く。

ウエストを飾るのは、青く透明感のある不思議な銀の帯だ。シンプルながらも、ドレスよりも長く床に流れる薄絹のマントが、どこか浮世離れした雰囲気を醸《かも》し出している。

帯に始まり、幾重《いくえ》にも輪を作るブレスレット、額《ひたい》に垂れる形のティアラ、複雑な形で耳に添うピアス、十指に嵌《は》められたリングと、装飾品は全て銀色。唯一華奢《きゃしゃ》な編み上げサンダルだけは茶色で、なんとなく安心する。

仕度を手伝っていた、ベロニカとロシータ以外の侍女達が道具などを持って下がる。それをアルカイックスマイルで見送ってから、私は鏡の中の自分を観察した。

「すごいね、私じゃないみたい」

「何をおっしゃいます。お嬢様のお美しさが更に輝いているだけでございましょう」

大きな姿見に映った、本当に神子と形容するのがふさわしいような自分。

肌は元から白く、顔は極端な日本人顔ではなかった。背も体型も、元の世界にいた時と大して変わらない。

だけど、鏡の中にいる私は明らかに違っていて、今でもたまに鏡の中の住人のように思える。

すっきりと結い上げられた薄紫色の髪は、丁寧にケアをされていつにも増して輝いている。色んな美辞麗句でたとえを並べて褒められるけど、朝焼け間際の雲が一番近い色だと思う。

じっと覗き込めば、桔梗《ききょう》のような青紫色の瞳が私を見つめ返してくる。目も髪も、どちらも綺麗な色だ。二十五年間一緒だった暗く重たい色達に比べたら馴染《なじ》みは薄い。

それでも、私はもうこの姿で生きるしかない。私は言祝《ことほぎ》の神子。これから死ぬまで、その肩書は消せないのだ。そして今からその肩書を高々と掲《かか》げにいく。

「ベロニカ、ロシータ。あなた達の主《あるじ》はちゃんと言祝《ことほぎ》の神子に見える？」

大仰《おおぎょう》な仕草で振り返れば、示し合わせた訳でもないのにふたりは跪《ひざまず》く。

「はじめてお会いした時より更に神々《こうごう》しくて、とってもお美しいです」

「たおやかでありながら凛《りん》としたお姿のあなた様以外に、言祝《ことほぎ》の神子様はおりません」

「ありがとう。忙しいふたりに、束の間でも安らぎの日が与えられることを祈ります」

右手を振って現れた銀の光が、驚きで目を瞬《またた》かせるふたりに降り注ぐ。

披露目の式典ではもちろん祝福もする。ただ、私が万人に降らせる神の雫《しずく》は、政治的な意図を絡めず、小さな幸せだけだと決めている。これは譲らない。逆を言えば、私が願いたいと思ったら遠慮なく使う。

ミュシオス老との話で、神子が何ものにも縛られないことを再確認してあるから、後はそう小難しく考えない方がいい。

「ああ、何とお美しい……」

「お、お嬢様、私達に何て貴重なものを……！」

ベロニカは心酔の色を濃くしたように、ロシータは慌てたように私を見上げる。

私にずっとついて来てくれたこのふたりを祝福して、生命力が削られる訳がない。これで疲れたら、逆に神に祝福もとい呪いを叫んでやる。そもそも、イサークやアマンシオ王には普通に力を使えていたし、今も疲労感はなく、ただすっきりとしている。

「大丈夫、神の雫《しずく》は人の幸せで簡単に減ったりしないから」

「そんなことはじめて聞きましたけど」

うん、今考えたからね。

人の幸せを言祝《ことほ》いだ時のあの爽快感は、決して悪いことをしたものから生まれたのではないだろう。あの感覚を、神様が望む祝福ができたと捉えるのは、きっと間違っていない。何を言祝《ことほ》ぐかを決めるのは私だ。

「——失礼いたします、神子様。そろそろお時間でございます」

外に控えている近衛士の声に、さっと立ち上がったふたりが扉を開ける。

ここからは侍女はついて来られない。式典の間だけは、カレスティアの貴族に名を連《つら》ねる者が神子の傍につくのを避けたいからだ。

「行ってくるね」

頭を下げて見送るふたりに背を向けて、扉の先にいるふたり組の男性を見る。

この白い詰襟の礼装にマントをつけた男性達は、神殿騎士の中でも教皇専属となる聖騎士だと聞いた。そのうちのひとりはミュシオス老との初対面の時に控えていた人だった気がする。

堅物が服を着たようなふたりの騎士は、護衛という職務上跪《ひざまず》かずに深く礼を取り、私の後ろに控えた。私がバレンシア夫人直伝の貴人感たっぷりの所作で歩き出せば、ゆっくりとした足音が響く。

私のサンダルのヒールと、騎士達のブーツの靴音。その硬質な音を聞いていると、だんだん気が引き締まる。ドレスの裾がものすごく足に絡まりそうだが、気合で何とかなるだろうか。

引きこもっていた側塔から主塔にかかる渡り廊下に入った。差し込む陽の光は中天よりは低い。

絶好の昼寝日和になりそうな日だけど、今日ばかりはだらだらは許されない。

長くはない廊下の終わりに、見覚えのある姿が見える。私を認めて相好《そうごう》を崩した彼は、脱帽して後ろに控える数名の大神官と共に跪《ひざまず》き、最上級の礼を取った。

「久方ぶりにございます、神子様。本日は一段とお美しく、溢れんばかりの銀を纏《まと》われておられますな」

いつもは抑えている神力も今日は解放している。とはいえ子どものようにダダ漏れではなく、きちんと自覚した上での解放だ。

「お久しぶりです猊下《げいか》。立ち上がって構いませんよ。後ろの方々も」

「慈悲《じひ》深い御心のままに」

神力持ちが見れば、私が異常な程の神力に満ちているのがわかるんだろう。膨大な神力、聖石《せいせき》、聖痕《せいこん》――まさしくお手本そのものの言祝《ことほぎ》の神子だ。

ミュシオス老の後ろで、大神官達が恐る恐る立ち上がる。私を見て恍惚《こうこつ》とした表情や、畏敬《いけい》の念を抱いているような表情をしていた。中には涙すら流している人もいる。

「今日の務めでは世話になります。手間をかけますが、頼みますね」

今回の披露目の式典では、私をエスコートするのはミュシオス老だ。

他国との兼ね合いなど諸々の理由から、お披露目では私の周りは五聖教関係者で固められることになっている。ミュシオス老は快諾してくれたが、神殿に保護されている訳でもないのに色々と面倒をかけて申し訳ない。

代わりに丁寧でも構わないから、下手《したて》に出て話すのは絶対にやめるようにと重ねてお願いされた。何とか頑張ってみてはいるものの、これでいいのかな。ずいぶん偉そうだぞ私。

言い方として正解だったんだろうか、微笑んで礼をしたミュシオス老が、白い聖杖を大神官のひとりに預けて帽子を被り直す。あの時と同じく、裾を引きずる白い衣装に赤い帯を垂らしているその姿は、五聖教関連の本で見た姿絵そのままだ。

「神子様のお傍に侍《はべ》る大役をいただけて、このミュシオス、至上の喜びにございます。その尊《とうと》き玉体に触れること、どうかお許しください」

非常に堅苦しい口上に頷いて、差し伸べられた手に自分のそれを重ねると、ゆっくりと歩みが再開した。

今更ながら、雲の上の人だろうミュシオス老にエスコートをしてもらうのは結構緊張する。

私の後ろに、四人の大神官が続く。全員白い衣装と神官位を表す白い帯を身につけているから、おそらく教皇の次に高い階級である本司教だろう。それにプラスで聖騎士達。五聖教トップ集団に囲まれて少し息が詰まる。

というか、この受け応えだと私めちゃくちゃ気位高そうじゃないか？　庶民派に印象寄せたかったんだけど、下手《したて》に出ない庶民派って何だ。無理か。

「猊下《げいか》、つかぬことを聞きますが」

「何でございましょうか」

「その裾を絡《から》げずに歩くコツはありますか」

瞬間、周囲から音が消える。

しれっと言ったつもりなのに、全員私の発言に耳をそばだてていたらしい。

夢を即行壊して申し訳ないけど、口から出たものは取り消せないし、取り消すつもりもない。庶民派を気取れないなら、せめて完璧神子様ではないことをお知らせしておこう。

「普通のドレスは膨らんでいるので足に直接絡みませんが、この衣装は非常に裾が鬱陶《うっとう》しく、歩幅が取りにくいのです。私は身長と同じく足も短いので、式典の最中に転ぶことがあるかもしれません。ですので、猊下《げいか》の裾さばきのコツを教えてもらいたいのですが」

「み、神子様……」

肩を震わせないようにしても、口元がひくついていたらアウトです、ミュシオス老。

彼はどうにか笑いを治めようと頑張っている。ちらりと後ろを確認すれば、呆然とした様子の大神官のひとりと目が合った。

他の大神官と比べて随分と若い。しかも芸術品のような美形だ。白髪とは違う、雪と見紛《みまご》う程の白銀色の長髪がさらりと揺れる。氷を思わせる薄い水色の瞳とかち合った瞬間、彼はうっとりと、それはそれは綺麗な笑みを浮かべた。

イサークとは正反対の美貌に、ついアルカイックスマイルを返してしまう。すると、やや熱い視線を返されたのでしれっとスルーしておいた。

隙のあるお間抜け神子様っぽくしたのに、何で好感度が上がるんだろうか。

「ゴホン、んん……神子様、ご心配召されずとも、すでに軽《かろ》やかな足取りで歩いておられるではありませんか。よしんば不測の事態があったとしても、わたくしめがお支えしておりますので」

「頼みますよ、猊下《げいか》。颯爽《さっそう》と歩き出して階段から落ちたら、周囲は反応に困るでしょうし。それに、あなたを巻き込んで階段大滑りなんてしたくありません」

「歴史に残る珍事のひとつになりますぞ、神子様」

「伝記の初《しょ》っ端《ぱな》からすごいことになりますね」

本気でそんなコント的な登場をしたら、私はどんな神子として記されるんだろうか。見たくない。

想像するとおかしくなってきて、いい感じに緊張が解けてきた。ほのほのとミュシオス老との会話を楽しみながら廊下を進む。

ちなみに裾さばきのコツはただ慣れることらしい。てろりとした素材だから絡むのは仕方がないので、老も結構小幅で歩いているとのことだった。

「夜の舞踏会は、衣装が少し変わって歩くのも楽になるのですがなぁ」

「私なんて、今に輪をかけて歩行困難になりますよ。なんせ他の女性達よりも高いヒールを履きますから」

「おやおや。ではダンスは、神子様のご負担が少なくなるようにしなくてはなりませんね。あなた様のダンスのお相手となれる男性は本当に幸運ですな」

「猊下《げいか》と揺られるだけのダンスをするのも楽しそうですけどね」

「わたくしはせめてあと三十は若くないと、名乗り出ることなどできませんよ。通常聖職者はダンスを踊りませんが、神子様のご降臨を祝うとなれば話は別。お許しいただけるのでしたら、舞踏会の折には代わりの者を」

軽く後ろに視線をやってから、ミュシオス老がにこりと微笑む。

その仕草で、ここにいる本司教の誰かが私の相手になることがわかった。ミュシオス老程ではないけど、皆結構年配だ。白銀の美形の次に若い人でも、軽く五十歳は超えているだろう。

となると、私の相手は自動的にあの美形となるのか。初対面の美形と密着してくるくるするのは、結構精神力を使いそうだ。

ちらりとミュシオス老と同じ方に視線を向ければ、待ってましたとばかりに私に微笑みかける美貌。アマンシオ王とは別方向できらきらしい。

何だってそんなに眩《まぶ》しい笑みを私に送り続けるんだろうか。そんなに神子に会えたことが嬉しいのか。

「今ご挨拶をするのは、神子様の負担になってしまいますので控えております。ご無礼をどうかお許しください」

「構いませんよ。私もここで皆様からご紹介をいただいても、緊張で忘れてしまうかもしれないので。そっちの方が失礼でしょう？」

軽く肩をすくめて聞き返せば、ミュシオス老をはじめとした大神官達が相好《そうごう》を崩す。

そんな中、視界の端で白銀の髪がさらりと揺れた。思わず目で追うと、何故か私の足元でそれは止まった。

「お気を付けくださいませ、聖下」

綺麗な響きのする染み渡るような声と共に、手が差し伸べられる。

わざわざ跪《ひざまず》く白銀の本司教の意図がわからなくて、少し戸惑ってしまう。

そんな私と白銀の本司教を交互に見て、ミュシオス老が苦笑した。

「わたくしもお支えしておりますし、声かけだけで充分でしょう。あなたは生真面目ですね、スヴァトスラフ」

「申し訳ございません、猊下《げいか》。神子様が裾さばきを気にしておられたので、万一を考えました」

会話を聞いてようやく、あと一歩進んだ場所に小さな段差があることに気付いた。

差しかかった曲がり角には、かなりゆるやかな段がいくつかある。そこから大広間の前まである大きなギャラリーとなっていて、上質な絨毯《じゅうたん》が敷かれた廊下が続いていた。

私が裾をひっかからげないように、わざわざ跪《ひざまず》いてエスコート？　どんだけ過保護なの。

いや、そこまで人真面目にやられると逆に居た堪れないよ？

とはいえ、相手の厚意を無下《むげ》にするのもアレなので、素直に受け取ろう。

「ありがとうございます」

ミュシオス老に支えられている方はそのままに、差し出された手にそっとそれを重ねて数センチしかない段を上る。もちろん裾を踏んづけることはない。

ちらりと見下ろすと、そこには蕩《とろ》けそうな笑みを浮かべた美貌。まるで私に奉仕するのが何よりの喜びと言わんばかりで、嬉しさより気まずさを感じてしまう。

他の本司教はこういうことをするような素振りもない。それが正しい距離だと思うんだけど、これも若さゆえなんだろうか。いや、この白銀の本司教も私よりは年上みたいだけど。

申し訳ないけど、これ以上はスルーだな。いきなり好感度マックスで近づかれても対応に困る。

さすがに一段ごとに手を貸すことはしないようで、残り数段を歩いてしまえば、白銀の本司教はあっさりと他の本司教の後ろに戻った。

しばらく長いギャラリーを歩いていくと、重厚かつ巨大な扉が現れた。その両脇を固めていたのは、廊下に配置されている王城兵ではない。格好から言って、近衛士だろう。わざわざ彼らが守りを固めているということは、ここが終点に違いない。

近衛士のひとりが私達を認め、礼を取る。そして防犯ブザーくらいの大きさの魔道具を取り出し、それに向かって声をかけてから、もう少し待機をお願いしたいと告げてきた。重ねられていた手を一旦解き、その場で待つ。

扉の防音性が高いのか、人がひしめき合っているはずの大広間の声は聞こえない。そっと胸に触れれば、平常にはない心音の速さを感じる。

また緊張してきた。忙しい心臓だ。だけど仕方ないだろう。こっちは小市民だ。

いくら覚悟ができているとはいえ、ここから先は一挙一動が全員の注目の的となり、五聖教の歴史に残される。衆目に晒《さら》される時だけでも、そつのない言祝《ことほぎ》の神子でいたいと思うのは当然だ。

失敗はしたくない。間違っても裾を踏んづけて階段落ちコントなんてやらかしたくないし、祝福を与える場面で噛み噛みになったりしたくない。

息を吐いて緊張をほぐそうとしている私を見て、ふとミュシオス老が口を開いた。

すかな」

「神子様。はじめてお会いした折、わたくしが申し上げた言葉を覚えていらっしゃいますかな」

「何でしょう。オムライスが好物だったことでしょうか？」

「わたくしの好物まで覚えていてくださったのは、とても嬉しく思います。ですが、それではございません。神子という存在について、です」

少し考えて、ミュシオス老が何を言いたいのか、ぼんやりと理解する。

「……神子は、何にも縛られぬ存在」

「そう。あなた様は各国の思惑や耳目《じもく》など、気にされずともよろしいのです。披露目の式典なぞ、わたくし共の都合なのですから。いきなり奇声を上げて、参列者を蹴り倒し走り回りでもしない限り、何をしてもあなた様に諫言《かんげん》する者などおりません」

「そ、それはさすがに色々無理なので……平々凡々と眉をひそめられない程度にやり遂げます」

やけに例が具体的な理由は聞かない。それは誰の伝記に残っているのかなんて、絶対聞かない。

思わず顔を引きつらせてしまう私に、近衛士から入室を促《うなが》す声がかかる。軽く二度頬を叩いてから、渾身《こんしん》のアルカイックスマイルを作り、再びミュシオス老が差し出した手にそれを重ねた。

拡声とか、そんな魔道具でも使っているんだろうか。扉の向こうから、ミュシオス老の名を読み上げる声が聞こえてくる。

さて……いざ、出陣といきましょうか。

「――言祝《ことほぎ》の神子様！」

扉が開いた瞬間、眩《まぶ》しさに少し目を細める。

光源だろう場所に目を向ければ、色とりどりの魔石で作られた絢爛《けんらん》なシャンデリアがあった。天井から壁にかけては精緻《せいち》な空の絵が描かれている。

壮大で、とても綺麗な空間だ。床に足をついているのに、まるで世界を上から見下ろしているような、不思議な感覚になる。

視線を下ろせば、扉から裾を広げたように続く大階段の下、立ち上がって頭《こうべ》を垂れる人々が目に入った。広間が大き過ぎるせいか少なく感じるけど、それでも数十人なんてレベルではない。小規模という定義が私とアマンシオ王では違うようだ。

今更何を思っても、始まってしまったものは仕方がない。溜め息を笑みで隠して踏み出した一歩は、意外にもしっかりとしていた。

うまくドレスの裾をさばきつつ、ミュシオス老に手を取られて階段を下りていく。

観察してみると、王侯貴族らしき人や聖職者、文官、武官など色んな人がいる。他国の国王が直々《じきじき》に出席していると思われる一団もあった。

打ち合わせ通り、階段の半ば、踊り場に差しかかったところで足を止める。周りをもう一度見渡してから、私は口を開いた。

「お顔を上げてください、皆様」

これも何らかの魔道具の効果だろうか。張り上げた訳でもないのに、私の声は大広間一杯に響いた。

いつも通り吐息混じりの声で、蛇男に鍛えられた厳《おごそ》かな雰囲気を纏《まと》っている。声の震えもない。上々だ。

「面《おもて》を上げよ」も変だし、「楽になさって」も変なので、公式の場での対ミュシオス老と同じレベルの口調だ。それを受けてゆっくりと各々が顔を上げ、ようやく私を見た。

一気に浴びることになった視線に、ひるみそうになる足に力を入れる。そして、伏し目がちにして、誰とも視線を合わせない状態にする。

全体を見るようにしていたのに、目が勝手に捜してしまうのは、やっぱり彼だ。

一番近い場所にいたのは、もちろんカレスティアの面々。アマンシオ王の左隣に控えているイサークが、僅《わず》かに口の端を上げて笑む。

勲章や徽章《きしょう》、そして金と赤の飾り帯がついた、詰襟の黒い軍服。いつもと形の違う正装をかっちり着込んだその姿は、禁欲的ながら非常に男前度を上げている。カメラがあったら一日中撮影会をしていても全く飽きないだろう。

そんなことを考えているとはおくびにも出さず、アルカイックスマイルから、もう少し笑みを深く柔らかいものにする。そのうち、浴びている視線の数々はあまり気にならなくなった。

「カーミァ・アナ・セレスティア聖下である。その身に宿る聖石《せいせき》と聖痕《せいこん》を以《もっ》て、当代言《こと》祝《ほぎ》の神子であることを教皇ミュシオスの名において証する。異を唱える者はその名において教皇ミュシオスの不信を証せよ」

〝アナ・セレスティア〟というのは、言祝《ことほぎ》の神子に必ずつけられる姓だ。正確には、落ちた国によって多少読み方が変わる。それでも意味は同じ〝天から贈られた神の恩寵〟となるのだ。

私の場合、神話の古語とカレスティア特有の読み方を組み合わせている。綺麗な響きだとは思うけど、未だに聞き慣れないし、盛大に名前負けしている感が否めない。

威厳たっぷりにミュシオス老が出した宣言は、意訳すると「教皇である私が神子であることを証明しました。文句があるならその証拠を全身全霊かけて出してね」ということだ。

こういう時の名前もやっぱり重要らしく、その発言に絶対的な信頼を持たせる代わりに、自身の存在を懸けるとのこと。

ただ名前を名乗って何か言っても力を持つし、「名にかけて」や「名において」と加えるとその上を行く力を帯びる。ただし、言葉を覆《くつがえ》したり汚したりする言動を取ったら、何かしらの形で本人に返ってくる。古くから在《あ》るまじないの一種だと聞いた。

この宣言は、神殿が主導になる場合のお披露目で使われる定型文らしい。

だけど、そんなにあっさり名を懸けていいんだろうか。ミュシオス老に聞いてみたら
「わたくしの目《めし》が盲いたとしても、違《たが》えることはありません。事実、この世界を言祝《ことほ》げるのはカーミァ様だけなのですから」とほのほの笑っていた。

祝福をしようとすれば、神力ゼロの人でも私が神子だと自《おの》ずとわかると言う。しかも聖痕《せいこん》はどうにか真似ることができても、聖石《せいせき》は絶対に無理なので、私が騙《かた》りだと言われる訳がないと。

見渡しても、ミュシオス老の宣言に異を唱える人は誰もいないようだ。

これで私の役目も終わり、となったらどれだけよかったか。

「教皇ミュシオス、本司教メルヒオール、我が証《あかし》に異はあるか」

ミュシオス老が振り返らず、問いかける。それを受けて、本司教のひとりが階段を下り、私と老の前に跪《ひざまず》く。かなり禿《は》げているものの綺麗に整えているので全く見苦しくない、初老の男性だ。もちろん裾は全くもたつくことのない、優雅な所作をする。

本司教が、両手を組んで掲《かか》げてから胸に押し抱き、口を開いた。

「本司教メルヒオールの名において、教皇ミュシオスの証《あかし》が真《まこと》であると誓います」

教皇が認めて、本司教に相違ないかを問う。これも神殿主導の場合に使われる定型文だ。

アマンシオ王は極力、私を神殿派の神子と印象づけておきたいらしい。この後舞踏会でイサークとの婚約発表をするから、この場ではカレスティア寄りにならないようにと苦心した結果だ。

落ちた場所がカレスティアだから、こうして王城で披露目の式典をするのはいいけど、国王自ら神子をエスコートして紹介するのは非常に具合が悪いとのこと。

協力してくれたミュシオス老以下、本神殿の聖職者各位には本当に感謝だ。本司教は全員初対面で、何の打ち合わせもしていないけど。

枯れ木のように細い本司教と、ややふくよかな本司教が流れに則って、跪《ひざまず》き答えを返す。そうすれば、自然と他の参加者も膝をついた。

私はその様子を笑みを浮かべて見る。この式典で私が言葉を発するのは、あと一度だけだ。

「教皇ミュシオスが問う。本司教スヴァトスラフ、我が証《あかし》に異はあるか」

脱帽した白銀の髪がさらりと流れ、跪《ひざまず》いた拍子に床に落ちる。深く頭を下げてから、ついと向けられた薄水色の瞳。冷ややかな色に反して随分熱を持っているのは、もうデフォルトなんだろうか。

崇拝の念がたっぷり籠《こも》った視線のまま、芸術品のような薄い唇が言葉を紡ぐ。

「本司教スヴァトスラフの名において、カーミァ・アナ・セレスティア聖下が当代言祝《ことほぎ》の神子であると誓います」

最後の本司教の返答が終わると、ミュシオス老がゆっくりと私の手を離し、階段を下りていく。そして優雅に振り返り、本司教達の前で膝をつき礼を取った。

ここまでは定型で進行したけど、ここからは言祝《ことほぎ》の神子である私だけの言葉だ。

「言祝《ことほぎ》の神子カーミァ・アナ・セレスティアは、世界に生きる全てのひと、全ての生きるものに幸多き明日が在《あ》ることを祈ります。老いも若きも病《や》めるものも健《すこ》やかなるものも、全てのものに光あれ」

両手を差し伸べれば、私の想いに呼応して銀の光が粒子となって溢れる。ゆるやかに留まりながら増え続けるそれが、遥か向こうまで行き渡るように、両手を高く大きく広げた。

瞬間、光が弾ける。

大広間を満たし、天井を通り抜け、光はバルコニーの外へ飛び出した。

「争いのない明日を、飢えのない明日を、笑い合える明日を、あなた達に」

蛇男も多少は知っていたけど、神子の祝福は万能ではない。人の死に直接関わること、それと、永遠に続くものを言祝《ことほ》ぐことはできないのだ。

〝永遠の幸福〟や〝永久に争いの起こらない未来〟は、神の雫《しずく》でも叶えられない。そういう風にできている。おそらく神々も、祝福はただのご褒美程度になるよう設定しているんだろう。

だから、私が保証するのは明日だけ——明日だけは、クラウィゼルスは平穏な楽園になる。それを永遠にしたければ、個人で努力するしかない。

銀の光を受けた人々は、顔を上げて各々周りを見渡したり、自分の体を触ったりと忙しい。さざめきのように零《こぼ》れる声は、それでも場をわきまえているのか小さめだった。

体から力が抜ける。王城で最初にやった祝福より欲張って色々追加したからか、爽快感はあるものの、疲れがそれなりに大きい。

ひとつ深く息をつくと、ミュシオス老が私の隣に戻ってくる。軽く目礼《もくれい》をすれば、老は微笑んでから広間に向き直った。

「言祝《ことほぎ》の神子により、世界は祝福された。降り注いだ神の雫《しずく》に適う世にならんことを」

老が右手を複雑に動かして、聖印を切る。それに合わせて各人も手を組み、私も組んだ両手を胸に置いて祈る。

しばらくしてノマンシオ王に視線をやると、目礼《もくれい》を返される。それを合図として、入場の時と同じ声で私の退場が告げられた。

ヴェールを翻《ひるがえ》してミュシオス老と共に階段を上る。それに合わせて本司教四人も。靴音だけが響く大広間は、入ってきた時よりも熱気が籠《こも》っている感じがした。

最後に振り返り、頭は下げないままドレスの片裾をほんの少しだけ持ち上げて礼を取る。タイミングよく開け放たれた扉をくぐって、背後でそれが閉まって――

「っはぁ……」

お、わった。

終わった。やった。やり切った。頑張って神子様やった。あの空間すごい圧《あつ》だった。休みたい、お茶飲みたい、ごろごろしたい。誰か私を運んでくれ。もう動きたくないわ。

祝福の影響もあるけど、何より緊張と気疲れが半端ない。その辺の扉がいつもの貴人の間に繋がっていたりしないか、本気で考える程だ。

「神子様」

「わかっています。猊下《げいか》ももう少し付き合ってください」

面《つら》の皮の厚さには自信がある。気合を入れ直して、優雅に踏ん張って歩き出す。

ミュシオス老のやや歩調がゆっくりなのは、私が相当消耗しているとわかっているからだろう。

今日はこの後、舞踏会がある。髪も服も化粧も一度全てオフして作り直すので、時間の余裕なんてほぼない。まぁ、数日にわたって予定を組まれても面倒事が長引くだけだから、一日に詰め込んでくれていいんだけど、それでもつらいものはつらい。

会話する気力すらなく、全員が無言のまま主塔と側塔の渡り廊下まで戻る。ようやく戻ってきたことを実感して、私は思わず溜め息をついてしまった。

そんな私を心配してか、ミュシオス老がエスコートしていた手を優しく握ってくれた。

「……お疲れ様でございました。ご立派でございましたよ、神子様。参列した者達の心をしかと震わせる、厳《おごそ》かに染み渡るお声でした」

「ありがとうございます。猊下《げいか》や本司教座下《ざか》に支えてもらえたので、無様な姿を晒《さら》さずに済みました」

四人の本司教にそれぞれ視線を合わせて目礼《もくれい》すれば、全員が目に涙を浮かべつつ礼を取る。

そんなにオーバーにされると、何だか自分がすごい人になった気がしてしまう。この人達から見たらものすごい存在なんだろうけど、ねぇ。

お披露目が終わっても、特に私自身が変わる訳ではない。一生分人に跪《ひざまず》かれたものの、「自分は選ばれた特別な人間だ。だから誰も逆らえない」なんて舞い上がることはなかった。

実際、そういう力があってそれが世界中に認められた訳なんだけど、自分自身をどう認識するかの問題だ。私はすごい力をたまたま借りられる小市民で、メンタルの強さと面《つら》の皮の厚さは割とあるだけ。それでいい。

「ここまでで結構です。聖騎士はもうしばらく借りますね」

「どうぞお連れください。わたくし共は下がらせていただきます。また舞踏会でお会いいたしましょう。大神官達の紹介は、お時間があればその折にでも」

「ええ、気遣ってくれてありがとうございます。皆さんも少しの間、休んでください」

私が疲れていることをミュシオス老はもちろん、本司教の全員がわかっているんだろう。あっさりとした挨拶と共に、今度は立礼で見送られる。何度も頭を下げられるとだんだん申し訳なくなってくるので、さっくりと返礼をして背を向けた。

崇拝の念が籠《こも》った視線はいくつも感じたけど、やたらと熱のある視線もあって……とりあえず、安定のスルー対応をしておいた。面倒事はごめんだ。

――これが、後々とんでもなく面倒な事態になる前兆だとも気付かずに。

×　×　×

表情筋が、死滅しそうだ。

「イサーク、私ちゃんと笑えてる？」

「ぎりぎり微笑んでる、って言えるくれえにはな」

部屋に戻った後、神子様仕様を全部オフしてお風呂に入り、ほんの少しだけベッドでだらっとした。そしてまた一から仕度をして、こうして今、パートナーに手を取られて舞踏会場入りをした訳だけど。

視線が、非常にすごい。これだけ集まれば視線の暴力だ。

確かにイサークは、そうやって見られるのも当然なくらいの男前だ。

髪をいつもよりきっちり後ろに流して整えているのも、色気が半端ない。服装だって差し色に落ち着いた赤を入れた黒い夜会服に変わっていて、ものすごく格好いい。この場に埋没《まいぼつ》しないその姿は、間違いなく目立つ。

ただそれよりも注目を集めたのは、私の方だった。

いや、正確には少し違う。名前を読み上げられて入場した私にまず視線が集まり、その後席まで私をエスコートし隣に立ったイサークへ。そして再度「え？　え？」という目で私を見ている。

「じゃあ全体的に変なところある？　流行丸無視だけど、綺麗だと思うんだよね」

どう考えてもこのペア自体が原因なんだけど、私のドレスもかなり風変わりなので、そのせいもあるのかもしれないと考えた。

ドレス。そう、舞踏会用の本気仕様ドレスだ。

オーガンジーを重ね、花びらのようにふわりと裾が舞うプリンセスラインドレス。ドレス自体の色は私の瞳と同じ鮮やかな青紫をしている。透け感のあるオーガンジーは青紫から白のグラデーションだ。

広く開いたデコルテには左側にオーガンジーの花がポイントとして置かれ、そこを起点に銀糸で恐ろしく細かい刺繍《ししゅう》がされている。ドレスのそここには小粒の宝石が縫いとめられていて、動くたびに光を放つ。夜空を纏《まと》っているような気分になる。

はじめに見た時はロマンチック過ぎるだろうと恐々していたけど、着てみると意外と大丈夫だった。落ち着いた色合いではあるし、全体的にふわりとしていて重たくない。何より思ったよりも似合っていて安心した。

最近の流行はガウンドレスのスカートの前を開けてペチコートを覗かせるらしいけど、しっかりしたペチコートを付けると総重量が増す。だから、オーガンジーでボリュームを出してごまかしてもらった。体力的に無理だし。

舞踏会では、婚約者や伴侶の色を入れたものを身につけるのが定石《じょうせき》らしい。でも、あからさまにイサークの色を出すのは難しかったので装飾に入れてある。複雑に結い上げた髪を飾るのは、最上級の赤い魔石がきらめく銀の櫛《くし》だ。ピアスも同じように銀のチェーンに赤い魔石でできた小さな雫《しずく》が連《つら》なっていて、全体の調和を取りつつも彼の色を主張している。

プレゼントしてくれたのはもちろんイサークだ。しかも、ただの装飾品ではない。髪飾りは魔術無効化の魔道具で、ピアスは呪術無効化の魔道具。

世界中の主要国が参加するこの場は厳重な警備が敷かれているし、自分が隣にいて害されることはないが万一のため、と彼が渡してくれたものだ。

ベロニカ経由でミゲルが教えてくれたんだけど、非常に希少な最上級の大魔石を砕いて腕利きの職人に作らせたものらしい。気になってこっそり聞いたのはよかったのか悪かったのか。王族でも滅多に手に入らないレベルの素材を使いまくっているアクセサリーというのは、結構心臓に悪い。

「ドレスに着られないように、侍女に頑張ってもらったんだけど」

きっとイサークには、見慣れないドレスだと思う。中世のドレスというより、現代のカラードレスの方が近い形だし。

お針子さん達に相当頑張ってもらった自信作——というか、私の少しの希望とベロニカの熱意が籠《こも》った作品だ。私は好きなんだけど、周りから見たらどうだろうか。

「何言ってんだ。着られてなんかねえし、どこに出しても恥ずかしくねえよ。クラウィゼルスの貴族女の流行も変わるな、こりゃあ。風変わりでも、いいモンはいいって誰もが思う」

「それならいいんだけど……」

「今夜のオメエは一等綺麗だぜ。ドレスは星降る夜空、オメエは夜の神に抱かれた月みてえだ。こんな上等な女の手を取れるなんざ、俺は果報者だな」

「ありがとう……何て言うか、イサークの褒め言葉の引き出しってすごいね」

「世辞は好きじゃねえよ。だからこれは本音だ。これでも言いてえことだいぶ抑えてんだぜ？　本気で褒めてたら夜が明けちまう」

腰を折って耳元にかけられた声は低く甘い。いとも簡単に紡がれる言葉に、自分の頬が少し熱を持ったのがわかった。

その様子が親密に映ったんだろう、更に増した視線の量に内心辟易《へきえき》しながら、イサークに視線で注意を促《うなが》す。

口の端だけで笑った彼が前に向き直ると、杖を突くような硬質な音が二度響いた。

私が座っているのは、他の人より数段高く作られた台の上だ。そこから一段下がった場所にアマンシオ王が出て来て、覇気のある声で挨拶が始まる。

「――言祝《ことほぎ》の神子の降臨とクラウィゼルスの安寧を祝して！」

最後にそう締め括《くく》った瞬間、シャンデリアがまばゆく輝く。

と思ったら、天井と壁を彩る空の絵が動き出し、くるくると一日を表すように色を変え始めた。

描かれていた陽が輝き、雲が穏やかに流れ、星月が瞬《またた》く。

絵画なのに動画さながらに動くそれは、まるでお伽話《とぎばなし》のページをぱらぱらとめくっているようだ。

何、これ……魔法の国だわ。いや元からファンタジーなんだけど、でも、うわ、すごい……

「お嬢、口開いてるぜ」

「…………」

無言でしっかりと口を閉じ直しても、微妙な気恥ずかしさは消せなかった。

私はヒーローショーを見に来た子どもか。確かに、人目を気にしなかったら歓声の後に拍手のコースになるくらいすごいけど。

「カレスティア王城名物『天空の宴《うたげ》』だ。結構すげえだろ？　年に一度の大舞踏会か、余程の慶事でもねえと動かさねえ。庭園でやる大園遊会の時には『地海の語らい』ってのも見られっから、楽しみにしとけよ」

「この王城、何なの……」

「これでも古くから列強に数えられる国だからな、無駄な権力見せつける仕掛けもそれなりに多いんだ。俺の屋敷に来る前には一度案内してやるよ。庭園の一部を浮遊させるヤツとかあんだぜ」

「普通に見られる範囲でいいから。張り切ってとんでもない仕掛け作動させなくていいから」

イサークは私に『天空の宴《うたげ》』を説明している体《てい》を取っているのか、そこまで気にしていないみたいだけど……先程から、私達をものすごく熱く見つめる視線を感じる。

「……随分熱心に見てくんなぁ。あの銀の寵児《ちょうじ》サマ」

「何その肩書。確かに異様に若いけど、そんなに有名なの？」

ギリギリ靴先が見える長さの白い衣装、下ろされたままの白銀の髪。芸術品として形作られたような白磁《はくじ》の美貌に浮かぶのは、私と張るくらいのアルカイックスマイルだ。

その薄水色の瞳は私と視線が合うと、とろりと溶けるように細められた。

まだきちんと時間を取って紹介されていないけど、お披露目で好感度マックス対応をしてきた本司教が視線の主《ぬし》だった。確か……スヴァ、トスラフ？　と言った気がする。

「生まれた瞬間、すでに神力に包まれていたっつう驚異のガキだ。高位神官を輩出《はいしゅつ》する一族でも随一の神力持ちで、歴代最年少で本神殿配属になって、歴代最年少の本司教にまで抜擢《ばってき》された。巷《ちまた》じゃあ不世出《ふせいしゅつ》の神官様とか言われてる」

「そんなにすごい人なんだ。どうりでひとりだけ歳が若いと思った」

「まぁ、ぶっ飛んでるくれぇ信心深いっつう話も聞くしな……オメエのこと生き神だとでも思ってんじゃねえの。お、そろそろだな。出番だぜ、お嬢」

これ以上の会話をしている時間はなく、差し伸べられた手を取る。肘上までのグローブをつけていても伝わる熱に安心した。

私はもうすでにお披露目をしているので、神子として挨拶をすることはない。ただ、とても重要な山場がある。進行は全て主催のアマンシオ王任せだけど、やらなければいけないことがあるのだ。

「イサークは緊張とかしないの？」

「しねえな。これから世界中に言えることを考えりゃあ、楽しくてしょうがねえ」

立ち上がった私と彼の身長差は、八センチヒールを履いても相当ある。見た目が未成年の少女と男盛りの成人男性の組み合わせである私達を、周りはどんな風に見るだろうか。

「さて、ファーストダンスの前に、皆様にひとつ大事なお知らせが」

アマンシオ王の声が、先程より強く響いた。それを受けて、大広間にいるほぼ全員が、金髪の美丈夫を見つめる。

もったいぶるように間を置き、アマンシオ王は晴れ晴れとした笑顔で口を開いた。

「先にお披露目と相成った言祝《ことほぎ》の神子、カーミァ・アナ・セレスティア聖下は、カレスティア王国伯爵イサーク・ガルシア・ベルリオスと婚約を結びました」

ざわり、と。その言葉に空気が揺れた。

さざ波のように押し寄せる、囁《ささや》きにしては大きな声。その中には困惑や不信、神子を抱き込もうとするカレスティアへの非難を含んだものもある。

その反応をすまし顔でスルーしてはみるものの、やっぱり不安で手が震える。

それをゆるく握る大きな手が、私の感情を読み取っていると言わんばかりに手の甲を親指で撫でる。顔を見上げて確認しなくても、いつも通り飄々《ひょうひょう》としているんだろうとわかった。

それだけで、何だか負の感情を真剣に受け取るのが馬鹿らしくなってきてしまった。

アマンシオ王がざわつきを振り切るように、少し声を大きくして続ける。

「ふたりの婚約は双方の意思の上に成り立ったもの。聖下の御心とベルリオスの誓約をもしも疑われるのでしたら、名を以《もっ》て問いかけても構わないと、聖下はおっしゃられています」

ここでアマンシオ王が私とイサークの方を向いて、きらっきらの笑みを深める。計算ずくのそれに頷きを返せば、一応は場の雰囲気が落ち着いた。

怖《お》じることなく真っ直ぐ前を向いて、私は台からゆっくりと降りた。もちろんイサークにエスコートされて。

かつん、と八センチヒールをわざと鳴らして床を踏めば、ざわめきは完全に収束した。

「ご紹介にあずかりました、イサーク・ガルシア・ベルリオスにございます。このような場で申し上げることは、大変に礼を失する行為とは存じあげておりますが、どうかお許しくださいますよう」

張り上げた訳でもないのに低く響く、大好きな声。
思い切り遜《へりくだ》っているのに、何故かいつもの如《ごと》く不遜《ふそん》に聞こえるのは気のせいだろうか。

「イサーク・ガルシア・ベルリオスはカーミァ・アナ・セレスティア聖下に愛を乞い、その御心を授けていただきました。この名にかけて、嘘偽りなきことを」

落ち着いたイサークの言葉を受け取って、私は一息置いてから口を開く。

「これは彼の意思により生じ、私の意思により成立したもの。皆様からは随分と年若く見えるようですが、私はとうに成人を迎えております。先を決める意思も権利も持っています。ここに国の思惑は一切ないものであると、カーミァ・アナ・セレスティアの名において誓いましょう」

婚姻式には、国外の人間を招待するつもりはない。私は言祝《ことほぎ》の神子として結婚しないからだ。〝トモエ〟と〝イサーク〟の婚姻に、他国の見知らぬ王侯貴族は必要ない。
だからこそ、ここでしっかりアピールしておかないと後で面倒になる。
これで異を唱える人間がいるなら、そいつは限りなく馬鹿に近い勇者だ。鎖国でもしていない限り名が轟《とどろ》いているだろう天将軍と、お披露目された言祝《ことほぎ》の神子が、名をかけてまで婚約を邪魔するなと言っているんだから。

ちなみに、認めてくれとはあえて言わない。カレスティアに有利に働く神子の立ち位置を見れば、手放しで祝福されるものでもないからだ。こればかりは今すぐどうにかできる問題ではないだろう。

無言が少しの間、場を支配する。その応えを受けて、アマンシオ王が大きく手を叩いた。それに王妃様、宰相、カレスティア陣営、ミュシオス老までが続く。

そうなったら、どれだけ不満があっても無理矢理拍手をしておくしかない訳で。

ものすごくおざなりな拍手があっても、百人以上いるとそれなりに聞こえる。その中でも特に不満そうな顔で、特徴のある人を数人覚えておいた。もしかしたら後で接触があるかもしれないから。

「では皆様、まずは誓約を交わしたふたりにしばしのお時間を。どうかよい夜をお過ごしください――」

楽師達が場の雰囲気をゆっくりと塗り変えるように、音を奏で出す。

ようやくファーストダンスが始まるらしい。私はイサークに手を取られ、ホールの中心に連れていかれる。

主催はアマンシオ王だけど主賓《しゅひん》は私なので、非常にきっついことに、最初の曲は私とイサークだけで踊らなくてはいけなかった。正直、婚約発表よりダンスの方がつらい。立って受け流して微笑んでいるだけじゃ済まないいんだよ。くるくる踊るんだよ、八センチヒールで、膨らんだドレスで。

レッスンという苦行は乗り越えた。ボロを出さずにやり遂げられる技量はある。ただアクシデントは向こうからやってくるものだ。滑る、転ぶ、踏んづける、これさえ起こらなければ……やっぱり来る前に祝福使った方がよかったかな、「素晴らしいダンスになることを祈る」とか。

「お嬢、俺に任せとけ。俺がうめえの、知ってんだろ？」

私の背に腕を回して、イサークが笑い交じりの声を落としてくる。身長差がかなりあるから、ホールドの形は基本とは少し違うらしい。

自信満々にそう言われると、何だか本当に大丈夫な気がしてくる。言い回しが若干エロいのはスルーするとして、適当に回ってればいいいか。

一際大きく弦の音が響き、伝統的なワルツが始まる。

滑るように動き出した足は比喩《ひゆ》でもなく一瞬滑ったけど、イサークの腕に上体がしっかりと支えられ事なきを得た。

吊り上げられたり引っ張られたりする感じは全くなく、彼が優しく誘導してくれる。

練習の時と同様に、下手をしたら王城舞踏家よりも踊りやすい。それは彼の方が気心が知れているからだと思っていたけど……

「こうしてっと、ちったあ楽しいだろ？」

「うん、すごく踊りやすい。何でだろう」

「そりゃあ俺がちゃんとオメエのこと見てっからだ。パートナーのこと想って踊りゃあ自然と息も合う」

「合わせてもらってごめんね、パートナー任せもいいとこだわ」

「構わねえよ。俺もそこまで気ぃ遣ってねえ。オメエを腕に収めて、無理しねえようにしてやるだけだしな」

「いや、この体格差だし、イサークはかなりつらくない？」

「好きな女のデビュタント飾れんだぜ？　役得過ぎんだろ」

くるりとナチュラルターン。練習だと足がもたつくことが多かったけど、楽々クリアできた。

ちょっとじゃない。大きなミスなく踊れると結構楽しい。運動は苦手だし重装備なドレスもきついけど、彼の顔を見上げてステップを踏んでいれば苦じゃない。

ターンするごとにドレスの裾がふわふわと翻《ひるがえ》る。自分で言うのも何だけど、綺麗だ。周りには少女じみて微笑ましいダンスじゃなくて、軽《かろ》やかなダンスに見えているといいな。

「あーすげえ視線」

「ん？　そうだね、私達しか踊ってないし」

見上げると、やけに獰猛《どうもう》な光を孕《はら》んだ彼の視線が私から外れ、どこかに向かう。瞬《まばた》きの間に綺麗に消え去ったそれが何なのか聞く前に、彼のリードで大きなターンをする。

「オメエが気にしてねえなら、いいけどよ。どうせオメエは俺のモンだ」

「なぁにそれ。今言うこと？　ていうか、私だってこの衆人環視はきついよ」

「見事に流してんな。まぁ構わねえが」

何故か微妙に噛み合わない会話をしつつ、見えてきた曲の終わりに向かってステップを踏む。

難しいことけしないで綺麗に止まればいいと言われたので、その通り――というかイサークに任せてポーズを決めた。オーガンジーの裾が少し遅れて流れる。

苦行の成果か、無事に足首やヒールを折らずにダンスを終えることができた。面《つら》の皮も立派に保てているはず。

踊り終えた私達に、先程よりきちんとした拍手が向けられる。ダンス中は半ばシャットアウトしていたけど、これだけの人に見られていたんだと思うと冷や汗が出そうだ。

「一度下がんぞ。歩けるか？　抱えてもいいけどな」

「絶対嫌。バレンシア夫人に体力作りさせられたから平気だよ」

ホールドを解いて礼を取ったイサークに合わせて、私も頭を下げる。

私は言祝《ことほぎ》の神子として、基本的に誰にも頭を下げるべきではない立場にある。ただ、今はイサークの婚約者として礼を取ることを決めていた。

またもや微妙にざわめいてしまった場をスルーして、違う曲を奏で始める音楽に巻き込まれないよう隅に移動する。あの玉座チックな台にいると視線が鬱陶《うっとう》しいし、飲み物くらいは注目されずに飲みたいからだ。

カレスティア陣営のところに近づいていけば、打ち合わせ通り、アマンシオ王が優しく王妃様の手を取ってダンスに誘う。すると、アマンシオ王にベタ惚れな可憐過ぎる王妃様は嬉しそうに顔を綻《ほころ》ばせた。そして、ふたり一緒に私へ一礼してからホールの中心に向かう。何あの夫婦、可愛過ぎ。

「よお、クリス。上々だったろ。俺とお嬢のダンス」

「お嬢などと言うのではありません、品がない。神子様、目立った粗もなく立派に成り立っているダンスでした。お疲れ様です」

各国のお歴々がちらちら見てくる中でも、イサークは気軽にフレータ団長と肩を組む。イサークのメンタルが強いのか、それを汚いと言わんばかりに撥《は》ね除けるフレータ団長が強いのか……どっちもだな。

それにしても「成り立っている」って。褒め言葉の引き出しが少なそうな人だと思っていたけど、なかなかそんな言葉をチョイスしないだろう、普通。

「クリスティアン様。そのような言い方は、教師ですわよ。採点じみた褒め方はおやめになったら？　神子様も返答に困っていらっしゃいますわ」

ややツンとした口調でフレータ団長を窘《たしな》めるのは、艶《つや》やかな黒髪を結い上げた妙齢の女性。

私と同世代だろう迫力美人な彼女は、フレータ団長の婚約者である公爵令嬢、テオドラ嬢だ。

気位の高そうな口調に、これぞ高位貴族のご令嬢といった感じの容姿をしている。初対面ではフレータ団長とは違う方面でとっつきにくそうな人だと思っていた。

だけど、その思い込みは間違いで、実際の彼女はかなりいい人だ。打ち合わせで少し話をした時、私に変な距離を取ることもなく、「時流を読めない貴族の女性に何か言われたら、わたくしにおっしゃって？　必ず助けになりますわ」なんて笑顔で言ってくれた。

私の直感で、それがご機嫌取りでも、その場限りの発言でもないことがわかる。そもそも、国の中枢にいるフレータ団長の婚約者を八年もやっている人だ。性悪女に務まる訳がない。クラウィゼルス的には婚姻適齢期を過ぎているみたいだけど、早く婚姻してしまえばいいのに。

「いえ、私のダンスが未熟なのは当然なので」

「それにしても言い様《よう》というものがありますでしょう？　まぁ、クリスティアン様なりに精一杯褒めていらっしゃるようですので、お許しになってくださいまし」

「大丈夫ですよ。わかってます」

扇子で口元を隠したテオドラ嬢に頷きながら、イサークが渡してくれたグラスに口をつける。

甘口のシェリーに似たお酒だ。お酒は飲めるし辛口でもいけるけど、これは美味《おい》しい。

「マルセロは？　今夜は各国が人数絞って護衛抜きで出席してっから、あいつもアーシオにつかねえ手筈《てはず》だったろ。飯でも取りに行ってんのか」

さらりとあたりを見回しつつグラスを軽く掲《かか》げたイサークに合わせるようにして、フレータ団長がグラスを持ち上げて答える。

「夫人に連れられて、神子様がいかに素晴らしいかを早速語り回っていますよ。彼自身は無言ですが。二曲以内に戻るとは言っていました」

「まぁ確実にそれ以上戻らねえだろうな。お嬢、何か食うか？」

「ごめん無理。コルセットつけて物食べる人の内臓が見てみたい」

普段コルセットをしない罰なのか、水分以外の物を摂取できる気がしない。

真顔でそう言い放った私を見て、テオドラ嬢がころころと笑う。

「あら、そんなの慣れでしてよ、神子様？　よろしければ、当家の晩餐会《ばんさんかい》で練習されてはいかがでしょう」

「もう少し落ち着いたら検討します。公爵家で晩餐《ばんさん》なんて、コルセットがなくても何も入らなそう」

そんな風に他愛のない話をしながら、さり気なく囲い込まれていることを確認する。

カレスティア陣営の外にいる人達は、どうこの輪の中に入ろうか頭を巡らせているんだろう。

さて、ここからどうしようか。

基本的にどの国の人と話しても大丈夫だとアマンシオ王には言われている。話しかけられることはないので、面倒なら話さなくてもいいとも。今現在そこまで関係が悪い国はないらしいし、私自身は国の垣根がない立場だからだ。

当たり障りない人を選んで話すのも面倒だし、完全にシャットアウトしておくのも後々面倒。ちょうどいい人いないかな……

内心溜め息をつきながら視線を巡らせると、白銀色の髪が視界に入ってきた。近くにはミュシオス老もいる。

話しかけるならまず彼らでもいいんじゃないか？　そう思っていたら、それが伝わったのか向こうからこちらに来てくれた。背筋を伸ばして、ミュシオス老に話しかける。

「猊下《げいか》、楽しんでいただけていますか？」

「素晴らしいダンスを拝見することができ、とても楽しい夜を過ごさせていただいております、神子様」

「まだまだ未熟です。何とかこなせたのは、周りの方が優しく見守っていてくれたからですよ。ああ、そうでした。猊下《げいか》、こちらが私の婚約者のベルリオス卿です。何度かお会いしたことがあるとか」

「ええ。久方ぶりになりますかな、ベルリオス卿。この度はご婚約おめでとうございます」

「ありがとうございます、教皇猊下《げいか》。婚姻もそう遠くはありませんので、図々《ずうずう》しいとは思いますが、その時に再びお言葉をいただけたら幸いにございます」

「何をおっしゃる。当然でしょう。神子様、婚姻の折はぜひ主祭をお任せください」

「猊下《げいか》がよろしければ、是非」

和《なご》やかな会話を取り巻く視線。耳をそばだてる静かな気配。

その中で、一際強く刺さるものがある。

この視線は今日何度も感じているから、何となくわかる。

確か、名前は……

「スヴァトスラフ本司教座下《ざか》、あなたも楽しめていますか」

私の言葉に、白銀の本司教はとろりとした笑みを見せて深く腰を折った。

最初から思っていたけど……この芸術品のような美貌が甘く蕩《とろ》けると、破壊力がすごい。

「はい、とても。本来なれば煌《きら》びやかな場は控えるべき座を戴《いただ》いておりますので、こうした舞台で、聖下の輝かんばかりのお姿を拝見できるとは思っておりませんでした。昼の神が夜の神に捧げた夕天宮《ゆうてんきゅう》で咲き誇る花々にも勝る可憐な舞、眼福でございました」

「ありがとうございます」

夕天宮って、確か聖地にある神具の安置所のひとつだったっけ。頑張って勉強したことが、こんなところで役に立つとは思わなかった。

清廉、という言葉が似合いそうな声で、熱っぽく私を見つめる白銀の本司教。たっぷりと数秒は視線を絡ませた後は、ミュシオス老に何かを求めるように礼を取った。

苦笑を僅《わず》かに滲《にじ》ませた老が、今度は私に目礼《もくれい》をしてくる。ほぼ飲み終えていたグラスは、イサークの手によって給仕へと渡った。

イサークの後に踊るのはアマンシオ王か、五聖教の本司教の誰かか。どちらが先でも構わないから流れに任せることになっていた。

女性からダンスに誘うのはなしなので、お誘いがあった方から踊ろうと思っていたけど、さっそくか。

「カーミァ・アナ・セレスティア聖下、どうかこのスヴァトスラフに玉体へ触れるお許しを。麗《うるわ》しき聖下の御手を取るひと時を、五聖がしもべにお与えいただけるのなら光栄の極みにございます」

跪《ひざまず》いて差し出された手。ちらりとイサークを見てみると、笑みを浮かべて鷹揚《おうよう》に頷きつつも、目が全く笑っていなかった。

実はこの本司教のやり方は、婚約している女性を誘うにしては不作法なのだ。普通は婚約者にも許可を求めるものだと、バレンシア夫人から聞いている。

どう考えてもわざとだろう。伝承の神子様がいきなり人妻になるなんて、すぐには認められないのかもしれない。だけど婚約者を無視するなんて、さすがにやりすぎな気がする。

そんなことを考えているなんておくびにも出さずに、イサークより随分繊細な手に自分のそれを重ねる。優雅な一礼をした白銀の本司教に連れられて、私は再びホールの中心近くに舞い戻った。

有名な神官だからか、「ああ、彼とか」と納得する視線が多い。下手をしたらイサークとのダンスより好意的かもしれない程だ。

無理して認めてもらおうとは思っていない。だけどやはり反対されれば、いい気分はしない。

少しだけ気分が落ちるものの、これは仕方のないことだ。ひとまずスルーして、曲が途切れた瞬間にダンスの輪へと滑り込む。

「失礼いたします、聖下」

「ええ、お願いしますね」

少しスローテンポになった音楽に乗り、流れるようなホールドから、一歩踏み出す。

慣れない温度がグローブ越しに伝わる。背中に回った手も何だか落ち着かない。

決してステップが踏みにくい訳ではなかった。ホールドが少しゆるくて、ターンすると上半身が泳いでしまうけど、不格好にはならない程度だ。

ふと見上げれば、芸術品のような美貌はとても嬉しそうで、薄水色の瞳は熱に浮かされているようで――

「聖下……ああ、わたくしは今日という日を生涯忘れないでしょう。伝承の神子に、この手で触れられる日が来ようなどとは……」

式典の前に触ったけど、というツッコミはなしだろう。

黙ってアルカイックスマイル対応をすると、白銀の本司教はどこか恍惚《こうこつ》とした表情になった。

「先代言祝《ことほぎ》の神子に仕えた先祖からの口伝《くでん》に、幾度も現れた祝福の光。あの銀の光を見ることを、幼き頃より何度夢想したことか。その甘く可憐なお声で、世界を言祝《ことほ》ぐあなた様がこれ程近くにおられるなど、何という至福でしょうか」

熱に浮かされているよう、ではなく完全に浮かされている。とろっとろだ。

確か、彼は神官の家系だとイサークが言っていたか。言祝《ことほぎ》の神子のことも色々と詳しいんじゃないだろうか。神子関連の書物とかまとめていそうだし、時間を取って話をしてみたいかも……誰かを間に置いて。

「この日を迎えるまで、あなた様がどれほどの憂き日に遭われておられたのか、慮《おもんぱか》ることもできぬわたくしを、どうかお許しください。御身《おんみ》が損なわれることがなく、真にようございました」

「ご存知、なんですね」

「本神殿の極一部には全てが伝えられております。わたくしも、教え伝える座の末を戴《いただ》く身でありますれば」

そう言って、とても綺麗な微笑みを浮かべる白銀の本司教。

残念ながら私もそこそこ薄汚れた大人なので、人の顔色を窺《うかが》うのは得意だ。だから、私を早く発見できなかったカレスティア、特に私と婚約をしたイサークに対する憎悪がそこにあることに気付いてしまう。

彼は、イサークどころかカレスティアの誰にも挨拶をしなかった。そんな不作法をあえて取る程、この状況に不満を抱いているんだろう。だからといって、私が何をする訳でもないけど。

「色々ありましたが、私はこうしてこの場に立っています。イサーク、いいえカレスティアの尽力があって」

そう言った途端、ぐっと強くなったホールド。今度は軽く眉をひそめると、すぐに丁寧な謝罪が降ってきた。

気にしていないと微笑めば、白磁《はくじ》の美貌はゆっくりと私を見下ろして口を開く。

「もし……カレスティアではなく、わたくしのもとにご降臨されていたら、何ひとつ煩《わずら》わせることとなく、権力とは離れた聖地でお過ごしいただけたでしょう」

実際そうなっていたら、混乱も不安も少ない平穏の中で生きられたかもしれない。

だけど、そうならなかった結果、今がある。もしもの世界に思いを馳せる程、私は現状に不満なんてない。

「もしもの話をしても仕方のないことでしょう」

「では、聖下は今を心の底から望んでおられるでしょうか？」

「え……」

さらりと、白銀の髪が流れる。

何を言われたのかわからなくて聞き返してしまった私に、柔らかく清廉な声音が絡みつく。

「ベルリオス卿と添い遂げ、伯爵夫人としてカレスティア貴族に組み込まれることを。神子として何不自由なく過ごせる楽園を知らずに、貴族として必要な知識や作法を覚えさせられることを。何にも縛られぬ存在であり世界の至宝たる神子が、ひとりの男、ひとつの国に縛られることを。一方の陰りもなく、望んでおられるのですか？」

望んで、いる。面倒なことは多いけど、好きな人と平穏のためなら。

そう思っているものの、全部が全部望んだ訳じゃない。本当だったら昼まで惰眠を貪《むさぼ》るのも、一日中寝間着でだらだらするのも、気ままにお出かけするのも、近所のカフェでブランチするのもやりたい。

だけどもう、そんな些細《ささい》な安らぎがある平凡な生活はできないんだ。

私は奏宮巴ではなくてトモエ・カーミァで。そして彼と生きると決めたから、受け入れなければいけないと思っている。勉強も礼儀作法も努力して学び、今頑張るのが一番いいと信じて、今までにないくらい頑張って――

「そもそも、窮地を救われて燃え上がった熱情など、すぐに冷めていく。ベルリオス卿はカレスティアの双璧、黄金時代の英雄。自由を愛する天駆ける将軍が、たおやかな聖下を拠《よ》り所とできるのは、一体いつまででしょう」

何でそんなことを聞くんだ。親しくもないのに失礼だろう。

そんな言葉が頭の中に浮かぶのに、流れるように消されていく。

「何故、聖下が俗世に煩《わずら》わされなければならないのでしょう。聖下が幸福だけに満ちておられれば、それだけで世界は明るいのに」

音楽が遠い。

ステップを踏む足の感覚が、重ねられている手の感覚が、薄い。

「あなた様が真に望まれることは、何でしょうか」

氷に似た薄水色の瞳が、爛々《らんらん》と輝いている。

その虹彩《こうさい》に、銀を砕いたような光が混ざる。

「聖下、カーミア聖下。わたくしがお救いいたします。全ての穢《けが》れから、何よりも尊《とうと》きあなた様を。共に楽園へ――」

パチン、と――何かが弾ける音がした。

第六章

「本当にお疲れ様でございました。あまりお体を冷やされぬよう。では、おやすみなさいませ」

「ごゆっくりお休みください、お嬢様」

「うん、ベロニカもロシータもありがとう。おやすみ」

元の世界だったらロマンチックなロングワンピースとして通っただろう、絹の夜着。夜にしては少し涼しい格好のまま、私はバルコニーの近くにある椅子に腰掛けて、侍女達を見送る。

ようやく長い一日が終わった。明日は完全に、全身筋肉痛になりそうだ。

小さくあくびをしながら下ろしたままの髪を掻き上げて、私は密度の濃かった今日を振り返る。

披露目の式典も、舞踏会も、ほぼミスなく乗り越えることができた。周りのフォローあってのことだけど、自分でもよくやれたと褒めてやりたいくらいだ。

舞踏会は三人と踊った。最初はイサーク、次に白銀の本司教、最後にアマンシオ王とだ。ダンスの合間、休憩がてら何人かの他国の重鎮達とも話をした。親交国の大臣と、スフィアラント王国の第二王子は私の目から見てもかなり印象がよかった。特に王妃様の兄である彼は、雰囲気が似ていて和《なご》んだ。

その後、面倒くさそうなどこかの宰相を双璧のふたりがブロックして、五聖教関係者ともきちんと話をしたんだっけ。

私は元から途中退場する予定だったので、程々のところで大広間を出られたんだけど。帰りもイサークがエスコートしてくれた。部屋の前で頬と掌《てのひら》にキスされたところを、扉の両脇にいる近衛士に凝視されてしまった。恥ずかしくて飛び込むように部屋に戻ったら、侍女達にドレスを脱がされて、お風呂に入って、今こうしてのんびりと……

「あれ？」

何か、おかしくないか。

「なんだろう……」

記憶はしっかりとしている。それなのに、何かが引っかかる。

どうしてだろう。きちんと自分の足で動いて、自分の口で喋《しゃべ》っているのに……思い出す記憶の所々が、まるで歪んだガラスを一枚隔《へだ》てたように不透明になっている。

「え、私ちゃんとこなしたよね……？」

もう一度、一日の出来事を思い出す。間違いなく、私は二つのイベントをこなした。

全てを覚えているのに、こんなにも気持ち悪いのはどうしてだろう。何かを忘れているような、おかしな感覚。

疲れて記憶が飛んでいた？　でも、それだったら受け応えも鈍くなっているはずだ。

なのに、思い出せば思い出す程、記憶はしっかりしていると確信できる。

「……何これ」

意味がわからない。とにかく誰かに確認しないと。

すぐに、夜番の侍女を呼ぶベルを手に取って鳴らす。するとさほど間を置かずに、マリセラがやってきた。

ああ、今日の夜番は彼女か。近衛士は誰だっただろうか。全員甲冑《かっちゅう》を着ていて無言なので、いまいち特徴が掴みにくい。

「聖下、外は冷えますので、こちらをお召しくださいませ」

そっと柔らかいガウンを肩にかけられて、やや冷えてきた体が包まれる。

いや、そんな場合じゃない。私はもっと、聞きたいことが……

「いってらっしゃいませ。どうか、聖下が苦しむことのない世界へ」

「うん」

聞きたいことなんて、特になかった気がする。うん、そんな必要なかった。

——だって、私はここを離れて遠いところへ行く。

本当に望むことが何なのか、彼のもとにいればわかる。彼が私を幸福にしてくれる。

だから、何も聞く必要なんてない。そうでしょう？　私をしあわせにしてくれる、ひと……

「共に、楽園へ参りましょう」

ひどく柔らかい、清廉とした声。

バルコニーの外からかけられたそれは、私を迎えに来た合図だ。

マリセラに促《うなが》され、椅子から立ち上がる。室内靴のまま外に出れば、バルコニーには黒い天馬車が横付けされていた。

開いた扉から身を乗り出して、差し伸べられる手。彼は、私の望みを叶えるひと。

「お迎えに上がりました、カーミァ聖下」

どこか遠いところで聞こえるようなその声に、一も二もなくこくりと頷く。

足を踏み出すと、マリセラが何か魔術を使ったのか、透明な階段があるように宙を蹴って進む。男性にしては細く繊細な手を取れば、思ったよりも強い力で引き上げられた。

そして、肌触りのいい布張りの座席へとエスコート。造りが大きいのは毎度のことで、ちょこんと座席に座った私を見て、彼が微笑む。

「後は手筈《てはず》通りに」

「はい。一族の悲願、どうか」

彼がマリセラと何か話している。よくわからないけど、段取り通りなんだろう。何の心配もいらない。全て任せておけば、それでいい。

車内に下がった紐を彼が軽く引くと、ゆっくりと扉とカーテンが閉まる。途端に息苦しく感じるのは、どうしてだろう。何か、変……

「楽園にお連れするまで、不自由な思いをさせてしまうこと、どうかお許しを」

ああ、閉めきった馬車だから仕方ないのか。

そう納得して頷く私に、もう一度彼が笑いかけてから最後まで紐を引く。

少しの浮遊感があって、天馬車が滑るように動き出す。ぼんやりと車内を見渡しながら、今は空を駆けているのだと認識する。

「聖下……ああ、ようやくわたくしのもとにいらしてくださった、我が聖下」

瞳を潤ませた彼が、震える声で私の足元に跪《ひざまず》く。

「お美しい。少女のように可憐で、何者にも穢《けが》されぬ清らかな御方」

上質な造りだけど、車内は狭い。白銀の髪が床に広がるのも気付かないのか、彼は熱心に私を見つめる。

「神子はクラウィゼルスに降臨する際、神力を得て聖石《せいせき》を宿し、魔力を得てその身に持つ色を変える。聖下は一体、どのような色をお持ちだったのでしょう。きっと、元の色を纏《まと》うあなた様もお美しいのでしょう。ああ……本当に、これ程までに近くに侍《はべ》り、聖下に触れられるなんて」

芸術品のような美貌を恍惚《こうこつ》の色に染めて、彼が夜着越しに私の膝へ唇をつける。

何故かひどく、肌が粟立った。

すると今度は夜着の裾を絡めるようにして、ふくらはぎを持ち上げられる。室内靴に覆われていない足の甲に、温かいものが直接触れた。

「この玉体に触れるのはわたくしだけ。この甘やかな御声を聞くのはわたくしだけ。この愛らしい瞳に映るのはわたくしだけ」

とても嬉しそうに、綺麗に微笑む彼。熱い吐息が、少し冷えている肌を舐める。

足裏に触れる彼の手は、ひどく違和感がある。

おかしい。何が？　わからない。でも、おかしい。絶対に何かが変。

違う。違うんだ。とにかく、違う。

「わたくしが——このスヴァトスラフが、聖下をお救いするのです。この世の全てに触れずとも、穢《けが》れずともよいのです。美しい聖下。わたくしの至宝、カーミァ聖下」

そう言って彼は、舌でぞろりと私の足首までをなぞる。

触れられた部分から染み込むように、うすら寒いものが背筋を走った。

違う。気持ち悪い。

おかしい、こんなの——……

「……ッ！」

霞《かす》みがかっていた意識が、一気に覚醒する。

気持ち悪いに決まっている。違うに決まっている。

どうして私はあっさりコイツの手を取っているんだ。どうしてうっかりこんな変態プレイに付き合っているんだ。

「おや……」

「え、何、やだ、触らないで！」

思い切り足を振り、馬車の壁に目一杯背をつけて距離を取る。ガウンで足の甲をごしごし拭いておくのも忘れない。

一瞬虚をつかれたような顔をした白銀の本司教は、それでも何故か嬉しそうな笑みを浮かべた。

「これ程早くお目覚めになるとは……さすが、聖下」

「……私に、何をしたんですか」

怒鳴りたくなるのを、一度深呼吸してどうにかコントロールする。それでも、声が低くなるのは抑えられない。

崇拝なんてレベルで片付けていいものじゃなかった。この男のそれは、もはや狂信や執念と言った方が正しい。とても重苦しくて黒いその感情を、軽く流してはいけなかったんだ。

白銀の髪をさらりと揺らして、とろりと目を細める男。思い切り睨み付けて、全身で拒絶を表しても、彼の笑みは崩れない。

「玉体に許可なく触れたこと、お許しください。わたくしの信仰をどうか、お疑いにならないでいただきたいのです」

私と話しているはずなのに、別の誰かに向かって話しているみたいに感じる。とてつもなく不快で、反吐《へど》が出そうだ。

ガウンの上から自分の体を抱き締めて、私は絞り出すように声を出した。

「こんなことして、許されるとでも？　うまくいくとでも思っているんですか。私を攫《さら》って、逃げるなどと」

「何をおっしゃいます。聖下が真に望まれることを成すのが、しもべの務めなれば。わたくしは正しく聖下の御為に、こうして馬車を駆っているのです」

「馬鹿なこと言わないで。本司教スヴァトスラフ、答えろ。私に何をした」

掴みかかって揺さぶっても、この男は動じないだろう。丁寧な言葉遣いすらかなぐり捨てた私を見ても、不気味な程に機嫌がいい。その様子に嫌悪感より恐怖が募る。

こんな奴と、馬車でふたりきりなんて冗談じゃない。

浅くなっていた呼吸を何とか正常に戻して、再度自分を落ち着かせる。

「わたくしは、聖下の望みをお聞きしただけにございます。心のどこかで思っていらっしゃったでしょう？　『私はもっと平穏に生きたい』と。それを拾い上げわたくしが立てた道筋に、聖下は頷かれた」

「それって、勝手に心を読んで私を操《あやつ》ったっていうことだよね？　最低」

私が舞踏会で身につけていた、魔術無効化と呪術無効化の魔道具。

それらをすり抜けて私に術をかけたのなら、おそらく神術の類《たぐい》だ。

だけど神術には人を害する術がない。万一何らかの神術を発動しても、その場にいる神官達が必ず気付く。

なのに、どうして——

「……異能」

ふと、思い至るのは、強い神力持ちの一部に発現する力のことだ。ミュシオス老も、過去視《かこし》という異能を持っている。

必要なのは魔力でも神力でもない、生命力だと本で読んだ。

「聖下は勤勉でいらっしゃいますね」

その笑顔が、私の考えが正解だったことを雄弁に語っている。

何笑ってんだ。勤勉とか褒められても何も嬉しくないわ。

「確かに、わたくしは異能を持っております」

「発現したのが人を害せるようなやばい能力だったら、封印されるはずだけど」

「少々、他人を好意的にする程度の力でございますので。わたくし自身は誘導と呼んでおります」

「ひっどい虚偽。傀儡《かいらい》とか洗脳とか暗示とかに変えた方がいいんじゃないの」

「そのように恐ろしげなものではございません。人の望みに沿って、取るべき言動を助言できる程度のものでございますゆえ」

人の心の隙間に入って願望見つけて、それを叶えるためにはこうしなさいって？　悪魔がよくやる手だろうが、ソレ。

駄目だ。会話が全く成立しない。コイツ殴りたい。それ以上に帰りたい。

この男は私を傷つけるつもりはないだろう。だからこそ、誰も気付かず、現在始末に負えないことになっている。

とにかく、ここを出よう。救助信号がてら祝福をぶち上げて……

「あ、れ？」

何か、おかしい。体の中にあるはずの力が、神力が動かない。

まさかと思って、今度は少しだけ覚えた超初歩的な魔術を使う。だけど、それも発動しない。

さあっと血の気が引くのを、自分でまざまざと感じた。

「この天馬車は我が家が所有する特別なものでございまして、車内では一切の力を使うことはできないのです」

明らかに顔色が変わっただろう私を見ても、彼の声に一切の揺らぎはない。

「神力を抑えられぬ未熟な者が忍ぶ際に使っていたものゆえ、本来なれば聖下をお迎えできるようなものではございません。急ぎだったとはいえ、大変なご無礼を」

「ええ、本当にね」

ほんっとうに、無礼だ。人権無視にも程がある。

全てを隠して私を監禁した蛇男と、全てを教えながら私を誘拐するこの男。どっちがマシか、なんてことはない。どっちも最悪だ。

「ちなみに間違っても外になど出られませんよう。術を使えないために内鍵になっておりますが、出ても空の上にございますので、落ちれば危のうございます」

「……本当にね」

「あとお気になさるとしましたら……そうですね、今宵聖下のお傍に詰めております侍女と近衛士は、わたくしの縁者にございます。あれらは役目をわかっておりますので、聖下を連れ戻そうという不届き者はおりません。ご安心ください」

「………………」

マリセラと近衛士は、最初からこの男側の人間だったということか。彼女達とはそこまで深い仲ではないけど、平然とスルーするにはショックが大きい。ショックというか、恐怖か。裏切られていたのを知らされて、安心できる人間がどこにいるんだ。

私の逃げ道を全部塞いで、どこか満たされたような表情をしているこの男――どうしようもなく性格悪くて、きっとすごく計算高い。

神力は使えないし、助けを期待するのも無駄だし、物理的にも逃げられない。八方塞がりもいいところだ。

ただ、怖くても不快でも、私は悲劇のヒロインぶって泣き崩れるタイプではない。

「……で？　結局なんなの」

「何、とは？」

「あなた、私の望みとかって建前使ってるけど、実際違うよね。ひと欠片《かけら》も私のためになってないし、〝私〟と逃避行したいって感じでもない。まぁ、元々言祝《ことほぎ》の神子に過ぎた思い入れがあるんだろうと思うけど」

熱に浮かされた、崇拝と狂信の視線。べっとりとしたその執着は、私自身へ向けるには年季が入り過ぎている。

これで私自身が好かれているなんて勘違いできる程、平和主義者の観察眼は鈍っていない。

「参考程度に聞くけど、あなたの望みは何？」

微笑む美貌の中、薄水色の瞳だけがどろりとした熱を持つ。

ぞっとして思わず両腕で体を抱いた私に、彼はゆっくりと顔を近づける。そして、その薄い唇が僅《わず》かに開いた。

「わたくしは、あなた様を幸せにしたいのです。ただ、それだけ」

馬鹿か、ととっさに怒鳴りたくなるのを喉の奥に留めて、無言を通す。

どろりどろりと熱が、黒いものが溢れてくるような視線。

聞きたくはない。それでも聞かない限りこの時間は永遠に終わらない。そんな気さえしてくる。

「先代の言祝《ことほぎ》の神子は幸せになれませんでした。御降臨を目にし、守役《もりやく》となったわたくしの六代前の祖ではなく、ただの神殿警護でしかない白騎士の手を取ってしまったからです。国にひとりの大司教である六世祖父の傍に在《あ》れば、風にも当たらぬよう大事にされ生涯を過ごせた。それなのに、先代神子は白騎士に惑わされ愛を誓い、六世祖父の庇《ひ》護《ご》を離れ、子まで儲《もう》けてしまいました」

白騎士は、聖騎士以外の神殿騎士を指す。各神殿が持てる唯一の武力であり、誰もが高潔な精神を持つ信徒だと聞いた。

その騎士の存在自体が害悪だと断定する声。まるで実際に見てきたかのように、その瞳は憎しみに溢れていた。

「かの神子は平民より低い暮らしを余儀なくされ、日に焼け手を荒らし……身罷《みまか》られるまでその生活を強いられた。先代神子はとても情け深い方だったのです。六世祖父がいくら大神殿へお戻りいただくよう腐心しても、子まで産んだ相手を捨てはしなかったのです。神子を幸せにできるのは六世祖父しかいなかったというのに」

まるで呪いを吐くような低い声に、清廉な色は全くない。

「たった一度の過《あやま》ちを犯したかの方は、六世祖父より先に儚《はかな》くなってしまった。それからすぐ、六世祖父は一族の者全てにこう伝えました。『次代言祝《ことほぎ》の神子には、必ずや我々の手で幸福だけに満ちた生を』と」

その先祖が、こんな嫉妬に狂った妄執の成れの果てを残したのか。崇高さを装ってはいるけど、それはとても傲慢《ごうまん》で独りよがりなものに思えてならない。

「わたくしは聖下に幸福だけを感じていただきたいのです。下女のような仕事や、貴族のようなしがらみもない、ただ幸せである世界を。それをお守りできるのは、我が一族——わたくししかおりません」

それが正しいのだと、何ひとつ間違っていないのだと、彼は愚直なまでに信じている。

「カーミァ聖下、わたくしが煩《わずら》わしい全てを取り払いましょう。惑わされ誓った愛はすぐに忘れられます。国の思惑などが届かない地で暮らしましょう。何一つ不自由することない楽園へ、我が聖下をお連れいたします」

確かに、私は貴族になりたい訳ではない。傅《かしず》かれる生活がしたい訳でもない。

国の思惑を考えるのも、パワーバランスを考えるのも面倒だ。やりたくないと思ったことも当然ある。苦痛だとも。

それでも、ね。

ダンッ、と、私はカーテンが閉められた扉を殴りつける。

まさかそんなことをするとは思っていなかったんだろう、目を見開いた男に私は一音一音に力をこめて、言い放った。

「私の幸せを、あなたが決めるな」

私が、選んだんだ。

その面倒を超えてまで、あの人の傍にいたいと思ったから。

私をいとも簡単に救い上げて、いとも簡単に落として。茜色《あかねいろ》の瞳に私だけを映し、甘く低い声で私の名前を独占する、美しい獣のようなひと。

イサークはおそらく、私が泣いてつらいのだと言えば、何もしなくていいと答えるだろう。真実、持てる全てを使って私を囲うと思う。

ただ、それは依存だ。私は一生彼に寄りかかって生きていくつもりはない。

好きな相手と共に歩きたい。誰かに認められたいということではなく、私が彼に恥じない女でいたい。

だからこそ努力する。我慢だってする。平穏が好きな私でも——いや、好きだからこそ、きらきらした未来を目指して頑張りたいと思うんだ。

そんな当然のことが、どうして不幸だと言えるんだろうか。

「幸せだけの世界なんて、この世にない。全てが幸福だったら、それが幸福だとどうして言えるの？　そんな平坦な楽園、私はいらない」

そう断言した私に、本司教は一瞬虚をつかれたような顔をする。

「先代の神子はあなた達から見れば、不幸だったのかもしれない。だけど、彼女自身は間違いなく幸せだったはずだ。だって神殿から戻ってくれと言われても、白騎士と子どものいる生活を選んだんだから。わからないの？　彼女は白騎士を愛していたんだよ。日常の苦労なんか目じゃない程、傍にいられることが幸せだったんだよ」

一面しか見えない話でも、それくらいは簡単にわかる。先代神子は本司教の先祖ではなく、白騎士を愛しただけだ。

以前、大神殿から取り寄せた神子の伝記を読んだ。確か先代神子は騎士と結ばれ、子を産み数年してから三人で巡礼の旅に出たと書かれていた。

神子を縛ることはできないので、旅を止められる者はいなかったはずだ。

彼女は一度だけ、立ち寄った村で飢饉《ききん》を救うため祝福を使ったものの、その後は神子であることを隠し続けた。巡礼の途中、北の地で天に召されたらしいけど、それすら定かではない。

情報を整理すれば、おそらく本司教の先祖の執着が、神子に旅を決断させたんだ。

愛していない庇護《ひご》者と共に不自由のない生活をするより、愛した男と共に苦楽ある生活を。前者を選ぶ人もいるだろうが、彼女は後者を選んだ。そして、私も。

「あなたの先祖は、ただ先代神子が欲しかっただけだよ。自分を愛さない神子を、手の内に戻らず遠くに行ってしまう彼女を、盲目なまでに愛しただけ。そしてあなたは、その妄執に取り憑《つ》かれている」

「……おもしろいことをおっしゃいますね、聖下は。わたくしは口伝《くでん》に従ってはおりますが、聖下をお救いしたいと思うこの心は真のもの。わたくしは六世祖父とは違います。聖下に過《あやま》ちを犯させるようなことは、誓っていたしません」

「過《あやま》ち、という言葉をきちんと理解してる？」

「ええ、もちろん。婚姻までさせられていなくて、本当にようございました。カーミァ聖下が永遠に清らかなまま、全《まった》き神子で在《あ》れるよう、わたくしが生涯を以《もっ》てお仕えいたします」

音声を抜きにして額に飾れば立派な絵画になるだろうその微笑みに、吐き気がする。

祖先の執着は、もう彼の中にしっかりと鎮座しているようだ。

そうやって生きるんだと育てられ、実際に神子が降臨したので、もう箍《たが》が外れてしまっているんだろう。彼は狂気を正気だと思い込んでいる。

「私は……言祝《ことほぎ》の神子である前に、人なんだよ」

「存じております。なればこそ、我々と変わらぬ御身を、傷つきやすい御心をお守りせねばならないのです」

「心があると思ってるなら、おかしいことくらいわかるでしょう？」

「尊《とうと》き我が聖下、あなた様は惑っておられるだけにございます。わたくしの他に、聖下を幸せにできる者はおりません。楽園へと至れば、すぐに俗世の穢《けが》れを祓《はら》いましょう。あの汚らわしい男のことなど、忘却に流すべきです」

「…………そう」

冷静に諭す言葉は、もう必要ない。

何を言っても、届かない。響かない。私の言葉くらいで目が覚めるような、軽い想いではないのだ。

だったら勝手に叫ばせてもらおう。

私はカーテンがかかって隠れていた内鍵を撥《は》ね上げて、扉を押し開ける。

途端、吹き込んで車内を荒らす風。とっさに手を伸ばそうとする本司教を睥睨《へいげい》して、私は大きく鳴る風に負けないように声を張った。

「私はあなたのものじゃないし、誰のものでもない！　私は神子だけど、ひとりの人間なんだよ。私の在《あ》り方を決めるのは私だけの権利。どう幸せになるかを選ぶのも私だけの権利だ！」

風圧で蝶番《ちょうつがい》が壊れかかっている扉を、足で蹴りつけて固定する。

夜風の寒さなんて気にならない程、頭の中は怒りで一杯だった。

「幸せだって自分で掴むし、好きな人だって自分で決める。先代だってそうだったでしょ？　それを邪魔するくらいなら、あんたの先祖のじいさんは素直に土下座して求婚でもすればよかったんだよ！」

「は……」

「大体あんたも、私のこと好きでもないくせに、私の婚約生活邪魔すんじゃない！　勝手に悪役からヒロイン救ったヒーローみたいに悦《えつ》に入られても迷惑！　先祖のじいさんの悲願を果たす道具になってたのは可哀想だけど、いい歳してんだからそれくらい自分で考えろ！」

呆気に取られる本司教から目を離さずに、扉の木枠を掴む。

私が何をしようとしているか気付いたのか、再び彼が手を伸ばしてくる。それなのに、

どこかおぼつかない手つきで勢いもない。

もしかしたら、何かしらが彼の心に響いたのかもしれない。

だけど今更、膝を突き合わせてお話しする気なんて、毛頭なかった。

「私は一生、あなたの手を取らないよ」

「聖下……？」

風がひどく強い。少しだけ馬車の外に出した左手に、遮断されていた神力と魔力が戻ってきているのに気付く。

左手の掌《てのひら》。彼がいつもキスをするそこが、やけに熱い。

呼ばれている。いや、私が呼んでいるんだろうか。そんなことを考えてしまうくらい、彼を思わせる熱を感じた。

私は信じたい。

どこにいても、きっと見つけてくれるって。そう自信たっぷりに言った彼を、信じている。

「さようなら、古い籠《かご》に囚われた鳥さん――迎えに来てね、私の愛するひと」

後半部分は小さく呟いて、私は木枠を掴んでいた手を離し、飛び出した。

一瞬だけ、体が変に浮き上がる感覚。

まさか本気で飛び降りるなんて思っていなかったんだろう。本司教は絶望的な表情でただ私に向かって手を伸ばす。その姿も、どんどん遠ざかっていった。

風の音なのか耳鳴りなのか。よくわからない轟音《ごうおん》と重圧が、落ちていく私を包む。

「イサーク、私はここにいるよ」

呟いてみても、自分の声すらよく聞き取れない。ただ銀の光が、どこかに飛んでいく。

確信があった。

私は死なないと、根拠もない確信が。私のヒーロー様が、必ず現れると――

「――駆けろ、ノクシァ！」

鋭い声。

少しの浮遊。

殺しきれない勢いを持って、飛び込むのは……熱い腕の中。

「っとに……とんでもねえことすんなぁ、オメエは」

横抱きにされた私を見下ろす、苦笑交じりのイサーク。

銀の祝福を纏《まと》う彼は、存在を確かめるように何度も私の頬を撫でる。

吐き出された息が熱い。よく見れば、赤銅色《しゃくどういろ》の髪の間から見える額《ひたい》には、うっすらと汗をかいていた。格好は夜会服のままだけど、襟元には着崩しているのとは違う乱れがある。

いつも飄々《ひょうひょう》としている彼が、こんなにも焦っているのをはじめて見た。それくらい、必死に私を捜してくれたんだろう。

そんな場合じゃないのに、この人にすごく愛されて大切にされているんだと思い知らされる。

私は彼の首元に縋《すが》るようにして抱きついた。

とても怖い状況だったんだと、再確認してしまったのだ。そして彼が好きだという気持ちが、また大きくなる。

「祈らねえでも、迎えに行くに決まってんだろ。トモエ、オメエが無事でよかった」

体が震えてしまったのなんて、彼はお見通しで。

宥《なだ》めるように背中に回った手は、いつもより熱いけど、優しい。

「ごめんね、ありがとう」

心配をかけて、ごめんなさい。助けてくれて、ありがとう。

精一杯の気持ちをこめた言葉は、きちんと伝わっているはずだ。その証拠に、茜色《あかねいろ》の瞳は柔らかい。

「オメエが謝ることはねえ。安心しろ、もう絶対奪わせねえから」

この腕の中にいれば、一生安全――本気でそう思ってしまうくらい、力のある声だった。

また熱い息を吐いて、イサークはこめかみにキスをしてからゆっくりと私の腕を解く。それに従って少しだけ距離をあけたところで、現状がまだ解決していなかったことを思い出した。

浸《ひた》っている場合じゃない。クールダウン、クールダウン。

「……私、危機管理能力足りてないのかな。また監禁されるところだった」

「足りてねえっつうか、オメエはいい意味でも悪い意味でも、こういうことを流して気にしねえようにしてっからな。今回は異能の対策までしなかった俺らも悪い。まさか聖職者が本気で仕掛けてくるなんざ、教皇もアーシオも思ってなかっただろうしな」

その言い方だと、イサークは本司教の気持ちに気付いていたんだろうか。そう言えば、舞踏会の時に視線のことを言っていたけど。

私の額《ひたい》にキスをしてから、イサークが私を支える方とは逆の手で手綱《たづな》を引く。するとノクシァがひとつ嘶《いなな》いて、上空で留まる天馬車へゆったりと歩み出した。

近づいてみれば天馬車に御者《ぎょしゃ》はおらず、二頭のペガサスがいるだけだった。ペガサス達はどこかに行く素振りはないものの、落ち着かない様子でノクシァを見ている。スレイプニルは幻獣ですごい存在らしいけど、ペガサスとは格が違うのかもしれない。

「せ、聖下……ご無事で」

下手をしたらそのまま滑り落ちてしまうのでは、と思うくらい天馬車から身を乗り出した本司教が、青白い顔で呟く。

お前が誘拐したから飛び降りたんだろうが。そう言いたいものの、逆に飛び降りられても嫌なので、一瞥《いちべつ》するだけにしておく。代わりにぎりり、と音を立てるくらい魔力と怒気を発している人がいるので、むしろ冷静になってきた。

「この俺の月を奪おうたぁな。喧嘩なら、言い値より高く買ってやるぜ？」

イサークが手綱《たづな》を放して、軽く右手を振る。

火炎と紫電《しでん》を纏《まと》って現れたのは、飾り気のない黒金色《こっきんいろ》の槍。風を切り裂くように振り下ろしたそれは、儀礼的な武器とは違う独特の凄味を感じる。

「ただし、その場合はオメエの形も残らねえと思え。俺は敵に優しくするように生きてねえからな」

いつかミゲルが言っていた。イサークは大抵の武器を扱えるけど、一番得意なのは槍だと。

……つまり、ガチだ。殺《や》る気だ。

本気も本気、殺気溢れるその槍を持つ腕をがしっと掴み、私は必死で首を横に振った。

「イサーク、まず話をしよう、文明人は剣より先に口で語り合うべきだよ、うん」

「どうせ馬車ん中で話して、無駄だったから飛び降りたんだろ。こういう勘違い野郎はな、いっぺん痛え目見ねえとわかんねえんだぜ」

「今さっき『形も残らないと思え』とか言ってたじゃん！　すごい殺《や》る気じゃん！」

ここでこの件が明るみに出たらどうなるか。そんなの考えなくても、非っ常に面倒なことになるのはわかりきっている。

私は無事だった。だからそれでいい。偽善でも何でもなく、本心から事を大きくされたくないんだ。

「いいよ、イサーク。あなたが来てくれたから何もなかった。私達は夜駆けをしていた……それでいい」

私は平穏な明日を祈った。その当人が騒ぎを拡大させるなんてまずいだろう。この場で、三人だけできちんと終わらせるべきだ。

幸いなことに、本司教はさっきより話ができそうな感じだ。会話がなんとか成立するくらいには冷静だと信じたい。

そう思いながらイサークの腕を引く。覗き込んだ茜色《あかねいろ》の瞳は苛烈《かれつ》に燃え上がっていたけど、とりなすように必死に見つめる。目を合わせてしばらく、震える息を吐いて彼は槍を消した。

顎《あご》をしゃくって「見ててやる」と示されれば、ケリをつけるための覚悟ができる。

抱えられたままでは締まらないと思いつつも、彼の腕から抜け出せないので仕方がない。

私は軽く唇を湿らせてから口を開いた。

「私は、イサーク・ガルシア・ベルリオスと共に生きます」

ぼんやりとしていた薄水色の瞳が、私を捉える。

「人は愛だけで生きていくことはできません。それでも愛なく生きるには、世界はあまりにも寂しい。元々他人である人と生涯を共にするのは、決して幸福ばかりではないでしょう。時にぶつかり時に逃げ出したくなることもあるかもしれません。周囲の人間に振り回されることもあるでしょう」

当たり前のことだ。肉親とだって喧嘩はするし、険悪にもなる。

なのに全く違った環境で育った異性と一生衝突しないで共に生きるなんて、土台無理な話だ。

それでも、好きだから一緒にいる。最後まで一緒に生きていきたいと思う。そうやって、お互いを支えにして、満たされて生きていきたい。

それが幸せの形のひとつだと、私は信じている。だからこそ、ここにいるんだ。

「それを覚悟して、幸せになりたいと望むのは私自身。もし私が幸せでないように見えたとして、誰があなたを責めるというの」

目の前の男は、全く人の話を聞かない思い込み型誘拐犯だ。

だけど、ここまでの妄執に取り憑《つ》かれて、現れるかもわからない神子のために生きるのは大変だっただろう。その点についてだけは、同情したくなる。

だからと言って、優しくしたりはしない。これは妄執への反撃だ。数百年前から居座っているじいさんの亡霊には消えていただこうか。

「本司教スヴァトスラフ」

私が右手を掲《かか》げると、銀の粒子が舞う。

反射的になのか、本司教は馬車の縁で跪《ひざまず》いた。その夜風に流れる白銀の髪が、場違いながら美しいと思う。

「私はあなたの解放を祈ります」

そう言った途端、見開かれた瞳。芸術品のような美貌をくしゃりと歪めて、絞り出した声はひどく弱々しい。

「おやめください、それだけは、どうか、わたくしは、そのために、そのためだけに、いきて」

全部、なかったことにしてあげる。

あなたの妄執も、腐った執着を信仰で隠した口伝《くでん》も、〝我が聖下〟と呼んだこの夜も。

ひとつの熱も残さずに、私とあなたはただの神子と本司教になるんだ。

銀の光が、渦を巻く。世界一安全な腕の中、私は聖像に祈るかのように目を閉じた彼を見据えた。

「――口伝《くでん》を知る全ての人が古き妄執から解き放たれ、あなたがまだ見ぬ平穏な愛と巡り合うことを」

抗《あらが》いもしなかったのは、彼の信心のせいか、それともそう在《あ》りたいと思う願いが、彼の中にひと欠片《かけら》でもあったからか。

銀の光を取り込んだ白銀の本司教は、伏せていた瞳をゆっくりと開いた。

絶望に彩《いろど》られた美貌が、瞬《まばた》きの度に色を取り戻す。そして熱を失っていく薄水色の瞳には確かな知性が宿り――冷ややかな色に似合う理知的な瞳は、確かに私を捉えて微笑んだ。

ほんの数秒の間に起こった劇的な変化に、少し寒気を覚える。

自発的な祝福で人の心を変えたのは、こんなに簡単に人の気持ちを曲げたのは、これがはじめてだった。

怖気《おじけ》づきそうになる自分を叱咤《しった》して、軽く掲《かか》げていた右手を下ろし、本司教の様子を窺《うかが》う。

「……お許しを乞うことすら、畏《おそ》れ多いことをいたしました」

清廉な声が、夜空に染みるように小さく響いた。

「この首を捧げることで、聖下の御心が少しでもお楽になるのでしたら、如何《いか》ようにも」

「そんなん、お嬢が望むと思ってんのか。どっちにしろイカレてんな」

吐き捨てるようなイサークの言葉にも、本司教は微笑むだけだった。

謝罪をしないことが、彼の覚悟を表している気がした。

「そんなこと、望みません。死んだら逆にすごく気に病《や》むし、私のせいで死ぬなんてやめてほしいというのが本音です」

「あなた様に何の責もないというのに、このような愚を犯したわたくしを、生かしておいてよろしいのですか」

まるで辞世の句を読み出しそうな程、穏やかな顔つきで彼は言う。

絶対に死なせてやるもんか。生かすだろう、普通。さすがに殺されそうになったら、死んでくれと思うかもしれないけど、今回はそうじゃない。

何もなかった。そうなるのが私の望みだ。死ぬ気概《きがい》があるくらいなら私の希望に沿ってくれ。

私の沙汰を待つような本司教をじっと見てから、私は首を横に振った。

「あなたがもう私のことをどうこうしようと思っていないなら、何かする必要もないでしょう。せっかく正気に返って万事解決なのに、あなたの命を背負って生きるなんて、絶対にごめんです。私は幸せになりたいし、無駄に事を大きくしたくない。無事に帰れれば、それでいいんです」

つまり、妄執に浸食された哀れな聖職者を気取るのはやめろってことだ。

正気なら正気で、死を拠《よ》り所にするな。

いっそ傲慢《ごうまん》に聞こえるくらいに言い放ってやると、芸術品のような美貌をきょとんとさせてから、彼は力なく笑った。

「ご安心くださいませ。もう、わたくしの目は覚めております」

儚《はかな》くもしっかりとした顔つきで、本司教はそう言う。

「わたくしの手で、聖下を幸福に——口伝《くでん》は呪術のようにわたくしに染み込んで、己《おのれ》こそが六世祖父にできなかったことを成し遂げるのだと、愚直なまでにそう思い生きて参りました」

疲れ切ったような笑い方だが、何故か穏やかに見える。

「ただ……妄執より解放していただいた今も尚、わたくしは聖下のためなら、いつ何時命を散らしてもよいと思う程の信仰を持っております。聖下やベルリオス卿から見たら、充分イカレ野郎なのでしょう」

「……目が覚めても充分重いんですね、本司教」

「信仰が深いと思っていただけるなら、本望にございます」

「お嬢を死の理由になんかすんじゃねえぞ。女々《めめ》しい」

「聖下が望まぬのなら、天命を全《まっと》うする他ないでしょう。少なくとも、わたくしは平穏な愛を祝福されておりますゆえ」

悪夢から覚めたようにすっきりした面持ちの本司教は、イサークからの厳しい目も何その。

……この人、結構いい性格してそうだ。まぁこんなに若くて五聖教のトップ集団にいるんだから、図太くないとやってられないか。

これが素なのか、それとも神子への執着を消してしまったせいで何かしら振り切ったのか、よくわからない。もし後者だったとしたら、何とも言えない気持ちになる。

「カーミァ聖下、あなた様に何よりもの感謝を。わたくしが抱いていたのは、誰も幸福にすることがない感情でございました。聖下がその妄執を消し去ってくださったおかげで、わたくしはようやく正道に戻ることができます」

「その点については、本当によかったです」

「ええ、本当に……正直、今のわたくしには愛情や恋情はわかりかねます。それでもいつかは聖下の言祝《ことほ》がれた通りに、誰かに対して想いが芽生えることになるのでしょう。わたくしは、これからようやく自分のために生きることができる気がいたします。わたくしを救い、新たな生を与えてくださった尊《とうと》い神子に、生涯の信仰と忠誠を」

重い。果てしなく重い。妄執が消えても崇拝は消えないのか。

私はただ、自分のためにケリをつけただけなのに。それを救われたとか、大それたことのように言われても困る。そんな風に美談へと昇華しないでほしい。

とはいえ厚意だから文句を言うこともできず、少し口を歪ませる私を見て、イサークが溜め息をつく。

「ったく、謝罪も感謝も重てえんだよオメエは。この結末でよかった、それでいいんだよな？」

「ええ。ですがバルリオス卿、わたくしは聖下に心の底から感謝しているのです。この気持ちをどう軽く扱えと――」

「あーあー、そういうのはやめろ。余計重っ苦しいんだよ。おいお嬢、何か気にしてんのはわかるけどな。こいつが感謝してんのくれえ、適当に受け取ってやれ。お嬢はただ重度のイカレ野郎をひとり、そこそこマトモに見えるイカレ野郎に変えただけだ。何も悪いことねえだろ」

もう少し言葉を選ぼうか、と言いたくなるくらいドきっぱりとイサークが言う。それでいて的を射ている言葉に、私は思わずぽかんと口を開けてしまった。すると、イサークが呆れつつもどこか柔らかい色をした瞳を向けてきた。

私を抱き直しながら、あやすようにこめかみから頬へと撫でる手はとても優しい。

「大体、お嬢はこの先頼まれてもホイホイ人の心操《あやつ》ったりしねえだろ。面倒事は嫌えだし、基本真面目だし、変な正義感もお節介癖もねえんだから。気にするだけ無駄だ」

それはそうだ。その通り。よくわかっていますね、イサークさん。

誰が好き好んで人の気持ちを歪めたいと思うのか。今回だって、やらなければ全員バッドエンド状態じゃないとこんな祝福しなかった。

「今回は、特例ということで」

「だってよ？　しつこくない程度に感謝しとけよ銀の寵児《ちょうじ》サマ」

「あなたへの感謝ではありませんよ、黄金時代の英雄。聖下があなたの傍にと願うならそれをお支えするのが神官の在《あ》るべき姿ですが、わたくしは個人的にあなたのような口汚く粗暴な男は好みません」

「そりゃあ奇遇だ。俺もオメエみてえな繊細ですうって顔しながら、しつこそうなしぶとい男は嫌えだ。お嬢攫《さら》った時点で、オメエの印象なんざ地に落ちてっけどな」

少し乱れていたガウンの前をイサークにしっかりと合わせられて、そこでようやく自分が人前に出る格好ではないことに気付いた。まぁクラウィゼルス的にアウトなだけで、私の感覚では薄手のワンピースなのでそこまで抵抗はないけど。

ただイサークは気になるらしく、先程からできるだけ私の体を隠すように抱いている。

「こんな薄着で連れ出しやがって……冷え切っちまってんじゃねえか。つうかこんな格好でオメエの目に触れてたかと思うと、気分が悪い」

「それはわたくしも配慮が足りませんでした。申し訳ございません」

「よし、じゃあとりあえず一発殴らせろ」

え？　ちょっと、待って。今の会話のどこにそんな流れが。

「気ぃ失わねえように加減はしてやる。受けるよな」

「……はい」

しかも何で本司教も頷くんだ。せっかく話が終わりに向かっているのに……

「イサーク、何で——」

「銀の寵児《ちょうじ》サマなら治癒もお手のモンだろ。傷は治せ。ただ痛みだけは覚えとけ。そのクソみてえな執着が消えても、やらかした事実は消えねえんだからな」

私を置いたままノクシァから降りたイサークが、透明な床を踏むように空中に立つ。蛇男の屋敷で結界を破った時も宙に浮いていたけど、それと同じ魔術だろうか。そんなことを考えていると、優しい手つきで頬に触れられた。

「止めるなよ。俺にも譲れねえモンくれえある」

間近で合った茜色《あかねいろ》の瞳は、奥底で燻《くすぶ》る憤怒を隠しもしていなかった。

こうなったらもう、何かを言うことなんてできない。

「……わかった」

頷いた私の頬を撫でて、イサークはゆっくりと本司教に歩み寄る。

馬車から出て同じく宙に留まった本司教は、目を開けて、口をしっかりと引き結んでいる。その姿は、イサークと並べばかなり細身だ。

「逃げんなよ？」

「今更何を、……――!!」

瞬間、唸《うな》るような拳《こぶし》が白い頬を捉えた。

細い背中が激しく馬車にぶつかり、鈍い音が響く。

つい目を背《そむ》けてしまいそうになる自分を叱咤《しった》して、声もなくくずおれる本司教を見つめる。

悲鳴すら上げられない一撃を与えたイサークはといえば、ひとつ舌打ちをした。そして、やけに不安定に揺れる本司教の体を乱暴に掴み、馬車へ放り込む。

「おい、浮遊魔術切らすんじゃねえよ。めんどくせえ」

「っは、ぁ……もう、し、わけ」

細切れに言いながらも、本司教は這うようにして馬車の外に手を出し、銀の光を生み出す。

私とは質が違うその神力に包まれた本司教は、しばらくしてからのろのろと起き上がった。

弱々しく微笑む彼は左頬を押さえているものの、治癒が追いついていないのか片目が開き切っていない。口内が切れたのだろう、口元と白い衣装の襟元に血が付いている。

あまりに痛々しいその姿に思わず口を開いて――やめた。

私が何の言葉をかけられると言うんだ。これはお互いが納得したことで、私が出ていけば更に話がこじれてしまう。いくら怪我を負ったとしても、ここで同情するのは何となく違う気がした。

「……無様な姿をお見せして、申し訳ございません。顔を殴られると息ができなくなるなど、はじめて知りました」

「顔を潰さなかっただけでもありがてえと思え」

「そうですね。あなたならそれくらいできるのでしょう」

イサークは、これでもかなり手加減してくれたみたいだ。何もなかったことにという私の願いと、私を攫《さら》おうとした本司教への怒り、そのどちらも潰さない、本当にぎりぎりのラインだった。

人を傷つけるなんて、などという綺麗事は言わない。本当だったら形も残さないところだったのを、一発で収めてくれたんだから。

「もう、終わりだ。お嬢の言う通り、何もなかった。それでいいだろ」

大きく息を吐き出したイサークが踵《きびす》を返す。

それを見て、ようやく元通りの顔になった本司教は、完全に壊れてしまった馬車の扉に手をかける。そして扉を外して車内に放り、彼も同じように息をついた。

「俺らはもう戻んぞ。オメエは勝手にしろ」

「言われずとも。元々、わたくしは先んじて聖地に戻るという話になっているのです」

「にしちゃあ、随分方向が違えけどな」

「聖下をお連れしようと思っていたのは、聖地とは違う場所ですから。後で片付けておきます。もうわたくしには用がない場所ですので」

じっと宙に留まっていたノクシァがひとつ高く嘶《いなな》く。それを受けてか、ペガサス達が蹄《ひづめ》で空を掻いた。

私を抱き上げて再び馬上の人となったイサークは、もう本司教に目もくれない。

「っ、スヴァトスラフ本司教」

確実にここで別れるという気配に、とっさに身を乗り出して本司教を呼ぶ。

だけど、それ以上何と言っていいのかわからない。

結局黙りこくってしまった私に、彼は柔らかく微笑む。

壊れた天馬車の縁で跪《ひざまず》く姿は、さっきのダメージを思わせない程、端然としている。

「聖下、どうかお幸せになりくださいませ。スヴァトスラフは、あなた様が幸せになれる世を、何よりも願っております」

「……息災を」

本司教と視線を合わせたまま、イサークに抱き寄せられる。そして、ゆっくりとノクシァが駆け出した。

相変わらず、馬上ではそよ風程度しか感じない。それでも夜風は少し冷たかった。抱き寄せられているのをいいことに、私は彼の胸に縋《すが》りつく。

「……ねぇ、イサーク。助けてくれて、本当にありがとね」

蛇男の件といい、どうしてこの人はこうもタイミングがいいんだろうか。まるで運命で繋がっているかのようだ。

私が助けてと願えば必ず助けに来てくれる。運命とか奇跡なんて大して信じていないし、自分でも寒いことを言っているとは思うけど、本当に彼は私のヒーローだ。

「礼も一度で充分だ。この俺が惚れた女奪われんのを、指咥《くわ》えて見てる訳ねえだろ」

「そう、だね。でもどうやって知ったの？　祝福送る暇もなかったんだけど。まさか、本当にマーキングなんて……」

そんなことはないだろう。確かに掌《てのひら》が熱くなって勇気づけられたけど、あれは冗談のはず。

さすがに夢を見過ぎかと笑いながら聞いた私に、イサークはしれっと頷いて——

「あ？　マーキングに決まってんだろ。あんだけ熱視線向けてる男がいて、警戒しない訳がねえ。トチ狂って夜這いしねえか、夜駆けついでに確認しに行ったんだよ。案の定、部屋がもぬけの殻だった時には……さすがにブチ切れそうだったぜ。夜番も消えてるしな」

「え、マーキングって比喩《ひゆ》じゃなくて、本当にそのままの意味なの？」

「それ以外何があんだよ。まぁ普通は男除けのまじないっつうか、キスで魔力を残すだけだ。俺は離れても共鳴するくれえ、ちいと強めに残してるぜ。オメエはいい女だかんな、変な男が寄ってきたら困るだろ」

自慢げに言われるけど、それって本気の束縛態勢だ。

そう言えば、初対面から掌《てのひら》にキスされていたような。まさかあの時点から……いや、聞かないでおこう。このおかげで助かったんだから。

「あの男が変な馬車なんかに乗ってっから、魔力の残滓《ざんし》探るのも時間がかかった。やっと見つけて、オメエが傷つかないようにどう馬車止めようか考えてたら、いきなり扉が開くわ、オメエが飛び降りるわ……おかげで久々に、ノクシァを本気で走らせたぜ」

「そっ、か……」

イサークが私にマーキングをすることなく、今夜様子を見に来ることもなかったら、きっと私はあっさりと攫《さら》われていただろう。

そうなってしまえば、自分が今どうなっていたのか想像もつかない。

祝福が効いた今となっては、もう訪れることのない未来だけど……

「……イサーク」

「何だ」

「ちょっとだけ　弱音言っていい？」

「おう」

「祝福の力って、結構重い」

「そうだろうな」

「使いどころ間違えたらって思うと、少し怖い」

淡々と言ってはみるものの、これは本音の中の本音だ。

言葉ひとつで、あんなにドロドロの執着を簡単になくせるんだ。ちょっと考えればいくらでも悪用できるんじゃないだろうか。持っているだけで重い力なんて、正直怖い。

「だったら、やめるか？」

あまりにもあっさりと言われた言葉が理解できなくて、私は首を傾げてしまう。

「やめる、って」

「肩書はどうしようもねぇが、神子が祝福したくねえってなら誰も強制はできねえ。教皇のじいさんだって、オメエが泣きつけば味方になってくれるだろうし、祝福がなくても俺が一生大切にしてやる。どうだ？」

とっさに見上げた茜色《あかねいろ》の瞳は、冗談で口にしたようには見えなかった。

泣きつけば、そう言ってもらえるかもしれないとは思っていた。実際に聞くと、想像以上に魅力的で甘い誘惑に聞こえる。

ここで頷けば、本当に彼はそれを実行するだろう。与えられた逃げ道はとても楽な道だ。

それでも私は、やっぱり――

「ごめん。ううん、そんなの望まない。それをやったら、私はもうイサークの隣に立てなくなる」

逃げたい訳ではない。さっきのは本当に、ただの弱音だ。

大きな力を持っていることがわかっていたのに、それを本当の意味で理解できていなかった私の弱い部分。

どうやって神の雫《しずく》を降らせるか、自分の中ではすでに決めてあった。小難しく考えないようにと思っていた。でも、やっぱり祝福の力は重くて……一度予想外のことに使ったら、私の中での定義がぶれてしまったのだ。

イサークがひとつ息をつき、私の髪に触れる。それはいつもより更に柔らかな手つきだった。

「……トモエ、オメエの隣にいるのは俺だ。悩んだら都度、吐き出していきゃあいい。この先も長えんだしな」

夜風で冷えた髪に何度かキスを落とされる。

そうだ、この先もひとりで悩む必要はない。この力がどんなに重くても、私は孤独ではないのだから。

イサークが私を傀儡《かいらい》にして祝福の力を使うなんて有り得ないし、万一アマンシオ王がそう提案しても絶対にイサークは頷かない。

だからきっと、私は使い方を間違えたりはしないだろう。

言祝《ことほぎ》の神子だって人間。自分でそう言ったじゃないか。私が悩んでも、この人はきっと軽く受け止めてくれる。ずっとそれじゃいけないとは思うけど、今日はこのまま甘えていたい。

「そうだね、まだまだ始まったばっかりだし。今までも相当濃い日々だけど」

「言ったろ？　たまに刺激的な平穏ってやつをオメエにやるって。今のところ退屈はさせてねえだろ」

「それはもう」

退屈と平穏は別物だ。退屈はやることもできることもなくて満たされない日々だけど、平穏はゆったりと満たされた日々だと思っている。

面倒事がなければ、刺激は人生のスパイス。そんな風に日常の波を楽しめるようになってきたのは、彼のおかげかもしれない。

この人と生きる日々が、どんなものになるか。

本人の言う通り、平穏時々刺激のある日常が続いていくんだろう。

「オメエが笑ってられるなら、これからも、何でも叶えてやるよ」

「イサークは私に甘過ぎ。もうちょっと、私に何か求めてもいいんじゃない?」

ゆっくりと眼下に映る、壮麗な白亜の城。

見たところ物々しい雰囲気はない。これなら、夜駆けをしていたということにできる。

そう言えば、マリセラと夜番の近衛士はどうなったんだろう。いないとイサークは言っていたけど、そのまま姿を眩《くら》ませたんだろうか。大事《おおごと》になっていなければいいんだけど……

そう思いながら王城を見ていると、ふいに顎《あご》を取られて視線を戻される。

見上げた茜色《あかねいろ》の瞳。そこには、まるで自分だけを見ろと言っているように、傲慢《ごうまん》でかわいい欲が見え隠れしている。

「もうもらっちまってるからな、今更求めるモンはねえよ」

「欲なさ過ぎじゃない？　大体、私何あげたっけ」

「一等大切なモンくれただろうが。いや、まだ完全にはもらってねえけど」

それって、もしかしなくても。

答えは聞かずに、私は大きく背伸びをしてわざと厚い唇に噛みついた。

そんなの……あなたが欲しがる前に、すでに私が勝手にあげてしまったものなのに。

第七章

貴族達の邸宅が立ち並ぶ一等地から少しだけ離れた、豪奢《ごうしゃ》な御屋敷。

ここはイサークが叙爵《じょしゃく》した際、アマンシオ王から押し付けられるようにしてもらったものらしい。御屋敷は全体的に上質な造りをしていて、手入れが充分行き届いている。一等地ではあまり見られない広い庭園もあり、造形美と自然美が同居していて美しい。立ち働く使用人も気のいい人達ばかりで、生活の場が変わってもそこまで戸惑うことはなかった。

そんな場所に引っ越して、そろそろ二ヶ月。

つまり、もうすぐ婚姻式だ。

お披露目が終わって少し休んだら、すぐに準備が始まった。と言っても段取りはほとんどイサークがやってくれているので、私は世の花嫁さん達よりは楽をしているだろう。

ここまで長かったようにも感じるけど、実際は結構なスピード婚だ。なんせ、出会ってからまだ数ヶ月しか経っていない。

紆余曲折《うよきょくせつ》はあったものの、御屋敷に移ってからは特に何事もなく平穏に暮らしていた。

そんな最中の、昼下がりのこと。

「——先触れの通り、父と母は到着が少し遅れるようなんだ。ちょうど領地の境にある街道近くの山で崩落があったようでね」

そう言って眉を下げたのは、とても穏やかで優しそうな男性だった。

歳は三十半ば程だろうか。柔らかい赤茶の髪に茜色《あかねいろ》の瞳を持つその人は、当然のように整った顔立ちをしている。

彼の名前はジェリオ・ガルシア・ベルリオス＝スルティエラ。

半年後に南公——スルティエラ公爵を継ぐ予定の、イサークのお兄さんだ。

イサークと並ぶと細身に見えるけど、かなり体格がいい。身長も百九十センチ半ばはあるだろう。それなのに無骨さを感じさせない、まさに優雅な貴公子といった印象の人だ。

はじめてその話を聞いたのか、イサークが乱雑に髪を掻き上げる。

「マジかよ。まぁ親父とお袋ならすぐ片付けてくっか」

「私が被害を確認した限り、復旧まで十日はかかりそうだったが……遠話で聞いた時、母上の声がかなり苛立《いらだ》っていたからね。母上が本気で魔術を行使すれば、三日もあれば充分だろう」

「兄貴に先越されたの、相当悔しかったんじゃねえか」

「別口で向かっていたのだから仕方がないだろうに。私だって西での会談を終わらせて、その足で急いでここに来たんだよ」

婚姻式の前に一度、イサークの家族と会うことになっていたんだけど、数日前にご両親から到着が遅れるとだけ伝達が来たのだ。先にイサークのたったひとりの兄弟との対面するということで、色々頭の中でシミュレーションを重ねていたものの……ジェリオ様の雰囲気があまりにも柔らかかったので、必要以上に緊張せずに済んでいる。

確かに、ジェリオ様が穏やかな人だということはイサークから聞いていた。けれど正直大胆不敵なイサークの基準で穏やかなんて言っても、本当にそうなのか疑わしかったのだ。どうやら杞憂《きゆう》だったようで、安心した。

「すまないね、我が義妹《いもうと》。本来なら先に母が訪れて、婚姻式前に色々と話をする予定だったのだが……私の妻も、今は動けなくてね」

私を見て、ジェリオ様が微笑む。

義妹《いもうと》という響きに慈《いつく》しみのようなものを感じて、若干どきどきしつつ、私は口を開く。

「謝罪をいただくことではありませんし、私は気にしていません。お会いできるのが遅くなってしまうのは、残念ですけど」

ご両親は災害救助と各所へのフォロー。私の義姉《あね》にあたるジェリオ様の奥様は現在妊娠中。

どちらも事情があるし、ジェリオ様に非は全くない。

「そう言ってもらえるとありがたい。父も母も、落ち着いて花嫁と話すことができないのを嘆いていたよ。もちろん、妻もだが」

「確かに、まとまった時間が取れんのは今日くらいしかねえからなぁ。間が悪いっつうか……」

「こういう時は大抵、父上の運の悪さのせいかと思ってしまうね。私の婚姻式でも、前日の夜半に賊の討伐があったし。本人の成人の儀では、稀《まれ》に見る魔物の大発生があったらしい」

「ほんっとに運悪いよな、親父」

父親の相当な運の悪さを弟としみじみと語って、ジェリオ様が私の淹《い》れた紅茶に口をつける。

ちょうどいい感じに柔らかい風がそよいで、イサークと同じ少し癖のある髪が揺れた。

ちなみに、今いるのは応接室でも広間でもない。庭園にある、やや大きめな東屋《あずまや》だ。

白を基調とした丸い屋根で、柱を這う蔦《つた》にはクリーム色と黄色の小花が咲いている。

私と婚約をした時に建てた新しい建物と聞いたが、庭園に馴染《なじ》んでいる。

まるで絵本に出てきそうな可愛らしいこの場所は、私の休憩所兼お昼寝スポットだ。ごく私的な来客応対にも使えるようになっている。

「ここは何というか、落ち着く場所だね。屋敷も塀も目に入らず、日当たりもきつ過ぎない。美しいところだ」

「おう、お嬢のために作ったんだ。休むにはうってつけだろ」

「向こうにある、木に吊った籠《かご》も彼女のためのものか？　卵のような形をしているが……」

「あれもお嬢のだな。あれはクッションたっぷり敷いて、揺られながら寝るやつ。俺には柔らけえ椅子にしかなんねえけど」

あ、やめてイサーク。まるで私がいつでもぐうたらしているみたいに聞こえるわ、それ。

仕方がないじゃないか。あれだけ立派で雰囲気のいい木があったら、ハンギングチェアを作りたくなるというものだ。あの籠編《かごあ》みの椅子はだらだら大好きな人達の夢なんだから。

隣に座っている彼の袖を引っ張ってやめろと無言で主張してみるけど、本人は全く気にしない。それどころか、おもむろに私の肩を抱いてきた。

「言祝《ことほぎ》の神子様を娶《めと》ると聞いた時は驚いたが……イサーク、お前は本当にカーミァ様が好きなんだね」

「ああ。惚れ込んでる。じゃねえと、ここまで必死に囲い込まねえだろ」

今度は居た堪れない。というか恥ずかしくて会話に入れない。血縁にのろけを聞かせているというのは、結構ダメージを食らう。

思わず目を軽く伏せて、咳払いをしてしまった。ここは話題転換をしてしまおう。そうしよう。

「そう言えばジェリオ様。奥様はもうすぐ臨月……産み月と聞きましたが、お加減は？」

「ああ。初期の頃はひどく具合が悪そうだったが、今は眠そうにしているくらいで落ち着いているよ。今回の式に参加できないのを、本当に残念がっていたが」

「子どもを産んでも、しばらく遠出は難しいでしょう。そちらが落ち着いたら、私達の方から必ず伺います。先代公爵にもご挨拶をしたいので」

「爺《じじい》も呼べりゃあよかったんだがな。さすがに領地に義姉貴《あねき》だけ残すってのはねえしな」

先代公爵――イサークのお爺様《じいさま》はスルティエラ領の留守を預かるため、隠居していた田舎から出てきてお義姉様《ねえさま》と共に家で待っていると聞いた。イサークから聞く限り、彼に輪をかけて破天荒な人らしいので、会うのが色んな意味でどきどきする。

会話をどうにか立て直した私が、しれっとした顔でティーカップに手を伸ばすと、イサークに掴まれる。

どことなくにやけた顔のイサークが私の掌《てのひら》にキスをして、手の甲にすり、と顔を寄せた。

「ちょ、やめてイサーク」

「なんだよ。なぁ兄貴、俺の嫁さん、かーわいいだろ？　すっげえいい女見つけたと思わねえか」

せっかく流したのに、何で元の話に戻ろうとする。

視線で訴えても彼は素知らぬ顔。手を奪い返そうとしても、今度は指先にキスを落とされる。

思わず顔が赤くなる。どうして兄弟がいる前でこういうことができるんだろうか。この世界ではこれが普通なのか。

「イサーク、やめなさい。伴侶のそういう顔を、他の男に見せて楽しむのか？」

「……いや、そりゃあねえな」

「まあ確かに、よく見つけたと思うよ。細やかな所作もマナーも問題なく、控えめで上品。気配りもできる。地位や立場を抜かしても、きちんとした素敵なお嬢さんだ。そして清楚で美しく、声も可憐。よくやった、イサーク」

「おうよ」

お嬢さん、と言われて許せる歳はいくつまでだろうか。

私の年齢も知っているはずだけど、それでも私をそう呼ぶジェリオ様。弟がのろけを爆発させているのに、動じる気配は全くない。そして褒め殺しまで仕掛けてくる。さすがイサークのお兄さん。もう心を無にするしかない。

鍛えた面《つら》の皮を総動員して笑顔を作る私に、ふわりとジェリオ様が笑いかける。

「弟を好きになってくれてありがとう、カーミァ様」

「えっ？」

そんなの、感謝されることじゃないはずなんだけど。

「私も両親も、スルティエラに連《つら》なる誰もが、イサークは生涯独り身を貫《つらぬ》くんだと思っていた。いや、もう心配を通り越して、諦める程にね。だから今回の吉報に、スルティエラ領は沸いたよ」

「ガキじゃねぇんだからそんくらいで一喜一憂すんなよな。俺はもう南公領を出た人間だってのに」

「だって、お前は昔からとんでもない悪ガキだったじゃないか。ギリギリ許されるレベルのことなら何でもやらかしてきて、それでも周りに愛されていた」

「……チッ」

悪ガキだったことをバラされたせいか、それとも周りに愛されていたと口に出して言われたせいか。イサークは舌打ちをしつつ、どこか居心地が悪そうに視線を逸らす。

それを気にせず、ジェリオ様は少し身を乗り出し、囁《ささや》くように続ける。

「破天荒で、自由気ままで、強引な我が弟に……甲斐甲斐しく世話を焼き、どんな願いも叶えてやりたいと心を砕き、媚《こ》びるように愛を示す相手ができるなんて全く思いもしなかった。私は今本当に、嬉しいよ」

この人は、心の底からイサークを大切に想っている。それがありありとわかる声音だった。

アマンシオ王といい、ジェリオ様といい、イサークは周りに愛され過ぎじゃないだろうか。ある意味妬いてしまいそう。

「カーミァ様、我が義妹《いもうと》。この悪ガキが大人になって始末に終えなくなったような男を、どうかよろしく頼むよ」

冗談めかして言うジェリオ様の茜色《あかねいろ》の瞳には、慈愛が溢れている。

隣のイサークはそっぽを向いたまま眉をひそめているけど、決して不機嫌な訳じゃない。

確かにこうも真っ直ぐ言われたら気恥ずかしいだろうと思いながら、私はとびっきりの笑顔で言った。

「はい、よろしくお願いします。お義兄様《にいさま》」

×　×　×

夕焼けが、眩《まぶ》しい。

差し込んできた光が、とても綺麗だ。のんびり周りを見ているような場面ではないのに、妙に気になってしまう――今日は、婚姻式なのに。

この国はナイトウエディングというか、夕方に婚姻式を始めるのが伝統らしい。

初秋あたりの、まだ暖かさを残した空気に包まれた大神殿の聖堂。式場となるそこは外観を含めて、じっくりと観賞したい程に優美だ。

ドーム状になった石造りの天井には五聖教の印が、床には何かのモチーフが描かれている。数段上がった場所にあるのは、白木と銀でできた祭壇。それはどこかうっすらと輝いているようにも見えて、とても幻想的で静謐《せいひつ》さを感じさせる。

とうとう、この日が来た。私とイサークは、ようやく夫婦になる。

彼の隣で純白のウエディングドレスを着た私は、人生で一番綺麗だと胸を張って言える姿で、大好きな人の妻になる。

約束通り祭壇に立ってくれたミュシオス老の朗々《ろうろう》とした声を聞きながら、ぼんやりと思う。

色々あった。本当に。普通の人生のイベントを全て詰め込んでも足りないくらいに、色々と。

私の人生はもっと平坦で、自分が好きに生きられるならいいくらいの道になるはずだったのに。

こんな風に誰かを強く好きになって、幸せな結婚ができるなんて思いもしなかった。

「――地の神に誓いなさい。いのちを生み出すことを望むなら。海の神に誓いなさい。いのちを育《はぐく》むことを望むなら」

差し込む夕陽の一筋を受け、私の隣に立つ彼をちらりと盗み見る。

イサークは、今日も極上の男前だ。数多くの勲章や肩にかかるサッシュで飾られた黒の正装は、披露目の式典の際に見たもの。今日はそれに加えて、真っ白なマントをつけている。

婚姻式の時にのみ裾に施《ほどこ》される銀糸の刺繍《ししゅう》が眩《まぶ》しく、新鮮に映る。

いつもの不遜《ふそん》で苛烈《かれつ》な印象より、貫禄や威厳を感じさせるその姿は、独り占めしたいくらいに素敵だ。

この人と、いのちを生んで育《はぐく》む。

その時が程近いのか、それともまだ少し先なのか。わからないけど不安はない。

「朝の神に誓いなさい。昼の神に誓いなさい。陽に抱かれた時を共に歩むと決めたのなら。夜の神に誓いなさい。月に抱かれた時を共に生きると決めたのなら」

聖典を閉じる小さく重い音が、三人しかいない空間に響く。

頭を下げた私達の前でミュシオス老が聖印を切れば、ふわりと銀の光が舞った。軽く組んで掲《かか》げた両手を、銀が包む。それを持ってゆっくりと隣へ向き直り、私は跪《ひざまず》いた彼に捧げるように両手を差し伸べた。

「誓いなさい。その心に偽りなくば、神の祝福が与えられん」

優しく私の手を取ったイサークが、そっと唇を寄せる。

触れているそれが、少しだけ震えている。そこでようやく、彼も緊張しているんだと気付いた。

御屋敷に移ってからずっと、彼は余裕綽々《よゆうしゃくしゃく》で色々な準備をこなしてきた。きっと当日も自信満々で指先にキスをしてくるんだろうと、疑いもしていなかったけど……

予想だにしなかったその様子に、どうしようもなく愛おしさが募る。

私を本当に大切にしてくれるこの人を、世界の何よりも大切にしたいと改めて思う。

「五聖に、世界に、我が伴侶に、そして我が名にかけて誓う。イサーク・ガルシア・ベルリオスは永久に尽きることのない幸いを、伴侶トモエ＝カーミァ・アナ・セレスティアに」

瞬間、指先が熱くなる。十指に血が集中したように、脈打つのを感じた。

ゆっくりと染まっていく爪の色は、イサークの魔力性質に見合ったもの。

まるでこの大神殿に差し込む夕陽を映したような、グラデーションがかかった赤橙《せきとう》だ。

その鮮やかで温かみのある色の先には、何故か銀が散らされている。

不思議に思って小首を傾げると、唇を離したイサークも虚をつかれたような顔をしていた。助けを求めるようにふたりして祭壇を見上げれば、「わたくしにもわかりかねます」と言わんばかりにミュシオス老は苦笑を浮かべる。

銀は神力の証《あかし》。これも言祝《ことほぎ》の神子だからということだろうか。というか、そういうことにしておこう。おしゃれで綺麗じゃないか。

気を取り直して私も顔を引き締め、返礼をするために一歩進む。

ここでは特に神術で何かする訳ではなく、花嫁から花婿に送るのは古いまじないだ。

「五聖に、世界に、我が伴侶に、そして我が名にかけて誓う。トモエ＝カーミァ・アナ・セレスティアは永久に変わることのない愛を、伴侶イサーク・ガルシア・ベルリオスに」

私の正式な名前は、婚姻証明書にしか記されない。

ファーストネームはイサークにあげたから、公的にはカーミァ・アナ・セレスティアのままだ。いや、この瞬間からカーミァ・アナ・セレスティア・ベルリオスになるのか。

ものすごく長いけど、付き合っていくうちに慣れるかな。

立ち上がった彼が腰を折って屈んでくれる。相変わらず、というかこれからもずっと背の高さが合わないだろうけど、そんなの関係ない。

両手で彼の頬を包み込んで、ほんの軽く唇を合わせる。

自分でも今までにないくらい震えているのがわかって、おかしくなってしまう。

彼と同じだ。とても幸せで、とても嬉しくて、とても緊張している。

自分の番が終わったからか、にやりと笑った彼が私の腰を抱く。一度でいいはずなのに、長いキスを仕掛けてきた。列席者が居ようが居まいが気にしないだろう彼だけど、ミュシオス老が見ているので個人的にはすごく気にしてほしい。

リップ音を立てて唇が離れ、またくっつく。そろそろ本当にやめようか、イサークさん……！

「新郎イサーク、まじないから外れた行いは控えるように」

「チッ」

ハイそこ、舌打ちしない。

若干息を荒くしている私を抱き上げて、足りないと言わんばかりに頬ずりするイサーク。

「ちったぁ融通《ゆうずう》利かせてくれよ教皇。やっと手に入った女だぜ？　世界を超えてまで俺のとこに来てくれた、最高の伴侶だ。しょうがねぇだろ」

「あなたが新婦カーミァをこれでもかという程好いているのはわかっていますよ。その当人を困らせてどうします。ほら、新婦を下ろしなさい」

よくぞ言ってくれたミュシオス老。これ以上は羞恥《しゅうち》プレイというか拷問です。

しぶしぶ私を下ろしたイサークは、それでも私から完全に離れることはなかった。肩を抱いたまま、今にも鼻歌を歌い出しそうな程機嫌がいい。

ここまで楽しくされると、怒る気も失せてくる。

「イサーク、酸欠状態で神殿出ていくなんて罰ゲーム紛《まが》いなのは勘弁して」

「仲いいのはいいことだぜ？　俺がどんだけオメエを欲しかったか、周りの連中は知ってっから特に何も言わねえだろ」

「オープン過ぎる……！　ミュシオス老、何だかごめんなさい。こんな人で」

「いいえ。それほど新郎イサークは新婦カーミァがお好きなのでしょう。羽目を外し過ぎず、仲良くなさってくださいね」

婚姻証明書を小箱にしまいながらも、柔らかく諭すミュシオス老。落ち着いた対応は、さすが人生の大先輩だ。

婚姻成立の証明である神官印が押された婚姻証明書は、このまま大神殿で保管される。気軽に離婚することが認められていないクラウィゼルスでは、よほどのことがない限り、二度と小箱は開かれないのだと言う。元の世界では披露宴会場で飾ったりするけど、そういうのはないらしい。

「言われなくても。なぁ、お嬢？」

「もうお嬢って呼べないんじゃない？　あなたのお嫁さんだよ」

「ん、まぁ夫婦だし、いい加減名前で呼ぶか。俺以外には呼ばせねえけどな」

「言うと思った。あなたにあげたから、好きにして」

「そういうところもいい女だぜ、トモエ」

頭の天辺《てっぺん》にキスを落とされる。そのままイサークに手を取られて、ふたりでミュシオス老に一礼した。

これで式自体は終わった。後は披露宴に場を移すだけ、なんだけど。

「ミュシオス老、ありがとうございます。それと、わざわざ呼びつけてすみませんでした」

「とんでもございません。カーミァ様。久しぶりに婚姻の聖句を述べることができましたし、何より神子様の婚姻に関われたのは、望外の喜びにございます」

「披露宴で少しでもおもてなしできれば、と思ったんですけど……やっぱり無理ですよね」

「わたくしが顔を見せれば、おそらく場が静まってしまいますので。さあ、早くお行きなさいませ。陽が月に入れ替わってしまいますぞ」

「……わかりました」

ミュシオス老はきっとそう言うだろうと思っていたけど、披露宴への出席を固辞した。

元々雲の上の人だ。下手をしたらアマンシオ王が出席するより緊張する人が多いだろう。カレスティアの披露宴はそんなに形式張っていないものなので、尚更自分が出る訳にいかないということらしい。本人が望まないのに引っ張り出すのは、逆に迷惑になる。

ここは後日お礼の手紙を送らせてもらうくらいにしておこう。

ミュシオス老に見送られながら、式中は置いていたブーケを手に取り、私達は聖堂を後にする。

「なぁに？　早く行かないと」

手は繋いだまま、私は急《せ》かすように一歩進んで振り返った。

早くしないと、次の予定が詰まっている。カレスティアの騎士の婚姻で伝統となっている、ちょっとしたイベントだ。

騎士が花嫁と一緒に騎獣に乗って神殿を一周、披露宴会場に乗り込むというものである。

国の花形職業である騎士の婚姻だ。華やかで話題性もあるからか、その騎士の知り合いでなくてもわざわざ見に来る人は多いらしい。

今回はその騎士のトップ、天将軍の婚姻なので特に注目されている。実際、大神殿に入った時にはすでにかなりの見物客がいた。

元々、カレスティアの婚姻にはたくさんの人に祝福されるとより幸せになれるし、祝った人にも幸せが訪れるという考えがある。そのために平民貴族関係なく、大通りを通ってそれぞれの会場に入るのが慣例だ。

それなら私だって、せっかく集まってくれた人にお祝いされたい。日が落ちると見えにくくなってしまうだろう。

「この時期の陽は気ぃ長えから平気だ。いいから、聞け」

イサークだってわかっているはずなのに、それを置いても言いたいこととは何だろう。

あまりに真剣な顔をしているので構えてしまって、きゅっと唇を結んで彼の言葉を待つ。

「あのよ、今更だけどそのドレス……」

「えっ？」

私は自分が身につけているドレスを思わず見てしまった。

婚姻式も披露宴も、基本カレスティアの形式に沿ってやっているが、いくつか私の希望を取り入れてもらった。そのひとつが、このウエディングドレスだ。

結婚に夢は見ていなかったくせに、結婚式にはしっかり夢を見ていた私。

普通の婚礼衣装は新郎の持つ色を使いドレスを仕立て、生地の全てに刺繍《ししゅう》をしてレースをふんだんに使う。平民でも衣装の色と刺繍《ししゅう》は必ずやるそうだけど、私は絶対に白いドレスが着たかった。

お針子と侍女にゴリ押しして作ったのは、しっかりとした生地で仕立てたビスチェデザインのAラインドレス。胸元とスカートの裾に広がる優美なカットワークレースには真珠が縫い留められていて、シンプルながら清楚な雰囲気を漂《ただよ》わせている。

シルエットはAライン以外認めないとクリノリンを投げ捨て、デコルテはハートカットで可愛らしく、ウエストにリボンのないものにした。

聖石《せいせき》と聖痕《せいこん》がすでに肌を飾っているから、アイテムは三つだけにしてある。

暖色系でまとめたラウンドブーケ、似た色合いのアシンメトリーな花冠、真珠と一輪の花を添えたリボンのリストレット。私の薄紫の髪にも合うように組み合わせた花々は、大人しく見えてしまうだろう花嫁衣装を一気に華やかにしてくれる。

シンプルなドレスに花冠、これはいくらティアラがつけられる身分でも譲れなかった。更に花冠の後ろからふんわりとミドルヴェールをつけ、個人的にもはや死角はない。

化粧は侍女任せにしたけど、いつも以上に綺麗に仕上がっている。ついに腰まで到達した髪はダウンスタイルにして、先をゆるく巻いてもらった。ばっちり施術をされた肌は、私専用のオリエンタルな香油で磨き上げられ大変調子がいい。

もう一度言う、今の私に死角はない。

歴代神子の誰かが身につけたのかヴェールとブーケはあるけど、カレスティアではそこまで浸透していなかった。ここでは、花嫁を飾るのは生花ではなくレースと刺繍《ししゅう》が定石《じょうせき》とのこと。

だけど、夢を実現させるために本気でわがままを言いまくった。

その結果が、この異例尽くしのドレス。仕上がってみれば、お針子も侍女も納得・感激の逸品《いっぴん》となった。もちろん私も大満足だ。

慣習に従って一度も見せなかったから、イサークがこのドレスを見たのは婚姻式がはじめてとなる。

「何か変？　すごく気に入ってるんだけど」

「違えよ。あー……やっべぇ、言葉が出てこねぇ」

好意的な意見なんだろうけど、いつもとは違う。

あれだけ広い褒め言葉の引き出しから言葉を拾えないって、どういうこと。

何となく落ち着かなくて、ふんわりカールした髪の先をいじる。すると何故かイサークが更に唸《うな》った。

「……すっげえ、綺麗だ。彩《さい》の島から花妖精を攫《さら》ってきちまったのかって本気で疑うくれえ、綺麗過ぎて、可愛過ぎて、何つうか……駄目だ。悪い、ちゃんと褒めてやれねえ」

珍しく、本気で照れたように頭を掻く彼に思わず目を見開く。と同時に、赤面してしまった。

今までの褒め言葉の中でも、断トツで恥ずかしい。

「……あ、ありがとね。花妖精はいくらなんでも可愛過ぎるっていうか、だいぶ恥ずかしいけど……嬉しい」

私が一番綺麗だと自分で思うこの姿で、この人の花嫁になれてよかった。

夫婦になったのに付き合い立てのように気恥ずかしくて、お互い無言になってしまう。

花妖精は絵本で見たことがある。クラウィゼルスに存在する妖精の一種で、春だけ大陸に遊びに来る人間好きの種族だ。確かファンタジーの春の妖精さん、という単語から連想できるようなスタンダードな姿をしていたはず。

過剰な褒め言葉にしどろもどろになっていると、イサークは首を横に振った。

「いや、過ぎることはねえ。花妖精よりずっと綺麗だ。いつかオメエにも本物見せてやる。……と、行くか。見せるのももったいねえけど、景気付けだしな」

「いつもなら見せびらかす勢いなのに珍しいね」

「馬鹿言うんじゃねえよ。一等綺麗な姿は俺だけのモンにしてえに決まってんだろ。つうか、オメエ自体がもう俺のモンなんだけどな」

うっすら目元を赤くしながらも不遜《ふそん》に言い放つその姿は、相変わらず超絶男前なのにかわいい。

こんなにでかくて格闘家系マッチョの男をかわいいと思うなんて、私も相当末期だ。

恋のフィルター恐るべし。

この場合バカップルじゃなくバカ夫婦、というんだろうか。

そんなどうでもいいことを思いつつ、私はそっと彼に寄り添って、ようやく歩みを再開する。

中庭には、大神殿の神官達と、水晶と房飾りがたくさんついた帯で着飾ったノクシァが待っていた。

神官達はお祝いの言葉をくれたけど、ノクシァの真っ黒な瞳は何となく「遅かったね」と呆れている気がする。

私ですらそう思ったんだから、パスが繋がっているイサークだって当然わかっているだろう。なのに、ノクシァの首を撫でる彼は上機嫌で気にした様子はない。最初の時と同じく私を軽く片手で抱き上げ、颯爽《さっそう》と馬上の人になった。

跪《ひざまず》いて礼を取る大神殿の神官達に返礼をすると、何人かが感極まったように泣き出す。

お礼というか、今日はとにかくめでたい日だから振りまいてしまおうか。

「敬虔《けいけん》な徒であるあなた方に、どうか幸せがありますように」

銀の光がふわりと踊る。呆然とする神官達はあえて気にせずに、イサークが手綱《たづな》を引いた。

「行くぜ、派手に翔《か》けろよノクシァ」

言うが早いか、ノクシァはまるで透明な道があるかのように翔《か》け上がり中庭を飛び出す。

いつもみたいに横乗りしているけど、ドレスの下にはAラインを保つためのパニエしかないので座りにくくはない。

「これって普通のドレス着て乗れるの？」

「まぁ乗馬用のドレスとは違えからな。鐙《あぶみ》につける花嫁用の騎乗具があんだよ。必要ねえって言われてたから、どんなドレスなのか楽しみにしてたんだが……さすが、俺の女だ」

風に揺れるヴェールを撫でつけながら、柔らかく私を抱き締めるその手は、とても優しい。

軽く頬にキスをされて思わず見上げれば、からかい混じりに「前向いとけ」と言われてしまった。

すっかり本調子に戻ったイサークは余裕があり過ぎてずるい。

「見てみろ、俺らを祝ってくれる奴らがあんなにいるぜ」

大神殿を取り囲むたくさんの人々が、私達を指差したり歓声を上げたりしている。その人達からよく見えるようにと、ノクシァがぐっと降下した。

ゆったりとした速度で堂々と走るノクシァに引きずられたのか、私も全く緊張することなくイサークの腕の中で笑顔になれた。

「おめでとうございます、天将軍様！　言祝《ことほぎ》の神子様！」

「綺麗だが、やけに幼い花嫁だな……あれでとっくに成人されてるっていうんだから、天上世界はすげぇや」

「おかあさん！　みこさま、お花いっぱいでかわいいね！」

「そうね、お花の妖精さんみたいね。本当に、春が来たみたい」

「おめでとうございます、ベルリオス卿！」

「おふたり仲良くお過ごしくださいませ～！」

「イサーク様かっこよ過ぎるぅ……！　ていうか神子様も超可愛い！」

「めちゃくちゃ幸せそうだよねぇ。神子様ー！　イサーク様とお幸せに！」

ほんの一部しか聞こえないけど、たくさんの声は私達に温かく降り注ぐ。

ここまで祝われる結婚なんて、なかなかないんじゃないだろうか。少し気恥ずかしいものの、楽しくなってくる。

「ハハッ、さすがにすげえな。俺とオメエの婚姻だし、予想はしてたが」

「どんどん人が増えてきてない？　何か明らかに平民じゃない人もいるんだけど」

「アーシオも許可したから、披露宴の規模かなり小さくしただろ？　元々俺の名は知れてっからな、披露宴に参加できねえでも祝ってくれる奴は結構いる。しかも花嫁は言祝《ことほぎ》の神子、世界の至宝だぜ？　できるだけ姿を拝みてえし、祝福されてえって思うだろ」

「だったら、やっていいよね。おすそ分け」

「めでてえ日だ。派手にやってくれ」

サービスなのか、神殿をもう一周し始めたイサークが手綱《たづな》を離して私を抱き上げる。

私は歓声の中、高らかに右手を上げて口を開いた。

「この場にいる全てのひとに、愛が溢れる幸せを！」

降り注ぐ銀の光。まさに拍手喝采。

うるさいまでの歓声に、私はついに声を上げて笑った。

×　×　×

集まった王都の人々が上げる祝福の声が、まだ聞こえる。

そこに御屋敷に集まった招待客が私達を出迎える声が混ざって、とても賑《にぎ》やかだ。

たくさんの明かりが灯された庭園へと続くテラス。その磨かれた乳白色の石床に着地したノクシァを一撫でして、イサークが颯爽《さっそう》と降りる。

その後抱き上げられて丁寧に降ろされた私は、舞踏会の時と張るくらい高いヒールの音を響かせて、彼の隣に立った。

招待客は、イサーク自身の爵位や地位を鑑《かんが》みても少ない。

イサークの両親と兄と近親者、幼馴染《おさななじみ》かつ友人のフレータ団長と婚約者のテオドラ嬢。後は天聖騎士団の役職持ちと直属小隊から数十名、その配偶者や婚約者。絞れるだけ絞った人選で、貴族的には超地味で庶民婚に近いらしい。

当然だけど、私から呼ぶべき人は誰もいない。

わかっているはずなのに、招待状を送るリストを見た時は少し泣きたくなった。

帰れないと、繋がる手段もないと知っているのに、なかなか心は納得しきれない。慟哭《どうこく》を上げて絶望することはないけど、ふとした瞬間に思い出す。誰かが家族の話をしている時、ひとりでいる時、手を繋いで歩く親子を見た時。子どもが好きそうなお菓子を見ただけでも、たまに込み上げてしまうものがある。

きっと、心の整理なんて一生つけられないだろう。

私はあの世界にいた人達を忘れることなんてない。今までの私を私たらしめた大切な人達に抱く情は、決して浅いものではなかった。

クラウィゼルでどれだけ大切な人ができようとも、元の世界の人達の代わりになる訳ではないのだ。

流されるように、波風立てずに生きてきた私を、呆れたり笑ったり共感したり見守ったり。そうやって育ててくれたのは、私を愛してくれたのはあの世界の人達だった。

私はとても大切にされていたと思う。だって、頭の中には感謝しか浮かばない。ありがとうと、言えるものなら声を大にして言いたい。

私がクラウィゼルスに来たことで、元の世界がどう変化したのか。それを知る術《すべ》はない。できれば、あちらの世界の大切な人達の負担にならないようになっていてほしい。あの人達も、笑って幸せに生きてほしい。

祝福が届かないとしても、私はずっとそう祈り続けるだろう。

「トモエ、どうした？」

「ん……後で教えるね」

目敏《めざと》いというか、私に対してのアンテナの感度が良過ぎるイサークには気付かれてしまった。

とはいえ、今はそんなしんみりした話をするつもりはないので、静かに首を振るに留める。

私は今、幸せだ。それでいいじゃないか。

込み上げてきた感傷を笑顔に変え、必ず教えろと念を押すような彼の視線に頷きを返して前を向く。

花道を作るように並んだ騎士団とパートナーの面々が、広間に向かう私達にふわりと何かを浴びせてくる。男性はライスシャワーならぬウィートシャワー、女性はフラワーシャワーだ。本当ならウィートシャワーが慣例のようだけど、夢のひとつであるフラワーシャワーもお願いした。

小麦と花びらが舞う花道は、まとまりがなくて少し変。でもそれが何だか楽しくて、左右から降り注ぐお祝いの言葉に笑いながら広間に足を踏み入れる。

「新郎新婦、万歳！」

いきなり響いた美声に、思わず目を剥《む》く。

広間の真ん中をあけて配置されているテーブルから、躍り出るようにしてそう叫んだのは、クールを地でいくフレータ団長だった。

「ベルリオス団長、ベルリオス夫人、万歳！」

「万歳！」

「新たな道を歩むふたりに万歳！」

誰も咎《とが》める様子はないどころか、声を張ってその後に続く。

まだお酒の栓も開けていないのに、もう雰囲気ができあがっている。すごいなカレスティアの披露宴。

数度続いた万歳の合間を縫って、イサークが手振りで場を治めた。

そして私の手を取ってエスコートしながら広間に設《しつら》えられた台に乗る。赤橙《せきとう》と銀に染まった爪を見せつけるかのように指を絡ませて手を上げれば、また歓声が湧き起こった。

「イサーク・ガルシア・ベルリオスとカーミァ・アナ・セレスティアは夫婦となった。天下を捜しても見つからなかった極上の女を娶《めと》った俺と、天下になかなかいねえ俺みてえな男の嫁になった女を、どうか永く祝福してくれ」

イサークらしい言葉だ。彼は、長々としたスピーチなんてものはなくてもこれだけで充分、と言わんばかりににやりと笑う。その顔は婚姻式の緊張を忘れたように、自信に満ち溢れている。

私もここでは一言だけ挨拶をすることになっている。

その場で思ったことを言うつもりだったので、原稿も定型文もない。少し考えてから口を開く。

ずっときちんと言っていなかったことがあったと、今更思いながら。

「私と彼の出会いは、非常に特殊です。これを奇跡と呼ぶのか、それとも運命と呼ぶのかはわかりません。それでも私達は出会い、こうして共に歩むことになりました。実のところ、私は夫である彼に伝えていない、とても大切なことがあります」

それを聞いて、招待客が微妙に神妙な顔つきになってしまう。

この言い方だと確かに変に勘繰ってしまうか。内心反省しながら、私は少し表情を硬くしたイサークに向き直る。

「イサーク・ガルシア・ベルリオス」

「……何だ」

いつもより低い声が、赤みを増した瞳が、私に全神経を集中させているのがわかる。

「あなたを愛してる。お嫁さんにしてくれて本当に嬉しい。あなたを大切にするから、あなたも一生私を大切にしてね？」

数瞬の後、大歓声。

これだけバカップルじみているのに、実は自分の言葉で直《じか》に愛していると言ったことはない。言うなら今しかないと思った。

そしてこれも今しかない。ブーケを持った左手を上げて、大きく息を吸い込んで。

「私の愛するイサークに、私達を祝福してくれる人々に、ひとつ大きな幸せが訪れますように！」

強く舞い上がる銀の光。皆からの祝福に対するささやかなお返し。

広間を満たして外へも出ていくそれは、ノクシァに乗っていた私達を祝ってくれた人々にも向かっていくだろう。

さっきの祝福と合わせて二重になるけど、幸せは多くてもいい。むしろたくさんあるべきだ。

その光景に満足する前に、唐突に抱き上げられる。驚く間もなく唇を塞がれ、熱い息が吹き込まれた。眇《すが》められた茜色《あかねいろ》の瞳はとても満足げで、まだ赤みが強く残っている。

また上がった歓声はからかうような声もあるけど、そんなのおかまいなしにキスは長くなっていく。

……ちょっと、これ、まずくないか。深くはないけどかなりギリギリ。婚姻式を凌《しの》ぐ息苦しさなんだけど。煽《あお》ったのは私だけどさ、まずいって。

「落ち着くんだイサーク、本当に落ち着け、一旦落ち着け」

「ジェリオ様、そのように優しい手つきではこの男は離れません。こうするのです。――君達、やりなさい」

「団長失礼しまーす」

ミゲルを含めた直属小隊の騎士達が、ばりっと音を立てそうな勢いで私とイサークを引き離す。

というかフレータ団長、肉体労働は専門外なのか指示しかしてない。まぁ助けてくれたことには感謝する。

その騎士達の中に、やけにきらきらした男性がちらりと見えた気がするけど、おそらく気にしてはいけないんだろう。見覚えのある新緑の瞳をした、癖のない正統派の美形なんだけど、ツッコんだらいけない。

……幼馴染《おさななじみ》の婚姻式、出たかったんだね。立場的にお忍びするしかなかったんだろうなぁ。

「すまないね、我が義妹《いもうと》。どうも弟は舞い上がってしまっているらしい。ああ、せっかくの花嫁衣装が乱れてしまったね。――誰か」

肩で息をしている私に謝りつつ、てきぱき指示を出すのはジェリオ様。

この珍騒動でも声を荒らげない穏やかさがすごい。怒るとものすごく怖いらしいけど。

音もなく近づいてきた侍女にささっと全体的な乱れを直される。その間さり気なく他の人から目隠しになるよう、ジェリオ様はこちらに背を向けて立ってくれる。落ち着いた赤と焦げ茶の正装が麗《うるわ》しい、絵に描いたような貴公子だ。

「今日はいつにも増して綺麗だね。スレイプニルで降り立った時は、イサークが花妖精を攫《さら》ってきたのかと焦ってしまったよ」

「あ、ありがとうございます」

「うん、うん。永く幸せにね、我が義妹《いもうと》。あなたが弟を愛していると、大切にしたいと言ってくれて、泣きそうなくらい嬉しいよ。おめでとう、本当に……」

目尻を下げて、心底嬉しそうにそう言われると、私の方こそ泣きそうになる。

まるで私の大切な人達の分まで、目一杯祝福してくれているように感じた。

「お義兄様《にいさま》……！」

「ああ、やはりお義兄様《にいさま》というのはいい響きだね。生涯、義妹《いもうと》はできないと思っていたから尚更だよ。我が妻も喜んでいたんだ。昨日遠話で話した時に、子どもが産まれたらすぐにでもお祝いに行きたいと息巻いていたよ」

「こちらから必ず伺いますので、どうぞ安静にと伝えてください」

「オイ兄貴、ちいと距離近えよ。離れろ」

ほのぼのとした会話を断ち切るように、またしてもイサークに抱き上げられる。

つい抗議の日で見ると、イサークはややばつが悪そうな顔で口を引び、私をさっと下ろしてくれる。ただし自分の背に隠すようにして、だ。

「子どものようなことを言うのではないよ、イサーク。花嫁と義兄《あに》が、適切な距離で会話をしているだけだろう？」

「それでも今日一等近えところにいるべきは俺だろ？　あー、もう早く寝室引っ込みてえ。初夜前倒ししてえ」

「それ以上言うと父上に拳《こぶし》を食らうぞ。先程私とクリスが止めたのは、温情だと思いなさい」

カレスティアの披露宴は夜通し続き、朝に終わる。だから初夜は明日になるのだ。

全部すっ飛ばして本当に実行したりはしないだろうけど、今のが本音なんだろう。

私の言葉を待っていた時より更に赤みを増した瞳。茜色《あかねいろ》のそれは抑えきれない獰猛《どうもう》さと、ものすごい熱量を持っている。

それだけ私の告白は衝撃があったようだ。

それをあえてスルーをし、私は手に持っていたブーケを軽く掲《かか》げて示す。

「イサーク、これやっていい？」

それでひとまず諦めたらしいイサークが鷹揚《おうよう》に頷いて、一度手を叩く。

珍騒動をしでかした本人が仕切るのはどうなんだと思ったけど、ひとまずそれは置いておく。

全員が落ち着いたところで、未婚女性だけをホールの真ん中に集めてもらう。招待客はもちろん、侍女も女中も全員だ。

何をやるかわからないだろう人達に向かって背を向けて、イサークに説明を任せる。

「花嫁が持ってる花束、ブーケっつうんだが、それを今から投げる。受け止めた奴は近えうちに婚姻できるそうだ。このブーケがさっき銀の光をたっぷり浴びたのを見ただろ？　こりゃあマジで叶うかもな」

ザッ、と女性陣がざわめいたのが背中越しでもわかった。どうやら本気で取りに行く気になったらしい。神子の祝福付きブーケ、響きからしても御利益《ごりやく》がありそうだ。

待っている間に、やりたいことの仕込みをしておく。

可愛く華やかに作られたブーケを崩さないよう、花を二本だけ抜き取ってリストレットに挟めば準備オッケーだ。

「じゃあやんで。三、二、一！」

イサークの合図の後、できるだけ放物線を描くイメージで、ブーケを投げる。

黄色い悲鳴と本気の怒声。ヒールとドレスの衣擦れの音が溢れる中、振り向いてみると――

「や、やりましたわ……っ！」

綺麗に結った髪をほつれさせながら、高らかに声を上げたのはテオドラ嬢だった。

「これでようやく婚姻できますわ！　わたくしも、ようやく……クリス様のお嫁さんになれますわっ！」

まさか貴族の中の貴族、公爵令嬢が天を仰いでガッツポーズを決める瞬間を目にするとは思わなかった。

恨めしそうに見る女性はいるものの、周囲はテオドラ嬢に温かい視線を送っていた。

男性の中にはフレータ団長に微妙な視線を向ける人もいる。

さすがに気まずいのか、フレータ団長は赤面しつつ咳払いをしてテオドラ嬢に近づく。

そして小声で何かを耳打ちし、彼女の肩を抱いてテラスへ出ていってしまった。

残念ながら、公開プロポーズとはいかないようだ。そもそも婚約しているし。早く婚姻しろ。何なら祝福使ってもいいから、残りの婚約期間を早く切り上げて幸せにしてあげて。

「お幸せに、テオドラ様」

私はそっと小さく呟く。だけど、彼女を幸せにするのは言祝《ことほぎ》の力ではなく、フレータ団長だ。頑張ってくれ。

何だかおもしろいことになってしまったけど、ブーケトスはこれで完了……ではない。

個人的に送りたい相手がいる。最初から決めていた相手が、ふたり。

「ベロニカ、ロシータ」

ブーケトスに参加していたふたりを呼べば、すぐに私の前にやってくる。

蛇男の屋敷から助け出された後も、私の侍女を続けてくれているベロニカとロシータ。ふたりにも招待客として参加してもらいたかったんだけど、本人達が侍女として披露宴に関わりたいとのことだったので諦めた。それでも私がやりたかったことはできる。

リストレットに挟んでいたプラキュリアという花を手に取る。ラナンキュラスにも似たそれは、様々な色の入り方をしている。私が残しておいたのは、オレンジと白のマーブルになったものと、黄色と濃いオレンジのグラデーションになったものだ。

状況を呑みこめていないふたりに向けて、私は口を開く。

「言ってなかったと思うけど……私とイサークを結んだのは、あなた達なんだよ？」

「え？　そんな大それたことしていないですよ」

「ええ、私共は全く……」

「ううん。あなた達が中庭で声を潜《ひそ》めてお喋《しゃべ》りしていなかったら、私を助けられないと嘆いていなかったら、きっとこんな風にこの場に立っていることはなかったんだ」

イサークは知っている。私付きの侍女にした後だったか、どうして彼の名前を知ることができたのか教えた。

出会えたのはふたりのおかげだと言ったら、彼は「うんといい待遇と給金を用意してやらなきゃな」と笑っていた。

現状を嘆いていただけかもしれない。愚痴を言いたかっただけかもしれない。それでも、彼女達は私の身を案じて、声を上げていた。

それは例えるなら、目の前に垂らされた一筋の蜘蛛《くも》の糸のようなものだった。

「だから、本当にありがとう」

驚いたふたりは、やがて私が言った場面を思い出したのか、顔を見合わせる。

そんな息の合った行動に笑いかけて、私は二輪の花を差し出した。

「これからもよろしくね。私の大切なふたりに、生涯愛せる人ができますように」

祝福は、あえてしなかった。これは私自身が願う、百パーセント私の気持ちだけで構成されたものにしたかったから。

差し出した花を呆然と受け取ったふたりだけど、その後の反応は全く違った。

ベロニカは涼やかな顔をくしゃりと歪めて嗚咽《おえつ》を漏らし、ロシータは頬を染めて破顔した。

それを見て、慌てて一歩踏み出した人物がいた。泣きじゃくるベロニカに駆け寄りたいけど、できない——そんな葛藤《かっとう》がありありとわかる程、銀髪のゆるい巻き髪を乱暴に掻き上げたのは、ミゲルだ。

どうやら、ベロニカのことはお気に入りの領域をすでに超えているらしい。最近何だかんだ理由をつけて御屋敷に出入りしているし、ベロニカも彼への対応が気安くなっていると思っていた。落ち着いたら詳しく、とっくりと事のあらましを聞きたい。

ロシータにはそういう風に駆け寄ろうとする人はいないものの、本人の様子からいって、もう誰かが心の中にいる気がする。こっちは全く見当がつかないので、これも後で詳細要確認だな。

もしかしたら、ふたりのどちらかがブーケを投げる日は、そんなに遠くないのかもしれない。そう思うと嬉しくて、さっきやったのにまた祝福したくなってくる。幸せになってもらいたいと思う人のためなら、私は何度でも言祝《ことほ》ぐだろう。

他の侍女に促《うなが》されたふたりが深く礼をして、控えるように端に寄る。今度こそブーケトスイベント完了だ。

これで私がやりたいことは全部できたはず。

「何か異例尽くしだなぁ、おい」

「私のやりたいこと組み込んだらこうなっちゃったの。諦めて」

「悪かねえよ。俺とオメエのための場だ。文句言うような奴は招待してねえ、が……こっちの流儀にもちぃとだけ付き合ってくれ」

ウインクを私にプレゼントした彼が、全員に聞こえるように声を張る。

「皆、飯も食いてえし酒も飲みてえだろうが、先にダンスだろ？」

「待ってました！」

「団長が花嫁さんに襲いかかったから長引いたんすよ」

「可愛過ぎる嫁さんのこと考えて踊ってやれよ、イサーク」

口々に好き勝手はやし立てる面々は、それでも笑顔だ。

無事二日前に到着した超寡黙《かもく》なイサークのお父様も、筋骨隆々《きんこつりゅうりゅう》な体の上にある厳《いか》めしい顔をゆるめて笑っている。そして隣にいる、細身の美魔女なお母様も。

賑《にぎ》やかな雰囲気に包まれながら、イサークは私を連れてホールの中心に立つ。

新郎新婦のファーストダンスが終わらないと、宴《うたげ》が始まらないとのこと。

皆ダンスとその先の宴《うたげ》を待っている。

音楽が流れ出す。イサークと向かい合い右手を差し伸べたものの、何故かそれをやんわりと止められた。

首を傾げようとしたら、今度は左手を取られる。

打ち合わせと明らかに違う事態に疑問符が浮かぶ私の前に、イサークがゆっくりと跪《ひざまず》いた。

え、何、何するの。サプライズ？　私対応しきれるやつ？　何が起こるの。

「オメエを愛してる。馬鹿みてえに、すげえ愛してんだ。俺を支配して、俺をずっと惹きつける、俺の月。全てをかけて守るから、大切にするから……トモエ、生涯俺を愛して、俺と共に生きてくれ」

体の芯を溶かす程、甘く深みのある声。茜色《あかねいろ》の瞳はまた燃えるように赤く揺らめき、もう手に入っているはずの私が欲しいと熱烈に訴えている。

あの時と、変わらない。いや、それよりももっと熱が増しているそれに引きずられる。満たされる。蕩《とろ》けるような彼の愛情に浸《ひた》されて、息が苦しくなりそう。

「俺を、受け入れろ」

傲慢《ごうまん》な割にしても優しいキスが、左手の掌《てのひら》に。

そしてゆっくりと、少し冷たい感触が指を通る。

思わず目を見開いて胸を押さえた私に見せつけるように、イサークは手の甲を返してきた。左手の薬指にはきらりと光る銀の——指輪。

透明感のある青味がかった銀のリングに埋め込まれた、深い赤と青紫の石。それはどう見ても——

「どう、して……」

「何でドレスやら花やらにこだわんのに、こっちは言いもしねえんだ。重要じゃねえか。オメエのとこじゃ、爪の代わりに指輪なんだろ？」

確かにそう言った。婚姻式のドレスを作っている時、ベロニカとロシータにエンゲージリングとマリッジリングについて話をした。

だけど本当にただの雑談で、爪が婚姻の証《あかし》だと聞いたから指輪はないんだなと思っていた。それなのに……

「女の涙は嬉し泣きに限る、が……ちいと困るな。綺麗過ぎる」

「だったら、泣かせ、ないでよ」

必死で堪えたのに一筋だけ流れてしまった涙を、大きな手がぬぐう。

本当にもう、どうしよう。

一体何度私を好きにさせて、何度私を落とすつもりなんだろう。ずる過ぎる。

「手ぇ貸してくれ。真実俺のモンになったオメエと、踊りてえ」

イサークの言葉の後に突如響く、弦の高い音。BGMと化していたのに、急にダンスを意識させる音楽へと変わった。

このサプライズを知らなかったのは私だけか。

何となく悔しくなって、今度こそ右手を突き出す。それを優雅に取った彼の左手には、きらりと光るものが。そこにはいつの間にか同じデザインの指輪が嵌《は》められていて、してやられた感がたっぷりする。

「俺の花嫁。曲が終わっても、ずっと俺の腕の中にいろ」

不遜《ふそん》に言い放つくせに、言葉の響きはとても甘い。

自分で言った通り、これが奇跡なのか運命なのか、誰にもわからない。

それでも、私はこの世界に来たことを運命だと信じてみたい。

こんなに温かな世界で、こんなに愛する人に愛されて。このハッピーエンド過ぎる結末は、運命だと言いたい。

「どうせ離さないんでしょ？　私の旦那様」

ふわりとヴェールが舞う。ドレスの裾やヒールの高さが気にならないくらい、彼とのダンスに夢中になる。

くるくると回るステップでもしっかり私をホールドするその腕は、私の問いに無言の

肯定を返してくれる。

——この世界に来て、私は少し変わった。いや、変えられたという方が正しい。

私が好きな言葉は『平穏』だ。

それと今は『ちょっとした刺激』も、好きになっているかもしれない。

努力型平和主義者な私は、言祝《ことほぎ》の神子らしい。ただし監禁中——逃れるつもりもない、

世界一大切な人の腕の中に。

書き下ろし番外編

天将軍は愛しの月を囲い込む

青く透明感のある、不思議な銀色の指輪。

陽光の下では白く輝き、月光の下では青く輝くそれに並んで嵌《は》まっているのは、カボションカットの深い赤と青紫の石。

デザイン自体はシンプルなのに存在感があって、どこか気品も漂《ただよ》っている気がする。

披露宴でのサプライズでもらったマリッジリングは、今日も今日とて綺麗だ。

これをもらってから二ヶ月は経ったというのに、飽きずに毎日何度も眺めては頬をふにゃりとゆるませてしまう。

「本当に素敵な指輪ですよねぇ。しかもとんでもない素材ばっかりで……さすが旦那様」

紅茶のおかわりを淹《い》れてくれているロシータがのんびりと声をかけてくる。ちなみにベロニカは本日は休暇だ。

……今ゆるみ過ぎてなかったかな、私の顔。

ティーカップから漂《ただよ》う花の香りを楽しむふりをして、ささっと表情を取り繕《つくろ》う。

「ね。舞踏会といいこの指輪といい、イサークは限度がないっていうか」

そんな風に言いながらも、自分の声に困惑や呆れなどがひと欠片《かけら》もないことはわかっている。

確かに、限度というか加減知らずだなぁとは思う。

だってまず素材がおかしい。

使われている金属は、本来は高位の聖職者以外身につけられない『聖銀』という金属。ふたつの石はお披露目の舞踏会の時を超える程の稀少で特殊な魔石で、フレータ団長曰《いわ》く〝王城の宝物庫の更に奥にあるレベル〟とのこと。

石は彼の瞳と、私の瞳の色。そして素材は私の存在そのものを伝える色……ここまで主張が激しい指輪をしていたら、マリッジリングの概念がないクラウィゼルスでも「あ、あのふたりのための指輪なんだな」と絶対にわかる。

結婚＝マリッジリングという図式が根底にあった私。こちらの流儀に合わせるのだからと切り捨てた少しの憧れを、こんな情熱的な形にして贈られるなんて、嬉しいに決まっている。

「伴侶を『月』と称する旦那様ですもの。妥協などするはずないですよ」

「う、ん？」

指輪に視線を落としながら何気なく頷きそうになって、一瞬止まる。

イサークが私に妥協しないというのは、出会ってからずっとだからそれはわかる。

しかし前半は……どういうことだろうか。

確かに、イサークは私のことをたまに〝俺の月〟と呼ぶ。はじめて彼に会った日にも、そう呼ばれたのだ。

ただ他にも〝俺の宝石〟だとか〝俺の情熱〟だとか言ったりもするから、それは気障《きざ》な言い回しの一種だと思っていた。彼の愛情表現はとにかくストレートだから……

でもロシータの言いようだと、どうやら他に特別な意味合いがあるらしい。

「ちょっと待って、ロシータ。伴侶を『月』って表現するのはどういう意味なの？」

「えっ、奥方様……ご存知で流していたわけじゃないんですか？」

いや、スルーはしていない。ただ照れるより慣れた方が早いと思って努力した結果だ。

まぁ何にせよ、さらりと受け止めていたのは間違いないので頷くと、ロシータは目を泳がせてうんうん唸《うな》ってしまう。

そんなに知っていて当然の常識なのか。でも私がクラウィゼルスの常識を知らなくてもそれこそ当然だから、いつもだったら軽く教えてくれるはずなのに……

しばらく唸《うな》っていたロシータだったが、自分の中で結論が出たらしく、ぱっと明るい表情になった。

「ぜひ旦那様にお聞きください！　私からお教えするのはあまりにアレなので」

「え、逆に気になる」

〝あまりにアレ〟なんて言われる『月』の意味とは。

ひとり納得してにこにこ顔のロシータからその意味を聞き出すのを早々に諦めた私は、本日お仕事で夜遅くに帰宅予定の旦那様を待つしかなかったのだった。

×　×　×

夜も更け、薄暗い魔道具のランプをつけた夫婦の寝室。

わざわざカウチに座って待っていた私を見て、部屋付きのお風呂から出てきたイサークは片眉を上げて理由を聞いてきた。隣に座るついでに私を抱き上げて、当然のごとく自分の膝に座らせながら。

婚姻してからというもの、イサークは隙あらば私をお膝抱っこする。身長が違い過ぎて、隣り合って座っていても目線が合わないせいもあるけど、くっつきたいからというのが主な理由らしい。自然過ぎて恥ずかしいとか思うタイミングを失ってしまったので、今では私ももう慣れたもの……というより慣れるしかない。

ただ、未だに慣れないこともある。少し湿ったままの赤銅色《しゃくどういろ》の髪がかかる超絶男前フェイスとか、お湯を使っていつもより体温の高い胸元をくつろげた格好とか、いつまで経ってもきゅんきゅんしてしまう。

しかし今日は頭のお花畑は一旦閉園だ。何とか面《つら》の皮を取り繕《つくろ》って、私は日中ロシータとの会話で生まれた疑問を、そのままぶつけてみる。

「――で、それを聞きてえからって、こんな遅くまで待ってたのかよ？」

呆れとからかい、そして隠しようもない甘さを含んだ深みのある声。

別の意味で夜更かしすることはあるけど、今回はそういう意図はない。でもこの声を聞くと、せっかく取り繕《つくろ》ったのについつい流されてしまいそうになる。

「だってロシータに気になる言い方されたから……それに、理由がなくても起きて待ってたら駄目なの？」

「オメエに無理させたくはねえが、駄目ってことはねえよ」

イサークが私の髪をさらさらと梳《す》いて、何気なくキスを落とす。

今朝は書類仕事が詰まっていることに辟易《へきえき》して家を出ていったというのに、随分とご機嫌だ。

「今夜はトモエの寝顔見ながら、酒飲んで寝るしかねえって思ってたからなぁ」

「……ちょっと、それ実際やってたりする？」

「たまにな」

悪びれもなくそう言って、にやりと笑うその顔は非常にずるい。ずるい程に格好いい。多分だけど寝相はいいはずだし、寝顔がすごいことになっていると言われたことはないから……大丈夫だと思いたい。

寝酒の肴については今度じっくり聞くとして、私は話の軌道修正を図る。

「寝顔じゃなくて起きてる顔が見られたんだし、聞かせてくれるよね？　私を『月』って呼ぶのは結局どういう意味なのか」

「ん、まぁ単純な話だ」

イサークがおもむろに片手で私を抱き上げカウチから立ち上がり、何故かベッドの縁へ腰掛ける。

彼は私の肩を抱き、壁にかけられた一枚の絵画を指さした。

昼の青空、夜の満月、朝の日の出。移り変わる空を表したそれは、王城で見た『天空の宴《うたげ》』に感動した私のために、イサークがわざわざ王城の画家に依頼して描いてもらったもの。精緻《せいち》なのに不思議と幻想的、でも寝室にふさわしい静謐《せいひつ》さを持った一枚で、とても気に入っている。

わざわざ移動したのは、ベッドからだと絵が真正面にくるからかな。

「あの絵、夜が真ん中に描かれてんだろ？」

「うん、不思議だなぁって思ってた。普通だったら朝昼夜って感じなのに」

「特別な意味があんだよ。朝と昼の神の間に夜の神が入って、満月が描かれてるのは」

創世神話では、神々は夫婦とされている。地の男神と海の女神が伴侶で、朝の男神と昼の男神の双子神の伴侶は夜の女神。

二柱はそれぞれ空が入れ替わる時に夜の神と逢瀬をしていると伝えられている。だからこの絵もそれを表現しているのかもしれない。でもそれだと満月の説明が……

神話の話から入るなんて、どこが単純なのか。半眼になりつつも無言で続きを促《うなが》すと、小さな笑い声が密着している身体に伝わってきた。

「――天の真中に夜あり　麗《うるわ》しの女神は闇　寵愛深き無垢な月」

お腹の底に響く程に低い美声が、耳元で囁《ささや》く。あまりにいい声過ぎて、節をつけたそれが歌だと気づくのにタイムラグがあった。

え、何。オペラみたい。イサーク声素敵過ぎない？　歌までうまいの？

はじめて彼の歌声を聞いたのに、お粗末な脳内感想しか出てこない。思わず拍手してしまうと、イサークはまた笑った。

「神話劇の名作のひとつに出てくる歌だ。〝天の中心は我らが伴侶たる夜である〟って、双子神が夜の神を賛美するシーン」

「あ、それ聖典でもあったよね？　その後夜の神が気持ちは嬉しいけど、天の移り変わりに中心も優劣もないって諭して……」

「聖典自体を端から端まで覚えてるってすげぇよなぁ」

「これでも五聖教の神子ですから」

お披露目の式典前に詰め込んだ知識は、きちんと身になっている。

朝と昼の双子神の愛情深さは、聖典の中で見て取れる。地の神と海の神は穏やかなパートナーみたいな関係に思えるけど、天の神々はかなり情熱的な印象だ。

神話劇って、きっと聖典を元にした演劇だよね。そんなのあるんだなぁ。

「近え内に王都で有名な劇団がその劇を公演する予定らしい。ちぃと予定調整して、連れてってやろうか？」

「本当？　ありがとう……って、結局話がどんどんずれてない？」

「悪い悪い。『月』ってのは、その聖典からきてんだ」

「いや、夜の月なのはわかるけど……」

　そこで唇に指を置かれて、続けようとしていた言葉を一旦切られた。口を噤《つぐ》んだ私に、イサークは問いかける。

「夜の神にとって月がどういう意味かもわかるか？」

「……ん、当然。月は夜の神の象徴。夜の神が持つ神具である玉とイコールとして考えられている……だよね？」

　首を傾げて聞くと、イサークが正解とばかりに口の片端を持ち上げる。

　いつの間にか顔のラインをなぞるように彼の手が動いていて、じゃれるみたいなそれがくすぐったい。

「ああ。月は夜の神の象徴であり宝、遠回しに神そのものを表す。特に満ちた月は最も無垢で、何故か鮮やかで、謎めいていて……」

　歌うような声だったはずなのに、不思議とそれは熱を帯びてきている気がした。

　膝の上にいても見上げないといけない位置にある彼の瞳と、ばちりと視線が合う。茜《あかね》色《いろ》のそれは、薄橙《うすだいだい》のランプに満たされた室内でも少し赤みを増しているのがわかる。

「イ、サーク……？」

　あれ、これって空に浮かんでいる月の話だったよね？　いやでも最初は〝俺の月〟って呼ぶ意味についての話だったはずで……

考える隙も与えないと言わんばかりに、深みのある声が至近距離で降ってくる。

「まるでそれこそが世界の中心。そう思わせる程、美しく愛しい」

いつの間にか顎《あご》に添えられていた手で、顔が動かせない。

視線すら逸らせない。ゆっくりと近づいてくる彼の唇を、受け入れるしかなくて。

「あ……」

唇を触れ合わせるだけの、短いキス。

低く響く囁《ささや》きが、茜色《あかねいろ》の瞳がとろとろと甘く私を溶かす。

「誰が言い出したかは知らねえが……昔から女を『月』って呼ぶ時はな、自分の世界の中心がその女だって公言するって言う意味なんだよ。俺はオメエに心底参っちまってるからな」

もう片方の手でそっと私の左手を取り、赤橙《せきとう》と銀に染められた爪先へ唇を移動させる。

まるで神話の一節と同じく、神聖なものに触れるみたいなそれが、驚く程熱く感じてしまって、思わず肩が震えた。

「『月』って呼び方も、ひいてはこの絵も、惚れた女への賛辞。このどうしようもねえくれえでかい感情を表現してる。単純だろ?」

口がわないてしまって、うまく喋《しゃべ》れない。

ひどい。こんな風にいきなり熱烈な愛を伝えられて、心の準備なんて全くしていなかった私は為す術《すべ》もないじゃないか。心臓の音が早くなっているのは、絶対に気付かれている。

感情のやり場がなくて口づけられていた指をぎゅっと握り込むと、今度は吐息で笑いながらマリッジリングに唇を落とすイサーク。表情こそ飄々《ひょうひょう》としたままなのに、その瞳は未だに赤みを帯びたままだ。

「はじめて会った時に、あなたは私に〝俺の月〟って言ったよね……？」

「ああ、言ったな」

「早くない？　展開が」

「ははっ、今更言うのかよ。嘘偽りなしの気持ちだぜ？　俺の支配者、俺の月って」

そしてそれを受け入れて、彼の愛を祝福したのは私自身だ。

婚姻した後に出会いをああだこうだ言うのは、本当に今更過ぎる。

でも……愛する人が世界の中心なんて、熱烈過ぎてちょっと恋の奴隷的な響きまで感じる。『月』にそんな意味があるなら、もっと早く教えてくれてもいいのに。

イサークが私をそう呼んでも、誰も彼も普通の顔をしていた。まさかそこまですごい賛辞だなんてわかるわけもない。

彼は気にしないだろうけど、天下無双の天将軍が妻を溺愛し過ぎて……と公言しているのは私自身が居た堪れない。というか恥ずかしい。

いつも通り私の感情を察知するのが上手なイサークが、私の顔を覗き込んで額にキスをする。

「俺は言いてえ時に言うぜ。が、オメエがどうしても嫌ってんなら多少控えてやってもいい」

「嫌っていうわけじゃなくて……イサークの天将軍的なイメージがね？」

「夫が妻を愛するのに、限度も節度もいらねえだろ」

「いや、いるよ。常識的な範囲で」

「そもそも、ンなことで崩れるイメージなら必要ねえ。トモエを愛してねえ俺なんて、もはや有り得ねえからな」

ついで、鼻の頭にもキス。

もう話をするんだか、いちゃいちゃするんだか、よくわからなくなってくる。

決して悪い呼び方じゃないし、恥ずかしいけど、むしろ嬉しい。私が気にし過ぎ……なのかな。

「俺の常識の範囲で、オメエを愛させてくれよ。な?」

「俺の、っていうのが引っかかるけど……」

拒否しないことでそれに頷くと、彼の手が背中に回ったのに気付く。

力を籠めずにゆっくりと抱き締められ、眇《すが》められた茜色《あかねいろ》の瞳に映るのが私だけなことに心が満たされる。

――『月』の男性版って、何て言うんだろう。

私がそれを彼に言ったとしたら……どんな顔をするかな。

最愛の腕に囲われながら、私も常識的な範囲で目一杯彼への愛を表現してみようと決意するのだった。

Regina COMICS
大好評発売中!!!!!
原作：青蔵千草
漫画：秋野キサラ
Presented by Chigusa Aokura
Comic by Kisara Akino
シリーズ累計 20万部突破!（電子含む）
異世界で失敗しない100の方法 1~4
攻略マニュアル系ファンタジー
待望のコミカライズ!
アルファポリスWebサイトにて
好評連載中!
就職活動が上手くいかず、落ち込む毎日の女子大生・相馬智恵《そうまちえ》。いっそ大好きな異世界トリップ小説のように異世界に行ってしまいたい……と、現実逃避をしていたら、ある日、本当に異世界トリップしてしまった! この世界で生き抜くには、女の身だと危険かもしれない。智恵は本で得た知識を活用し、性別を偽って「学者ソーマ」になる決意をしたけど——!?
B6判／各定価：本体680円＋税
アルファポリス 漫画
検索
男装女子大生、騎士様と共に 謎に包まれた 精霊の賢妃を追え!
20万部突破!!
攻略マニュアル系ファンタジーコミカライズ!

大好評
発売中!!
RC
Regina
COMICS
異世界でカフェを開店しました。
1~8
原作
甘沢林檎
Ringo Amasawa
漫画
野口芽衣
Mei Noguchi
アルファポリスWebサイトにて
好評連載中!
異世界でカフェを開店しました。8
甘沢林檎
野口芽衣
楽しく外でLet'sクッキング!
花祭りの屋台で
日本のグルメをどうぞ!
異世界クッキングファンタジー
待望のコミカライズ!
突然、ごはんのマズ～い異世界にトリップしてしまった理沙。もう耐えられない! と食文化を発展させるべく、カフェを開店。噂はたちまち広まり、カフェは大評判に。精霊のバジルちゃんや素敵な人達に囲まれて異世界ライフを満喫します!
B6判・各定価:本体680円+税
シリーズ累計103万部突破!
(電子含む)
アルファポリス 漫画
検索